望臣

师门上下都不对劲

上

望三山 著

国文出版社
·北京·

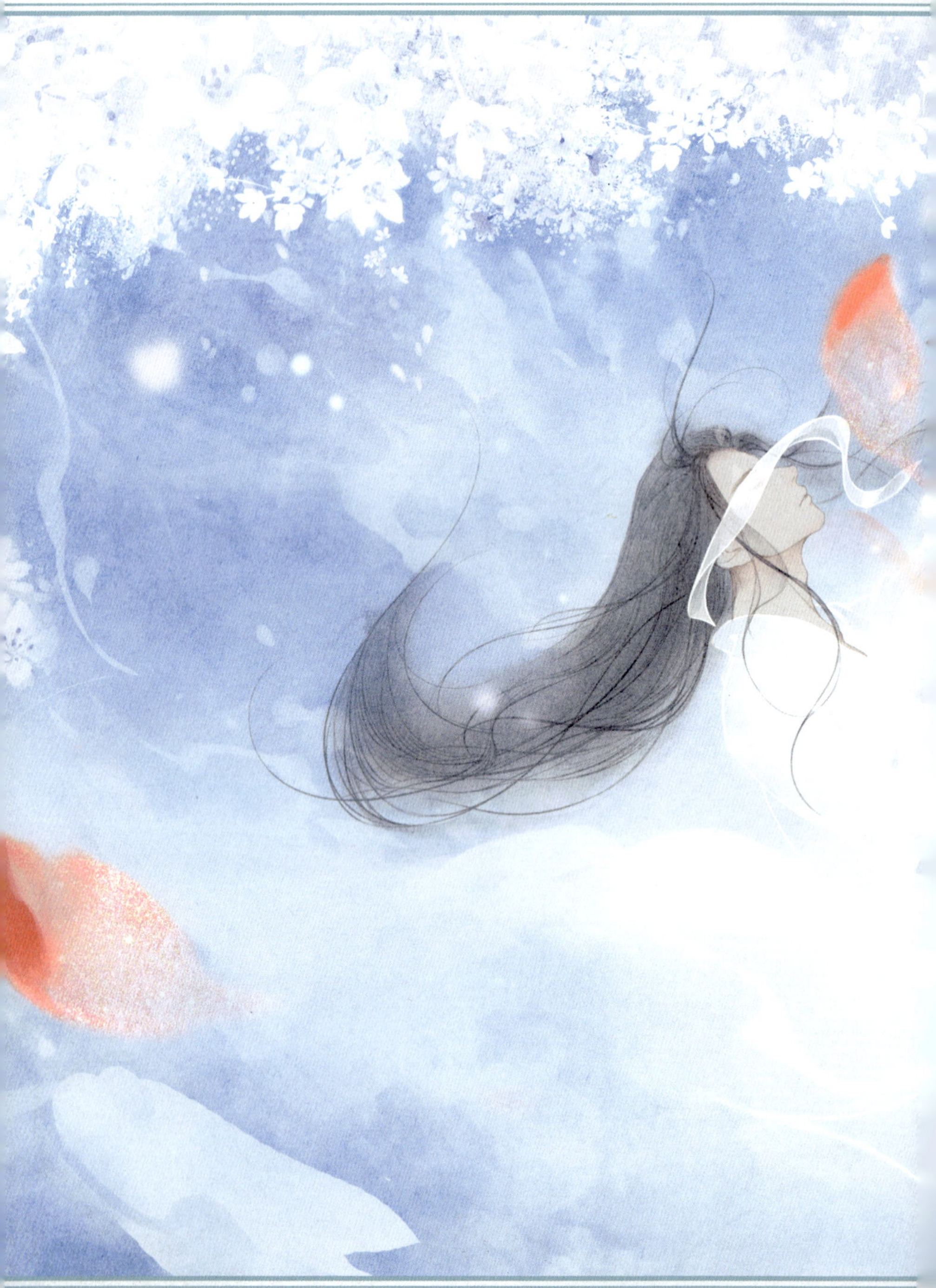

他的黑发在水中张牙舞爪地漂浮着，一身雪衣，宛如水中明月……

目录

卷一 遇蛟 〇〇一

卷二 下山 一四九

卷一 遇蛟

烛火被推得撞在了树干上,树上的桃花顿时轻盈地落下,下了场犹带香气的花雨。

第1章

门"咯吱"一声响起，裴云舒长发凌乱，出神地看着院中景色。

大师兄云景从外走来，看到他便大惊："云舒师弟，你怎么起来了？"他急急过来想要搀扶裴云舒，裴云舒却扬起手躲开他的碰触，宽大衣袖从手臂上滑落，露出一截白皙如玉的小臂。

"师兄，"裴云舒声音沙哑，还残留着病后的虚弱，"师父上山回来了吗？"

云景好声好气："师弟，今日太阳落山，师父就能回来了。你快安心躺好，如果病情加重，师父看了会心疼的。"

裴云舒嘴角扯起苍白的笑。师父喜得爱徒，哪里会心疼，想必看了他，还会说一句"莫要靠近"，小心过给小师弟病气。

微风扫起他颊边长发，飞扬的发丝在阳光下显出金子一般的色泽，裴云舒脸色苍白，眉眼间的疲惫突显，他拒绝大师兄云景的靠近，撑起无力的身体，一步步朝着庭院中的石桌走去。

院中的每一棵花草，他都知道在什么位置。石桌就在枝繁叶茂的树下，裴云舒的手拂过石桌上的雕刻，凹凸不平的触感无比熟悉。他目光迷离。

上辈子，因为他和小师弟相争，师父便把他关在这一方天地之内，这个院子不大，却成了他后十年的天地，双腿没断时，他还能出去瞧瞧院子里的花草。等到只能躺在床上时，看一棵草，看天上飘过的一片云，都已成了裴云舒的奢望。

暗无天日，枉生为人。而现在，他又能走了，又能摸到这石桌了。

云景忍不住上前一步，脱下身上的外衫披在裴云舒身上："云舒师弟，你应该回房休息。"但听着这话的人没有一丝动作，云景干脆上了手，揽着裴云舒的肩，强行拥着人往房中走去。

即将踏入房门时，裴云舒回神，开始挣扎，试图挣开云景的手，但他大病初愈，力气实在是小，反而身上披着的外衫掉落，沾染到了地上的脏泥。

云景看了看地上自己的外衫，手如铁般牢牢固定住裴云舒，沉下了声："师弟，师兄冒犯了。"

他双手用力，猛地将裴云舒背起，大步跨过了门槛，将裴云舒放在了屋中的床上。他心里也不免诧异，师弟怎么这般轻？

云景原还以为裴云舒会继续挣扎，但裴云舒一碰到了床之后精气神好似顿时没了，疲得连手指都抬不起，一动不动地躺在床上。

云景松了一口气，终于有空问道："师弟，你怎么了？"

裴云舒头靠在枕头上，看着顶上房梁。他闻言唇角无力地勾起，黑发铺了满床。他这会儿的唇色不好，这一笑，反倒显出几分"弱柳扶风"的虚弱感。

云景觉得自己糊涂了，"弱柳扶风"可是来形容女子的，他怎么能用来形容自己的师弟？

他把云舒师弟的长发撩起，放在床上一侧，又抬手试了试师弟脸颊温度，担忧道："师弟，下次可不要穿得这么少就去外面。"

"大师兄，你出去吧。"裴云舒突然道。他的颈部修长，此时偏过了脸，不想看云景，发丝从脸侧滑落，颈部绷起。

云景讷讷道："师弟，你生我气了？"

裴云舒闭上了眼。

裴云舒原本只是想让云景出去，谁想就这样迷迷糊糊地睡了过去。梦中场景不断变换，他痛苦百倍的回忆一遍遍浮起：三位师兄冷硬的面孔、小师弟讥讽的笑意。冷汗冒出，裴云舒紧紧咬着唇，耳边好像听到有人在说话。

大师兄云景着急："云城师弟，师弟这是怎么了？"

温润声音答道:"应该是魇着了。师兄,你去为我倒杯温水。"
裴云舒猛地打了一个冷战。
一双手拿着毛巾,轻轻擦去他脸上的汗珠。有人近身,带着一身檀香味道,温柔抬起裴云舒的头。这人捏开裴云舒紧咬的嘴角,抬起瓷杯,将这杯温水喂给裴云舒。
"要用安睡符吗?"
"拿来吧。"
这两句话之后,裴云舒就陷入了黑暗,噩梦离去,他安然沉睡。

师父带着新收的小弟子御剑回到师门时,他的弟子们正等在大殿之中。目光转了一圈,三位弟子垂首站立,凌清真人皱眉,有些不悦道:"云舒怎么不在?"
大师兄老实回道:"师父,师弟病了,刚刚睡下。"
凌清真人不再多问,他生怕拖延了小弟子的拜师时间,飞身一步上前落座在正位,略带些笑意地看着殿中的小弟子:"云忘,来为师面前。"
几位师兄往殿中少年人身上看去。
云忘一板一眼地上前行拜师礼,他的个子不高,看起来只有十四五岁的样子,生得精致漂亮,脸蛋仍然带着少年的婴儿肥,只是双眼无神,好似灵魂出窍,神魂不在。
他身上穿着农家的衣衫,破破烂烂地打满补丁,衣角还残留着泥土,一看就知以往日子过得可怜。几位师兄一时对他都有些怜惜,又对他无神的神态起了些疑惑。
云忘行完拜师礼,凌清真人就抬起了手,在空中画了一个符,金光随着手指挥出,这是单水宗宗门的标记,此印记缓缓向着云忘的眉心靠近,一碰上皮肤就藏匿在了眉心之间。这个动作好似唤醒了云忘的一部分心神,云忘眼中光彩乍现,木偶一样的人转瞬鲜活了起来。
凌清真人满意地点点头,看着站在一侧的三位弟子:"过来见见你们的小师弟。云忘与我有师徒缘分,也是我的最后一位弟子,他年纪尚小,你们要多多照顾他。"

三人一齐说了声"是"。

"小师弟,我是你的大师兄云景,"云景指了指旁边的云城,"这是你二师兄云城,最那边的,就是你的三师兄云蛮了。"

云忘眼睛一转,笑吟吟道:"三位师兄好。"

无止峰上的这些弟子俱是天人之姿,云忘看着他们,只觉得自己与他们格格不入,处处都不真实。他真是走了个大好运,云忘想到了这儿,脸上的笑意更为甜腻。

二师兄云城朝他温和一笑,从袖中掏出一支青笛:"今日小师弟来得突然,二师兄也没准备什么好东西,就送小师弟一支青笛。"

云忘收过笛子,只见这笛子上闪过一道白光,便知晓这物不同寻常:"谢谢二师兄。"

"除了我们三位,"云城接着道,"你还有一位四师兄。"

四师兄?

云忘佯装疑惑,心中已想起凌清真人刚刚问的那个叫作"云舒"的人了。修仙之人也能生病,真是没有用。

凌清真人这才想起云舒还在病中,他沉声问:"是什么病,云城难道也治不好?"

"治好了,师父。"

远远传来一道哑声,一阵疾风吹过,裴云舒御剑到了大殿之外。

云忘不由自主朝殿门走去,就见裴云舒翩然下了剑。他的脸色仍然苍白,唇上却红得滴血,发冠一丝不苟,一路飞行却让颊边飘落几缕发丝,应当是病情折磨,让他的眼角透着几分病态。

说是治好了,看着却是病人之姿……但病得很好看。

洁白衣衫滑过地面,裴云舒瞥过呆愣地站在门前的云忘,眼中一沉,错过他抬步走进大殿。

裴云舒再也不要……再也不要和这个小师弟扯上任何关系。

他走他的阳关道,我过我的独木桥。

香味飘然而去,云忘莫名其妙地抬起手,几缕黑色发丝从他手中滑过。

"师父,"裴云舒抬起眼看向凌清真人,心神剧烈波动一下,又被他强行压下,"弟子没事。"

走得近了,师徒几人都瞧出了他的不适。凌清真人皱眉,到底还是叹了口气:"什么病,能把你折磨成这个样子。"

师兄弟们相视无奈,等着云舒师弟和师父好好抱怨一回。

师门上下,云舒师弟和师父最亲,平时无论是受了欺负还是遇上了喜事,云舒师弟都会跑到师父面前说上一回,师父虽不耐烦,但也次次纵容他。

他们做好了裴云舒发表长篇大论的准备,谁知裴云舒却只说了两个字:"无碍。"

凌清真人虽觉奇怪,但也不甚在意,闻言点了点头,将云忘招过来:"这是你的四师兄云舒。"

云忘终于回过了神,他快步走过来朝裴云舒行了礼,唇角带着笑,好似很欢喜的模样:"四师兄。"

裴云舒垂眸看他。

上辈子就是这样。云忘瞧起来好似很喜欢他,可是内里却恨极了他。

裴云舒自己也不知道何时惹上了云忘,拜师礼时,他看着师父对小师弟不同,虽心中不大舒服,但也怜惜云忘以往曾经吃过的苦。

可云忘却不这样想。裴云舒亲近师父,云忘便要让师父只能看到他;裴云舒亲近师兄,云忘便要让所有的师兄都厌恶裴云舒。

他喜欢谁,云忘就会夺走谁。

这次,裴云舒累了,他不想和小师弟争了,只想走出他的那间屋子、他的那间院子,去看看世间大好美景,去闯闯世间的断崖凶海。

裴云舒从腰带上解下一枚玉佩,递到云忘眼前:"小师弟,四师兄没什么好东西,这枚师父赠的玉佩就给你了,望你不要嫌弃。"

这枚玉佩平日最让裴云舒喜爱,别说送人,别人想碰都难。因为这是师父收裴云舒为徒的时候赠给他的礼物,即使到了后面,师父把他关在小院中,他也格外宝贝这枚玉佩。

但小师弟不知道为什么知道了,那日黑沉着脸闯入他的房中,表情扭曲地把玉佩抢走,还骂他道:"师父厌恶死你了,怎么能让你还存着他的玉佩!"

从此,他连最后一件珍爱的东西也被云忘夺走了。

现在,这枚玉佩送出,他也应当和过去彻底告个别。

云忘从他手中拿起玉佩,这枚玉佩入手温热,大脑也瞬间仿若有清气拂过,顿时清明了不少,他的喜意溢于言表:"四师兄,真的给我吗?"

大师兄忍不住叫道:"云舒师弟!"

这枚玉佩多么被云舒师弟看重,师兄们谁不知道?哪有人会送这么大的礼,拿自己拜师时师父送的礼物给小师弟。

云城也不赞同地道:"师弟不必如此,如果没有东西可给小师弟,师兄这里还有几件。"

向来风流成性的三师兄云蛮也诧异道:"我这儿也有。"

云忘面上露出不舍,小心翼翼地看着裴云舒,让人生起无限怜爱。

"不必,"裴云舒看着他这副样子,缓缓垂下了眼,"就给了小师弟吧。"

凌清真人看了裴云舒良久,原也想让他换一个物件。他自是知道四弟子对玉佩的喜爱,但看到云忘脸上的欣喜,便改口道:"那便拿着吧。"

大不了回头,他这个做师父的,再私下补给云舒一枚玉佩。

第2章

一场拜师礼下来,云忘获得了好多样宝物——大师兄的宝剑、二师兄的青笛、三师兄的灵酒和四师兄的暖玉。

礼后,凌清真人单独把云忘留下,裴云舒跟着三个师兄平静地离开了大殿。

"师弟,"三师兄云蛮关切问道,"你是不是又发起了烧?"

裴云舒的乌发垂在脸两侧,他摸了摸脸,皱眉:"无碍。"

他正要起身离开,二师兄云城却突然抓住了他的手腕,用了几分蛮力,硬生生把裴云舒扯到自己面前,抬手去触他的面颊。

皮肤滚烫。云城皱起好看的眉,一向笑着的俊颜此时冷了下来:"难受怎么不说?"

裴云舒浑身僵硬,他不敢看云城,乃至不敢躲开对方的手,这样的恐惧由上辈子而来,引出藏在灵魂之中的胆战。他格外排斥云城的触碰,衣袖中的手发抖,强行忍着,不敢露出异样:"无碍的,师兄。"

三师兄看着他们俩,眉头一挑,倏地打开腰间的折扇笑了起来:"师弟这一病,让三师兄心里也疼得很。"

大师兄板着脸斥责道:"三师弟!"

三师兄收了折扇,笑而不语。

"后山有个温泉,"云城温柔地看着裴云舒,放了他的手腕,"那温泉的泉水前些日子发生了些异变,虽没有什么大用,但至少可以强身健体。云舒,你这病来得蹊跷又气势汹汹,按理只有没有修行的凡人才会患这样的病,如今连我也没有办法使你现下就好。你这会儿别急着走,先和我们一块儿去温泉中泡一泡。"

裴云舒感到一阵眩晕,他强忍不适,也觉得病情不可再拖,点头道:"好的,师兄。"

云城说的那个温泉,原本是后山林中的一个深泉,普普通通没有任何异样,但不知何时产生了些异变,毫无作用的温泉注入了灵效,让修真人士泡着也大有益处,可强健肉身。

修真人士哪有得风寒的?脸上滚烫的温度让裴云舒怀疑,这病情和自己的梦有关。或许这病归根到底,都是因为心病。心病无药可医,云城大夫的医术再高明,也对他无可奈何。

一行人御剑来到泉边。这泉还是个活泉,其中一侧流向远处,看不见尽头,冒着热气,大得能让人来回游上一圈。

三位师兄正在脱着衣衫,看到裴云舒出神,提醒道:"云舒师弟。"

裴云舒回神,开始解外衫。

三师兄生性豪放不羁,里衣也脱下扔在一旁,但其他人做不到这样,都是和裴云舒一样,只脱了外衫放在一旁。

裴云舒正要下水,已经在水中的三师兄奇怪道:"师弟,你怎么不脱鞋袜?"

裴云舒恍惚道:"我忘了。"

他之前双腿断了太久，竟然忘了脚上还有鞋袜。

裴云舒弯腰脱掉鞋袜，水下的三师兄看着他的动作，也跟着往他的脚上看去，过了一会儿，开口调侃道："师弟的脚生得美。"

裴云舒轻声喝道："师兄！"

三师兄捂住了嘴，眼角眉梢含着无奈："师弟也知道师兄的性子，口不择言，唐突了，师弟要是生气就打师兄几下吧！"

他油嘴滑舌，裴云舒怎么可能去打他，径自下了水，不再理他。

热水包裹全身，刚一下水，裴云舒脸上不自然的热就退了几分，神志清明不少，连同心中郁结之气，好似也畅快了几分。这泉池的作用显而易见，他不由得讶然。

云城看到了他的表情，笑道："云舒，是否感觉好了点？"

"好多了，"裴云舒拨动着水，清晰地感觉到自己身体的变化，"这池子好神奇。"

"谈不上神奇，"云城道，"因为你身带病情，才觉得万分有益，像我们几个，只觉得神清气爽了些。"

大师兄点了点头："正是如此。"

裴云舒之前当真不知道还有这个池子的存在："师兄知道泉池异变是何原因吗？"

"仙果灵泉，神妖魔兽。"三师兄插话道，"后山的东西这么多，总之逃不出这几样。"

裴云舒觉得也是，也点了点头。他今日心神俱疲，泡在这灵泉里舒适极了，就有些忍不住发困，来到了池壁旁，枕着手闭上眼睛小憩。

师兄们的声音随着波纹忽远忽近，热气蒸腾的泉水荡在裴云舒胸口，黑发漂在水面之上，衬得他的脖颈如雪一般白。

裴云舒的呼吸减缓，正要沉入睡梦，却发现有什么冰冷的东西碰到了他的脚踝，他初时只以为碰到了水中石头，便没在意，但下一刻，这水下的东西竟然顺着他的脚踝缠绕上了小腿。

裴云舒脸色苍白，冷汗从额头滚落："什么东西……"

腿上的东西越裹越紧，把裴云舒的亵裤推至膝盖之上，冰冷的鳞片与他的小腿直接接触,裴云舒甚至感觉到,有什么细长的东西往大腿爬去。

泡在热水中的皮肤被这突然起来的冷意一激,裴云舒头皮发麻,手下意识地掐着法诀,但攻击好似打到了空处,没有一丝作用。灵气形成气罩护身,猛地一震,但腿上的东西丝毫没有受到影响,还更快地向上爬行。

是蛇。

裴云舒浑身一僵。

大师兄听到了裴云舒的呼声,直接站起身大跨步赶来,水哗啦啦地从他身上滑落:"云舒师弟,你怎么了?"

"有蛇缠住了我的腿。"裴云舒咬着牙,拳头用力握紧,"师兄,我攻击不到它。"

他怕蛇。断了腿之后,在那逼仄的小屋里,曾经有一条浑身紫色花纹的细蛇爬到他的床上,他腿不能动,便不能跑,那蛇就在他的身上爬行,他被那黏腻的触感吓得浑身僵硬,但高喊和呼救赶不了蛇,也传不出去。

昏暗之中,毒蛇盘旋,那样的窒息感和绝望感让裴云舒眼前发黑,醒过来之后,蛇就不知道跑到哪里去了。

大师兄瞬间表情严肃,他吸了一口气,往水里扎去。

那东西好似一点儿也不害怕,已经爬过了裴云舒的膝盖。冰冷滑腻的蛇蜿蜒爬行,在裴云舒浑身颤抖之前,大师兄破水而出:"师弟,什么都没有……"

大师兄看到他的样子,一愣,剩下的话再也说不出来了,抬手拉住他,把他拉到岸边坐着。

双腿从水面浮出一部分,那冰冷爬行的触感终于消失不见。裴云舒垂着眼,曾经躺在床上双腿皆断的无力感涌上心头,他没有忍住,泪珠一滴一滴往下落。

二师兄和三师兄也凑在他的身边,看着他哭却手足无措。

他无声落泪,应该是被吓坏了,身子还微微颤抖,云城皱着眉,踏着水走到裴云舒身前,从水面下抬起他的腿,右腿无恙,左腿的亵裤却被推至了膝盖处。

云城正神后,却没看出什么不对:"师弟,是哪里有异样?"

裴云舒抬眼看他,强行稳住自己,指着自己的左腿:"那东西顺着我的亵裤,从下向上,法术也隔绝不了,大师兄什么都没有看到,可我的感觉绝没有出错。"

三师兄伸手就要去碰亵裤:"是不是钻到里面去了?"

云城抬手打掉他的手,"啪"的一声脆响,惊起不少鸟儿。

三师兄"嘶"了一声,讪讪收回了手。

云城放下裴云舒的腿,伸手去整理他的衣服,等到一切收拾好,才缓声道:"云舒,今日你回到房中,自己看看是否有些不对,如果哪里不适,一定要和师兄说。"

裴云舒已经恢复了一些,他偏过脸:"我知道了,师兄。"

这温泉,裴云舒现在是没心情再泡了,他等腿脚重新有了力气后,就急急站起了身,甚至不想去换衣服,用了一道法术弄干身上,再披上外衣。

他不想泡了,另外三人也不想再待在这儿,一个接一个上了岸。大师兄却瞥见师弟刚刚待的地方有什么不对,他再次潜入了水底,片刻之后,竟拿着一团黑色的东西上了岸。

"这是?"云城惊讶,"蛇皮?"

大师兄手里拿着的正是蛇皮,这蛇皮是纯黑色的,黑得仿佛能吸去周围的光亮,花纹繁复而暗沉,不似凡品。

"真的有蛇?"三师兄也同样惊讶,他从地上捡起一根树枝,覆上灵气,化作剑往蛇皮上戳去,谁知蛇皮竟然没事,反而是树枝"啪嗒"一声断了,发出一道利刃被折断的声响。

几个人默不作声,抬头看向三师兄,三师兄无辜辩解道:"我的灵力可没有问题。"

裴云舒站在一旁,紧抿着唇,竭力装成若无其事的样子。

大师兄看了他一眼,也不知想到什么,竟然当着怕蛇的云舒师弟的面,哗地展开了这团蛇皮。

哀鸣声从深山传出,他们周围的动物疯了似的往远处逃去,鸟鸣猿啼凄惨,各类生灵好似在瞬间发了狂,草木被践踏的声音响到他们耳里,转瞬之间,周围的动物竟无影无踪。

师兄弟几人被这异状吓了一跳,云城呼吸一滞,他好似想到了什么,匆匆转身到了泉边蹲下,将手放进泉中,恍然大悟。

泉中的药效没了。

第3章

"师弟,"云景把蛇皮递给裴云舒,"你要不要摸摸蛇皮?看刚刚缠住你的东西是不是这种触感。"

裴云舒唇色泛白,抗拒地往后退了一步。

这团蛇皮抖开时,足足有一丈长,蛇尾蜿蜒在草地之中,裴云舒退后一步,云景就上前一步,这平时沉默可靠的老好人大师兄,此刻却好似魔鬼一般逼近着裴云舒。直到裴云舒退无可退,脚跟抵到树,云景还在上前。

"师弟,"他黑眸里好似有不解,"这只是蛇皮。"

这只是蛇皮。

裴云舒闭上眼睛,半响,他伸出手,颤抖着往前伸。

虽是蛇皮,但蛇在身上游走的感觉他永远都忘不了,那种滑腻的、冰冷的蜿蜒爬行感。师兄们都在看他,因为不想表现得这么软弱,裴云舒用了极大的力气,才终于有勇气伸出手。

裴云舒的指尖白皙,轻触到蛇皮表面时,纯黑的蛇皮让他的手显出玉般的色泽,他只微微碰了一下,就立刻抽回手:"是它。"

在旁边一直看着的云蛮笑了:"师弟,你摸得这么快,万一判断错了呢,再好好摸一下吧。"

二师兄温文尔雅地笑了,却默不作声地赞同云蛮的话。

师弟这副怕得很却硬撑的样子倒是有几分可怜、可爱,只是害怕就说出来，为何不同他们直言呢？没人出声阻止，他们都在看他的笑话。

裴云舒握紧了拳，再次朝蛇皮伸出手，但即将碰到纯黑蛇皮时，云景却拿着蛇皮躲开了。

"时辰不早了，"云景将蛇皮团好，带头往外走去，"正好将这蛇皮拿给师父看看。"

裴云舒的手还在空中，他愣了许久，才缓缓收起了手。

等他们御剑到了师父的住处时，就在桃树下见到了正坐在那儿的云忘。

云忘已经换上了师门的道服，腰间垂着青笛与玉佩，他手里正捧着一本书，正是单水宗无止峰上的修行心法。仅补丁衣服就能显出他的相貌，何况仙风道骨的道服，衬得他犹桃花带雨。

等他们落地之后，云忘便眼前一亮，带着笑容跑来："师兄！"

裴云舒站在最后，混在师兄们中，一起叫了声"小师弟"。

"小师弟，"大师兄道，"师父可在里面？"

云忘那张美人脸笑意盈盈："师父在里面呢，师兄们找师父可有什么事？"

大师兄带着师弟们一边往里走，一边道："发现了一个东西，特意拿来让师父瞧瞧。"

凌清真人的房间布置简单，甫一进门，这里就给了裴云舒极大的熟悉感。往常倘若无事，裴云舒总是会来这儿打扰师父，整个无止峰上的弟子，恐怕都没有他对这里熟悉。现在想一想，当真是扰人心烦。

"云舒师兄，"云忘在裴云舒身旁低声说话，不忘附带上一个欢喜的笑容，"师兄送云忘的玉佩，云忘很喜欢。"

裴云舒随意道："小师弟喜欢就好。"

入了内室后，凌清真人已经是一副等待的姿态："为何事而来？"

云景将手中纯黑蛇皮送到他面前："师父，您看看这个。"

凌清真人一瞥，面露惊讶，他拿起蛇皮，放在手上摩挲了一会儿，才道："蛇蜕皮化蛟，这是一条蛟蜕下的皮。"

蛇化蛟会多次蜕皮，每蜕一次，留下的皮都是无价的珍宝，哪想到他们随手一捡，就得了一个这样的宝贝。

见弟子们一个个面露惊讶，凌清真人道："蛇化蛟千辛万苦，蛟成龙更是难上加难。捡到由蛟蜕下来的皮，也算是你们的一番机缘，无论要炼成法宝还是丹药，它都是难得一遇的好材料。"

"这是谁寻来的？"

大师兄正要开口，凌清真人又道："罢了，你们下去自行分配吧。"

"云舒，"师父看向了四弟子，"你来。"

裴云舒往前走了一步。

若是以往，凌清真人让他上前，他必定无比欢喜地跑到跟前，如今叫他过来，他却磨磨蹭蹭，难不成还是舍不得他的那枚玉佩？

凌清真人想到此，便随手摘下腰间玉佩，抬手给了裴云舒："这枚玉佩，当为师补偿你的。"

凌清真人身上的玉佩，无论哪一个都是价值千万的宝贝，此时裴云舒手中的这一个，通体翠绿，光滑圆润，一摸就能感到勃勃生机，并不比之前送给云忘的暖玉差。

站在师兄后面的云忘，脸上的笑逐渐淡了下来。

他捏着腰间的玉佩，心道：原来舍了一个，还能再得一个。

"师父，"裴云舒轻声道，"云舒不用。"

凌清真人脸色一沉，抬手挥袖，内室的其余几人被一阵风吹至门外，他们出去之后，木门紧紧关上。

三师兄上下摇摇折扇："哎呀，师弟，师父好像生气了。"

裴云舒低头看着手中翠玉，半晌，还是按照心中所想，将它放在木门之前："师父，这样的好东西给了云舒也是浪费。"

师父将他关在小院时，曾一句一句数他的罪过。

裴云舒也格外恍惚，那会儿才知道自己竟然占用了如此多的师门宝物，自己用的每一样东西原来如此珍贵，暴殄了这么多天物的自己，终于成了师门的拖累。

师父所言的每个字都不敢忘，也实在是忘不了，这般好的玉，裴云舒的确觉得在他手中无用，不敢要，也不想要。

但玉佩刚刚被他放下，就立即四分五裂，翠玉生机流逝，灵力转瞬衰败。

裴云舒愣住。在旁边看着的师兄弟们也一同愣住。

木门开了一道小缝，另一枚通体血红的暖玉飞到裴云舒手中，凌清真人一言不发，只用行动告诉他——如若你不要，那便摔了；如若下一个你还是不要，那便摔到你要了为止。

裴云舒握紧了这枚血玉，凝视着门前四分五裂的玉佩，慢慢扯出一个苦笑。

他不想要，又偏要给他，如若最后还不起，他岂不是又成了白眼狼？玉佩都有灵，更何况凌清真人身上戴的这些。

良久，裴云舒将玉佩系于腰带之上，那枚血红色的玉内部如有流水转动，他低声道："谢师父。"

凌清真人的房内终于没有任何异动了。

裴云舒蹲下，捡起碎掉的翠玉，云忘也走到他身边，跟着一起捡着碎片。

"师兄，"云忘声音带笑，"这枚血玉在你身上可真是好看。"

裴云舒一身白衣，皮肤白皙，这红玉不显风尘，反而衬得他恍若仙人，芝兰玉树。

云忘又道："云忘也喜欢这枚玉佩。"

裴云舒抿唇，将翠玉拾完之后，才道："师兄也喜欢。"

不是的，他对玉谈不上喜欢，也谈不上讨厌，特别是手中的这枚。但是裴云舒听到小师弟的话，却不想顺着他的话将这枚玉佩也赠给他。

这辈子他不会和小师弟相争，也不想永远留在无止峰上，哪怕不应小师弟的要求，对方也不会像上辈子那样，莫名其妙地恨上他了吧？他不喜欢小师弟，也永远做不到像上辈子的师兄们那样一直顺着对方。

在一旁听到他们对话的三师兄道："小师弟，你要是喜欢玉佩，尽管去问师父要，师父那里的好玉，保管你戴到筑基也日日不会重样。"

云忘："怎么会劳烦师父？我虽喜欢玉，但只有一枚就够了，四师兄送我的这枚暖玉，云忘就喜欢极了。"

三师兄笑意不达眼底:"好师弟,懂得一个就够的道理。"

云忘就在凌清真人这边住,他们回去时,裴云舒扭头看去,云忘正站在原地看着他们逐渐远去,脸上原本面无表情,但看到裴云舒回头之后,他便露出了笑。

明明很好看,但裴云舒却觉得犹如看见毒蛇,连忙转回了头。

和师兄们告别之后,裴云舒便拿着干净衣衫进入了浴房之中。那蛇碰过他的腿,从脚慢慢向上,裴云舒忍到现在,只想用水好好把那触感压下。

他的浴房之中有一处不大不小的池子,等热水灌满,裴云舒就脱掉衣衫下了水。衣衫搭在屏风上,乌发湿漉漉地搭在肩后。

缓了一会儿,裴云舒仔细检查有没有哪里不对,还好什么都没有,那是蛟还是蛇的东西,应当知道他不好欺负后,就逃之夭夭了。

裴云舒松了口气,开始细细清洗着自己。从水中起身后,屏风处却突然有些响动,裴云舒顺着声音看去,就见他的衣衫轻飘飘地落在了地上。

哪里来的风?

裴云舒穿上衣服,捡起衣衫,重新搭在屏风上。

这一天下来,他也疲惫不堪,躺在床上,看着无比熟悉的房梁,正要闭上眼睛睡觉,又突觉大腿一阵发烫。这烫细细密密,并不疼,但让人难以忽视。

裴云舒辗转起身,脱下裤裤,往发烫的地方一看,先前什么都没有的皮肤上此时却印着一条巴掌大的蛇的图案。蛇通体纯黑,仿若能吸去烛光,一双眼泛着红光,头顶有两个不明显的小包,如活物一般栩栩如生。

裴云舒呼吸一滞,几乎以为这是条活蛇盘在自己腿上!

他额上冒出冷汗,抖着手去摸这个印子,烛火恍惚间晃了一下,下一刻恢复明亮,腿上蛇的图案,却消失不见了。

第 4 章

裴云舒打了一夜的坐,等次日阳光照进房间时,他才终于停下。

梦中他修为被封,双腿皆断,也像凡人一样习惯了夜晚睡觉,白天睁眼,都忘了自己是修真人士,靠打坐就可以驱走疲劳。

不过这一夜,他打坐都打得格外不安稳。结界设了好几个,防御作用的法宝也全摆了出来,昨晚那一瞬的烫意和大腿上的图案好似是个梦,整整一夜,除了那一下,其余时间都正常得很。

裴云舒休息了一会儿,出门到了院子里。这会儿的院子被小童打理得干净整洁,靠墙边的地方还种着些灵草、灵树。

他走到石桌旁坐下,眼前又浮现出昨晚看到的那个图案。巴掌大的黑蛇图案,每一处都格外精致,栩栩如生,好像呼之欲出。

可这又怎么和师父、师兄说呢?更何况因为血玉的事,裴云舒现在不想去找凌清真人,也不想和师兄们接触。

小童小心翼翼走到他的面前:"师兄,屏风上的衣服是要洗的吗?"

"嗯,"裴云舒回神,问,"怎么了?"

小童欲言又止:"云舒师兄,你去看看吧。"

裴云舒带着小童走进了浴房,昨晚挂在屏风上的衣服还好好地搭在那里,他不由得心生疑惑,上前几步细看,才在屏风上发现了些不对。

黏液顺着衣服滑落在百花盛开的屏风上,正好落到牡丹上。

裴云舒伸手摸了下衣服,上层的外衫是干的,腰带也是干的,唯独他贴身穿着的里衣,被掩藏在衣服下方,摸上时就触了一手黏液。

裴云舒收回手,转身欲问小童是何时发现不对的。但这一转头,他就看到小童眼内转瞬划过的红光。

墙角的阴影挡住脸,小童声音软糯,困惑不解:"四师兄,怎么了?"

裴云舒:"无事。"

他拿出手帕擦去手上的黏液,等收回手帕的时候,手上已经有了一柄通体泛着青光的利剑,利剑朝小童袭去,剑身发出悦耳的颤鸣。

"师兄……"小童,"你要干什么?"

剑毫不停留,但剑尖碰到小童的一瞬间,恍若花落池水,泛起了几道涟漪,裴云舒回过神后,发现自己重新坐在了院中石桌旁。风吹起他耳边的发,一片绿叶旋转着落在了他面前。

负责院中洒扫的小童从浴房中走出,怀里正抱着裴云舒昨日换下来的衣服,裴云舒眨眨眼,把人招到身前,这次细细看了眼小童的样子,再翻出了自己的里衣,衣物完好,仍然白净而干燥。

"师弟!"

三师兄声到人未到,裴云舒放下衣物,跟小童道:"去吧。"

小童正要往门外走去,师兄几人已经走了进来,见这小童抱着衣物,便知道这是从师弟身上换下来的。

三师兄打开折扇挥了几下,再笑容恣意地用折扇挑起小童怀内衣物。

大师兄亲自收走了他手上的折扇,转而敲了他头顶一下,小童低着头不敢多看,匆匆从他们身侧离开。

"云舒师弟,"大师兄手里还拿着团成一团的蛇皮,直奔主题,"我们几个来商量下怎么用这块蛇皮。"

"蛇皮暂且放一放。"云城笑容清润,他悠悠坐下,看向裴云舒,担忧道,"师弟,你昨晚可好好检查过,有无异状?"

裴云舒抿抿唇,长睫垂着,在眼睑上扫下一片阴影。

云城看着他的表情,缓缓道:"莫非已有了异状,只是师弟不想和师兄说?"

另两双炯炯有神的眼睛看了过来。

"没有,"裴云舒道,"我一切都好。"

"无事便好。"云城换了一个话题,"师弟,这蛇皮,你打算做什么用?"

裴云舒有些迷茫。

之前拿到手的一切宝物,都是完好地交到他的手中,如今得了这蛟蜕下的皮,他当真不知道能拿来做什么。

但传闻蛟皮刀剑不入,水火不侵,是做防御类法宝的好材料。

这辈子他打定主意——师父和师兄们赠予的法宝,能推拒便推拒;

不能推拒的东西,如那块血玉,之后怎么也要找个好东西补上。别人愿意给是别人的事,裴云舒如果接了,就是不好。

因此就算不喜蛇,但手头紧,裴云舒也没有拒绝,他细细想了下:"师兄,给我做一条腰带就好。"

大师兄摇摇头:"师弟,你是大功臣,一条腰带用的料太少。"

这个"大功臣",听起来却让人格外难为情。

"不然整块蛇皮先紧着给云舒师弟做件外衫,要是有剩下的,再看看能不能给小师弟做个什么东西。"三师兄懒洋洋道,"咱们三个倒不缺什么防御法宝。"

云城轻轻颔首:"师兄觉得如何?"

"那便这样吧。"大师兄不等裴云舒拒绝,就让他站起身,从袖中掏出软尺,"师弟,师兄给你量量尺寸。"

裴云舒:"师兄,这是你找到的,怎么能先给我呢?"他浑身写满抗拒,一举一动皆显不愿。

大师兄不说话,就这么看着他。他性子温厚固执,平日和老牛一样和气,固执起来,也像牛一样能撞南墙。

三师兄在旁边连声笑了:"师兄,师门有四师弟的尺寸,还需要你量什么?"

裴云舒只道:"我不要这么多。"

但这三位师兄,谁都没有听他说话,或许是听到他说话了,却并不想按他说的办。不管不顾裴云舒的想法,只按自己想要的来。

裴云舒捏紧了手,指甲在手指上掐出一道月牙。等三位师兄都开始琢磨起外衫样式时,他才提高声音:"我不要!"

师兄们顿时停住了话头,转过头看他。

裴云舒胸膛微微起伏,和他们一一对视,一字一句道:"我不需要。"

气氛凝固了一瞬,云城忽然笑了。他起身,长身鹤立地走到裴云舒身侧,宽大袖袍盖住了小半张石桌,温声道:"师弟,师兄们把这让给你,给你做件外衫,不是比腰带要更好一些吗?"

裴云舒偏过头不看他。

云城只能看到他的耳朵和耳后黑发，云舒师弟应还有些怒气，胸膛起伏稍快，呼吸一声声传到了云城这里。

"四师弟，"云城的声音更柔和，"师兄们为你好，不要拒绝师兄们的好意，好吗？不然，师兄们会生气的。"

等院内没了人后，裴云舒独自坐在石桌旁。

半晌，他从袖中掏出手帕，去擦拭桌上的水渍。

那是一杯大师兄倒好的茶水，可是在云城靠近他的时候，就被他失手推倒，衣袖也跟着湿了一片，但谁都没有发现。

裴云舒稳住还在颤的手，看着看着，沉沉闭了眼。

整个师门中他最怕的就是二师兄云城。

那日云城打断他的腿时，也是笑着说道："师弟，莫怕。师兄打断你的腿也是为了你好，这样你就不会再去小师弟面前晃悠，也不会再惹师兄生气，对不对？"

若用凡间的话形容云城，那便是"温润贵公子"，裴云舒也是好久之后才知道，原来这样的人生起气来会那般可怖。

这一句"师兄们会生气的"，彻底让裴云舒想起了自己被打断双腿时的画面。

他疼得往外爬，身上沾满灰尘，但云城不放过他，他求着云城，让云城放过他，他一定不去找小师弟，不会让小师弟生气，他会离开宗门，永远不出现在他们的面前。但云城还是生气，变得更加暴怒了，举起高高的剑鞘，再重重地落在裴云舒膝盖之上。

直至太阳落山，余晖洒在身上，裴云舒才从回忆中回过神，御剑往宗门的领事处飞去。

单水宗不止一个峰，但峰与峰的人的关系淡薄，好久也不会出峰一次。即便如此，单水宗还是天下有名的大宗门，年年都有数不胜数的、想要求得长生不老的人前来拜师。

裴云舒想去领个任务，他不想待在无止峰了，他想出去看看更广阔的世界，即便只出去几日也好，他想松一口气。

等到了领事处，裴云舒和里面的长老问了好，问有没有他可以领取的任务。

裴云舒还差一点就能突破到金丹期，长老这儿的任务对他而言，却是大材小用，只能挑挑拣拣，到最后时，长老苦着脸道："你不然去找你师父，让你师父给你挑些有益处的任务。"

裴云舒却摇了摇头，恳切道："长老，随意给我一个任务就可，最好是远点的，来回耗时长一点的。"他只想现在就走，赶快走。

长老只能再给他找一找，但还是觉得实属浪费，于是私下里捏了一道传音符，把裴云舒求他找任务的事传给了凌清真人。

"你且等着。"长老心道，这里没有适合裴云舒的任务，总不能连凌清真人那里也没有。

过了片刻，天边突现一只踏云而来的妖兽，气势汹汹地直冲领事处而来。

裴云舒听到同门的惊呼，转身一看，这妖兽已经与他不过百米，再一眨眼之后，他已被妖兽扛在了背部，妖兽再次踏云而去。

冷风从侧脸划过，裴云舒回过神来，正要挣扎着跳下，妖兽转头看了他一眼，金色的竖瞳凶性不减，血盆大口张开，利齿闪着白光："吼——"

这是师父的滔天兽，前不久咬死过山下作乱的一窝妖怪，修为比裴云舒还要高些。

裴云舒抓紧它的绒毛，给自己罩了一层结界，乖乖不动了。

妖兽金色竖瞳里划过不屑，驮着这弱小人类，再次加快了速度。转眼就将裴云舒送到了凌清真人的住处。

第5章

这一来一回，裴云舒还没见到师父，天边光色已经暗淡下来。

他从滔天兽的身上下去，跟这长得高大威猛的妖兽道了声谢，才走到房门之外，恭恭敬敬叫了声："师父。"

房内传来一道闷响，随后，凌清真人沉沉的声音响起："你去领事处做什么？"

裴云舒不说话。

屋内、屋外一时都静了下来，但没过一会儿，滔天兽突然上前，用巨大的脑袋推着裴云舒的腰，硬是把他推到了凌清真人的房中。

他一进去，身后的房门就被一阵风关上，外面昏暗的光线消失，屋内仅有一点儿光亮，他整个人如坠黑暗。

过了一会儿，双目适应了昏暗，裴云舒才看到前方不远处出现了一道影子，有一个人端坐其上。正是他自小当作父亲一般看待的师父。

凌清真人的声音从黑暗中传出，他又问了一遍："你想去干什么？"

裴云舒低着头，低声道："弟子修炼遇上了瓶颈，想要下山历练。"

"胡闹。领事处的任务对你无用，"凌清真人声音中的不悦突显，"你如今需要的是打坐修炼，下山历练也只是浪费光阴，还有何用？

"若说是修行，可我无止峰门下弟子均到金丹期才能下山修行，你如今还未到金丹期，修行也谈不上。"

"师父，我……"

"潮炎，"凌清真人打断他的话，冷声道，"将他带回去。"

凌清真人刚刚正在给云忘画着符，想要让符咒起到最大的作用，就要在灵气最足时一气呵成。他对每一条符咒都不甚满意，也就在这时，他接到了领事处长老的传音符。

领事那儿的任务都是为外门弟子准备的，裴云舒即将一脚迈入金丹期，以他的资质，进阶金丹期是早晚的事，不去好好修炼，反而要外出历练，凌清真人冷着脸，绝不会同意这等无用之事。

被唤作"潮炎"的滔天兽吼叫了一声，裴云舒闭了闭眼，退出师父的房间。

单水宗的晚霞格外美丽，在无止峰上，观感更是极佳，裴云舒望着远处的彩霞，愣愣不语，旁边的滔天兽懒洋洋地伏趴在侧，竟也不去催他。

裴云舒的黑发已经被染上一层瑰丽的红，云忘从侧房出来时，就看到他脸染红霞的画面。

"师兄，"云忘声音极轻，像是怕吓到裴云舒一般，"你怎么来了这里？"

他眼睛下移，看向裴云舒的腰间，那里干干净净。师父赠予的红玉，师兄竟然没有随身携带。

云忘的声音更加温柔："师兄可是心中不舒服？"

滔天兽转着脑袋，用闪闪发光的竖瞳盯着云忘看了一会儿，再盯着裴云舒。

裴云舒摇摇头，径自抽出青越剑，泛着青光的剑身变大，他一脚踏了上去，云忘却在一旁突然问道："师兄，师父这儿缺了很多东西，云忘又身无长物，能问师兄讨要一些吗？"

裴云舒道："你想要什么？"

"手帕。"云忘面染红晕，出尘的脸露出丝丝艳丽，当真是面若中秋之月，色如春晓之花，"师弟缺了一些手帕。"

这个倒是不难，裴云舒从储藏袋随意抽出几条丝帕给了云忘，随即就道："小师弟，师兄还有事，这就先走了。"

云忘乖巧地点点头："好的，师兄。"

待裴云舒御剑离开，滔天兽也一跃跟上，一人一兽转眼间已看不清踪影。

云忘收回视线，他看了看手中的丝帕，半响，叠好放入了怀中。

裴云舒回到院中，滔天兽却没走，用一双在夜晚闪着野兽光芒的竖瞳紧紧盯着他，好似下一瞬就要扑上前将他吞吃入腹。

师父的这只妖兽向来野性难驯，裴云舒走进房中关了门窗，才听到滔天兽低吼一声，朝空中一跃后离开。

裴云舒点起屋中烛光，拿起衣物。

虽然他会净身术，但重来一次之后，他就爱上了泡着热水的感觉。无止峰上的水引的都是后山的清泉，使用火符后，每日泡澡时，即使泡上一个时辰，里面的水都是适宜且温热的。

裴云舒下了水，趴在池边，面上被水汽蒸出红晕，他闭着眼，想着今日师父说的话。

他想出师门，并不是为了踏入金丹期，而是不想被拘在这一方天地。单水宗再大，无止峰再好，这些景在他眼里，与困他十年的小院有何区别？

升到金丹期才能下山，师门可没有这样的规矩。

思绪来回打转，水声淅沥，窗口突然响起几道声响，裴云舒敏锐地回首望去，却一片安宁。他蹙眉："谁？"

裴云舒不动，室内竟没有了任何声音，水面平静，氤氲蒸起的水汽使视野模糊一片。他朝着外侧伸出手，浴池边的青越剑颤了几下，随即飞到他的手中。但入手之后，却觉得一片滑腻。

裴云舒下意识看向手中，飞到他手里的哪里是剑，而是一条和青越剑长度相似的黑蛇，黑蛇身体柔软，眼中血红，顺着他的手腕蜿蜒往上爬去。冰冷的鳞片触到裴云舒的臂，让他激起一片冷意。他手一抖，下意识扔掉这条黑蛇。

"扑通"一声，剑般长度的黑蛇落入水中。

裴云舒急急起身，往池上踏去，但未踏出一步，水中的黑蛇已经变大了数倍，蛇尾缠住裴云舒的双脚。无数攻击法术施到黑蛇身上，却起不了一丁点作用。

蛇尾将他拽到了水里，水淹了口鼻，裴云舒眼睛被水冲得模糊一片，身上与身侧，全是那条蛇。

即使双脚还在，却是动弹不得，无可奈何。

但下一秒，他就被一个冲力抵到了池边。水顺着乌发滑落，池中的热水被这一番折腾，已向外溢出不少，让干燥的地面也湿了一片。

一双强而有力的手把他抵在水面之上，不属于裴云舒的黑发，从上方冰冷垂到颈侧。

空气重新吸入，裴云舒脸上的水顺着鬓角滑下。

裴云舒眼皮跳动一下，睁开了眼，直直对上了一双红到发黑的血眸。

血眸的主人有着一张俊美异常的脸，眉如墨画，邪性无边。脸侧妖纹蔓延到颈部，可怖的威严从妖纹中溢出，那双直直盯着裴云舒的眼睛和猛兽一般凶狠、冰冷。水珠从他的脸上滑落，再滴至池水之中。

裴云舒呼吸停了几瞬，强作镇定问："你是谁？"

黑蛇低头,凑到他的肩上,带着野兽的笨拙和小心翼翼。

"……"裴云舒深吸口气,不停捏着法诀,"滚开!"然而法诀全都失效,青越剑没有半分回应,裴云舒压下嘴角,处在崩溃边缘。

下一瞬,将他抵在池壁的黑蛇消失,幻境消散。

水面仍然平静,裴云舒看看周围,最后看向手中的青越剑,青越剑在他的凝视之下微微颤抖,发出低低的鸣声。

那个头上顶着两个小包的蛇,竟然真的不见了。

鸟鸣声起,第一缕阳光照进室内,裴云舒窝在柔软被褥中,缓缓睁开了眼。

这一觉睡得莫名地沉,他撑起身坐起,正要下床穿衣时,忽然觉得被下有些不对。皱眉将被子掀起,裴云舒僵住,只见在他膝前的洁白被褥上,赫然放着一颗黑不溜秋的蛋。

巴掌大小的蛋明晃晃地待在床上,裴云舒稳住情绪,看了这颗蛋良久,才伸手试探地触碰了一下。

温热的触感从他的指尖传来,蛋左右摇晃一下才重新立稳,裴云舒像被烫到一样收起了手,视线定在圆润光滑的蛋上,发现蛋壳虽是纯黑的,却不及昨晚那条大蛇黑到仿若吸收一切光线的颜色。

他不知这蛋是怎么来的,又是什么身份,裴云舒犹豫良久,下床穿好了衣衫,还是抱起这颗蛋,打算去找见多识广的三师兄问问。

三师兄喜爱游历,去过许多地方,见过许许多多奇异的东西,如若他也不知这蛋是什么来历,那便……那便看看这枚蛋有没有毒,给煮了吃了。

第6章

只是裴云舒到达三师兄的地方时,却被他的小童告知云蛮带着云忘下山买东西去了。裴云舒闻言蹙了蹙眉,三师兄这儿的小童问:"师兄可有急事?"

那颗蛋被放在了储物袋中,别人看不见,裴云舒摇头道:"无事。"

御剑离开后,青越剑知他心意,速度变慢,带着他漫无目的地飞行。

裴云舒从储物袋中拿出那枚蛋,入手便觉温热,他清楚地感知到,这枚蛋是有生命的。"煮了吃了"只是这么说说而已。裴云舒叹了口气,脚下的青越剑掉头,往后山提速飞去。

蛋在他身下藏了一整夜,在野兽的鼻中,他身上已经带上了这枚蛋的味道,希望和这枚黑蛋有关系的野兽能闻着味道出现,他也想知道,这枚蛋如何会在他的床上出现。

到了后山,裴云舒就收起了剑,抱着巴掌大的蛋,在山林中随意行走。

无止峰其实包含了周围一片的山头,灵气充足,后山中的野兽不少,其中的一些野兽已经生了灵智。

裴云舒走了一个时辰,忽然听到前方潺潺水流声,他想起了昨晚浴房中的幻境,脚步一停,过了一会儿,继续抬步往前走去。掠过层叠的树木,一条流动的清澈的浅浅溪流出现在眼前。

这样浅的溪水,是怎么也放不下那条大蛇的,裴云舒眉目舒展,正要走时,手中的蛋却突然朝着河流的方向晃动了一下,裴云舒没料到它竟然会动,猝不及防之下,这个蛋就从他手上摔了下去。蛋重重摔到了地上,却没有摔得四分五裂,反而急切地往溪流的方向滚去,"扑通"一声落下了水。

裴云舒跟着走到溪边,溪水淹没了这枚黑蛋,蛋在水中好像终于舒服了,安分下来一动不动。

水流湍急,裴云舒心中一动,下手试了试水,溪水带着舒适的凉意。

走了这么久,此处风光又如此惬意,他布下一个结界,走到黑蛋下方,还未欣赏几眼风光,结界忽然传出一声响动。

一只巨大的老鹰冲击着结界上方,它双爪尖利,贪婪的眼睛直直看着裴云舒,裴云舒与它对视之后,它更加激动地冲击结界。

裴云舒冷下脸,一道法术直直打了过去,巨鹰哀嚎一声,化成了一个人形。一身玄衣的男人摔落在地上,又被裴云舒用法宝捆住,只能抬起苍白的脸:"仙长饶命!"

裴云舒审视着他:"你为何攻击我?"

苍白的男人脸上勾起了笑:"仙长竟然会生蛋,我一时没忍住。"

青越剑倏地飞至他脖颈处,剑身颤抖。

裴云舒气得胸膛微微起伏,他甩一甩袖,劲风就卷着面前之人往天上扔去。

"仙长!"巨鹰扯着嗓子叫喊的声音越来越远。

青越剑回到主人身侧,冰冷的剑柄轻轻触着裴云舒的面颊。

裴云舒将它握在手里,欲转身把溪中的蛋拿走,这一转身,却直直对上一双血红色的眼。

占据整条溪流的黑蛇看着他,低下头,用利齿咬着蛋放在河边岸上。

水流顺着蛇头滑下,裴云舒猛然发现,不知什么时候起,周围竟无一声杂音响起。

裴云舒往后退了两步,鼻尖冒出汗珠,紧紧盯着这突然出现的蛇——即便是蛟,此时看起来也是蛇,还是条吓人的大蛇。

他紧握着青越剑,心知这是一场大战。手心已经被指甲尖划破,他借用血液画着攻击性更强的符咒。

谁知手上刚刚漫出血腥味,蛇就抬起眼对准了裴云舒,手心中刚溢出来的血凝聚着飞至黑蛇的面前,艳红色的蛇芯伸出,卷走了空中这滴血珠。

尝到味道之后,那双血红色的眼睛又移到了裴云舒的脸上。

裴云舒心道一声"坏了",急急握紧手中的剑,目光警惕,生怕激起它的嗜血欲望。

黑蛇的芯子再一次伸出,一股涓流从水中腾空而起,隔着衣服圈住了裴云舒的脚踝。水流浸湿了衣服,顺着脚踝一点点往上升。

裴云舒拿起青越剑去砍,抽刀断水水更流,反而将涓流分成了好几股更细的水流,从四面八方贴近皮肤。

凉意让裴云舒整个人打了一个冷战,法宝和符箓扔了一个又一个,却挡不住这缓缓往上升的水流。

他被欺负得眼角发红,却忍着一言也不发,但没过一会儿,这些水流全部停下了。只有一股伏在了裴云舒的脖颈处，顺着他的侧脸爬到了眼角，带着冰冷的触感，盖住了眼睛，似乎想要安慰他。这感觉舒服极了，但他死死忍着满腹的委屈，握着剑的手微微颤动。

他即将一脚踏入金丹期，光天化日之下却被一只妖兽欺负得如此狼狈。眼角的红意加深，最后一股涓流也散开，挤在窄小水流中的黑蛇疑惑地歪着蛇头，低哑的声音从它口中响起。

"不舒服？"

裴云舒拿着剑的手一抖，却不说话。

黑蛇看他半晌，最后把身旁的那颗黑蛋讨好地推到了裴云舒的身边。

那颗黑色的蛋，还是被黑蛇一口给吞掉了。

为了展示怎么吃，它吞咽的速度很慢，裴云舒总算知道这蛋是谁送来的了，因为黑蛇在吞了这颗黑蛋之后，不知从哪里弄来了另外一颗，重新推到了裴云舒的面前。

血红色眼睛中的含义明显，它让裴云舒也吃。

裴云舒垂眸看了一眼脚下的黑蛋，由于实力不够，他拿起这颗蛋，却也无从下手。只能委屈青越剑，用剑尖捅出一条拇指大小的裂缝，唇贴近裂缝。

本以为会腥味浓重，却没想到蛋中液体清甜温热，液体甫一进入唇中，一股暖流便流入五脏肺腑。

裴云舒的眼神越来越迷糊，脸蛋也越来越红，等他终于吃完了一整颗蛋时，像是喝醉了似的，耳垂红得充血而饱满，晕晕乎乎地就要摔倒在地。水流在他身下铺成一张柔软的床，裴云舒躺在水床之上，侧身缩着，黑发挡住侧脸，脸蛋绯红，香甜地睡着。

水床载着他慢慢朝黑蛇的方向移动，青越剑被结界圈起，横冲直撞地想要出来，却无能为力。

黑蛇在狭窄的小溪中的尾巴拍打着水面，待裴云舒一接近，它的蛇尾就迫不及待地缠了上去。

上半身化作了人形，黑蛇伸出依然可怖的艳红蛇芯。

裴云舒这一觉睡得舒服极了，等再次醒来时，他看着头顶的明月与繁星时还有些茫然，回不过神。

青越剑一跃而起，飞在身侧蹭蹭他，冰冷的剑鞘让裴云舒产生了真实感，终于从那舒服的梦境中回过了神。

这时才发现，他正躺在一棵巨树之上，粗壮的树枝自然地形成了一张安全的床，绿叶在身侧微微晃动，裴云舒起身，身上的外衫也顺着滑下。

清风徐来，夜色安宁，即使周围一片黑暗，但心中却格外清明，裴云舒勾起了唇，从树上一跃而下。

四周没有那条黑蛇的影子，裴云舒想起了那颗蛋和那些水流，心中隐隐约约地好似明白了那蛇的想法：因为觉得水流舒服，便想让他也这么舒服；因为觉得蛋好吃，也把蛋送给了他。

裴云舒摇了摇头，压下这些荒诞不经的念头。刚刚被欺负了，现在又念着人家的好了，裴云舒，你吃到的苦头还不够吗？

这黑蛋也不知道是什么东西，直到现在，裴云舒还觉得身体内部犹如被温水浸泡，通体畅快而轻松，灵气周转的速度也变得快了很多。

裴云舒稳住了心神，呼出一口浊气。

旁边响起哗啦啦的水声，几只在后山养的野鸡被折断翅膀扔在裴云舒面前，裴云舒抬头看去，就见溪流中有一个男人。

微微月光照在他脸上的妖纹之上，血眸中邪气四溢。

裴云舒从储物袋中掏出一身衣衫扔到他面前："穿上。"

黑蛇看了他半晌，听话地穿上了衣衫。衣袍一上身就被水汽打湿，比暗夜还要黑的发丝垂在身后，他赤脚朝着裴云舒走来。

裴云舒不自觉退后，直到退到了树边。

这衣衫对黑蛇来说还是小了些，手腕露在空中，明明是道袍，却没为他的气息增添一星半点的缓和。

黑蛇靠近他，潮湿的凉气像某种动物的鳞片一般，他的额头两侧，有两个微微凸起的小包，那是还未长出的龙角。

裴云舒变了脸色，但他还未干些什么，黑蛇已经退开，退开之后似乎对他的愣怔还抱有疑惑，冰冷的气息又要靠近。

裴云舒匆匆从他身侧跑开。

断了翅膀的几只鸡连叫都不敢叫，正乖乖地啄着自己身上的毛，一边忍着疼一边将自己拔得干干净净。

裴云舒坐在火堆旁，手抓着青越剑，余光偷偷瞥着四周，想走，却不知道这蛇愿不愿意放他走。

第7章

几只野鸡忍痛把自己身上的毛拔光，又蹦蹦跳跳地到了溪水里把自己洗干净。

裴云舒看着这几只坚强的鸡，觉得和它们相比，自己似乎也没什么。

几只野鸡把自己洗干净后，一道水流划过了它们的脖子，被放完血处理干净，又被水流托到了他们面前。

裴云舒看着黑蛇好像就准备这么吃，但他无论如何也无法和刚才吃那颗蛋一样生吃这些鸡，小声试着和黑蛇说："我不饿。"

黑蛇看看他，如墨一般的俊眉皱起，掰下野鸡最嫩的一块肉递给裴云舒。肉虽然被冲刷干净了血色，但仍是生的。

裴云舒看着他亲手递过来的一块肉，眼皮跳了一下，只能道："我可以烤着吃吗？"

黑蛇歪着头看他，像是不懂他的话。

裴云舒自认为他同意了，起身找了干净的树枝冲洗，插着鸡肉放在火边烤熟，待肉味出来之后，他想起储物袋中好似有调料，找了找，果然翻出一些。

自从辟谷之后，他很少动用这些东西了。

后山灵力充足的地方养出来的野鸡，和凡间的野鸡自然是天差地别的，只是浅浅放了些粗盐，黑蛇就已经被香味勾着走到了裴云舒身旁，蹲下来紧紧盯着烧鸡。

他黑发垂落在身前，静静垂着眼时，脸侧的妖纹异常瑰丽。他这时是人的长相，即使知道他的原形是一条由蛇化出来的蛟，但裴云舒也没了对待蛇那般的害怕。

待鸡烤得差不多之后，裴云舒撕下一块肉放到嘴里细细品尝，确定熟了，才递给了旁边用兽瞳紧紧盯着他的黑蛇："可以吃了。"

黑蛇却不接过这只烤鸡，反而想要去尝裴云舒手里那块香喷喷的烤鸡。

裴云舒愣住，慌张起身后退："你、你怎么能……"

黑蛇看他如此，又凑上来，舌头这次却变成了长长蛇芯的样子。

裴云舒急急偏过头，布下一道结界，他不知道如何去训斥这黑蛇，最后自己反而急了起来，将青越剑横在身前，又后退了好几步："你不许动！"

黑蛇目露不解，他站在原地："为何？"

他问得单纯，似乎刚刚的事是天经地义的。

裴云舒："反正不可以。"

黑蛇皱眉，再美味的烤鸡也在这时失去了吸引力，裴云舒忽觉双脚不能动了，有水在他身下凝成手，把他往黑蛇的方向推去。

直至被黑蛇压迫在一方空间后，这黑蛇又顽固地问道："怎么才可以？"

裴云舒紧紧咬着唇，不说话了。

过了半晌，他才小声道："怎样都不可以。"

话音未落，周围忽有野兽惨叫哀嚎声，此起彼伏，鸟啼声饱含绝望，他们身侧的水猛烈翻滚，好似沸腾了一样，更远处水兽的悲啼响彻山间。

显然，眼前的黑蛇并不满意这个回答。

哀嚎声连绵不断，除了这一片，其余的地方好像都成了人间炼狱，血腥的味道从外面往这处蔓延，只短短一瞬，就压住了烤鸡的香味。

裴云舒颤抖着手抓紧黑蛇的衣衫，抬头，黑蛇正低头凝视着他，那双血红色的眸中映出了裴云舒的脸。

暖金色的火光没有给他的眼中带来一星半点的暖意，里面单纯的不满和迷惑，丝毫没有因为惨叫声而消失。

"要相熟，"裴云舒颤抖着声音说，"那样才可以。"

黑蛇困扰地蹙眉，垂眸看他，半晌道："我名，烛尤。"

周围绝望的嚎叫声戛然而止。

大师兄带着赶制好的蛇皮外衫，在中午时分来到了四师弟的住所，只是四师弟不在。大师兄索性也无事，便干脆坐在院中石桌旁等着他归来。

这一等，就等到了月上枝头。

夜色罩了山头，小童也走过来道："大师兄，若是有事，您便先告诉我，等云舒师兄回来，我再转告给他。"

大师兄看了一眼天色，拒绝了："我明日再来。"

他走出裴云舒的小院，往黑暗中看了一眼，不知云舒师弟能有什么事，竟然一天也没有回来。大师兄叹了口气，御剑离开。

一个时辰之后，裴云舒才一身疲惫地回到住处。

直到房门紧闭，他布下一个又一个结界，才靠着院中大门滑落坐到地上。他目光无神地看着远处，身旁一草一木都蕴有勃勃生机，和他一路来时看到的景象完全不一样。

他离开时，烛尤就站在火堆旁，天地月色没在他的身上留下光亮，裴云舒愈行愈远，扭头看去时，在火堆旁看到一双亮起来的殷红的眼，红到其中好似有血液流转，鼻间也能闻到浓重的血腥味。

这不是错觉，裴云舒御剑在空中，下方的山林中离烛尤越近的地方伤亡越惨，血腥味道更重。

这样的情况本应该让师门察觉，但那些流遍山林的血液自发聚成了涓涓血流，乖乖地流进了溪水之中。惨叫着死去的野兽好像成了深夜中悄然逝去的秘密，谁也不会知道。

想起刚刚看到的画面，裴云舒的额头有冷汗冒出，他坐在地上，手垂在一旁，草上露珠沾湿了他的指尖。

良久，他才站起身，洗掉身上的血腥味。直到泡在热水中，他一直紧绷的神经才放松下来，也在这时发觉了不对。

因为今日实在疲惫，他便放了许多灵草在浴池中，本来被灵力染得发青的池水，现在却已经变得清澈见底。

裴云舒又从储物袋中掏出一些灵石放入水中，过了片刻，这些灵石果然失了灵气，这种吸入灵气的速度，比之前要快上三倍有余。

裴云舒倒吸一口冷气，他想起了烛尤让他吃的那枚黑蛋。

深呼吸压下脑海中的画面，裴云舒运气，趁着这大好机会，在池水中将灵气运转上一个周天。

旁边的青越剑忽地动了一下，它用剑尖试探地碰碰池水，下一瞬整把剑都沉入了水中，剑柄靠在池边，发出低低的清鸣。

裴云舒睁眼便见自己的本命法宝如此惬意的模样，不由得莞尔。池水中被他放了不少灵石和灵草，他曾用青越剑戳出黑蛋的一条裂痕，青越剑也沾上了蛋液，或许对他的剑也大有用处。

"多多修炼吧，"裴云舒笑着和青越剑道，"到了金丹期……"他就可以再和师父提下山历练的话了。

下了山后，就可以远离这师门，那条蛇……

待他找个宝物还回去，也问心无愧了。

青越剑颤了一声，似乎在应和他的话。

一人一剑舒舒服服地泡完这个澡，精神百倍地回了房，睡梦中，裴云舒梦到了自己在云端畅游世间山川的景色。画面一转，他站在雪山之巅，盘腿坐在青越剑上，乌发上的束带飘落在脸颊一边，他看到自己的双眼是从未有过的明亮。

裴云舒嘴角含着笑，沉沉进入梦中。

第二日，裴云舒睁开了眼，他穿好衣物打开门，小童正在给草圃浇着水，看见他醒了之后小跑过来："师兄，昨日大师兄来了。"

裴云舒："大师兄来做什么？"

小童不知，就把昨日云景在院中等了他一天的事情说出，裴云舒蹙起了眉。有什么事非要当面和他说？

云景说今日还会再来，裴云舒便在院中等着他，幸而没等多久，云景就来了。

他不是一个人前来，身后还跟着三师兄和小师弟。裴云舒瞧见他们，昨夜梦中的轻快远去，他好似被一拳重重打回了现实，嘴角的笑容收敛，眉眼间又覆上一层不易察觉的郁色。

云忘笑着跑了过来，率先坐在裴云舒身侧，浅浅一笑："师兄。"

裴云舒轻轻点头："小师弟。"

他今日还是穿着一身雪衣，只是束发的丝带用了浅蓝色的，为他增添了几分亮丽。那仙姿玉貌，即便发带换成了蓝色的也挡不住。

云忘眼中一闪："师兄今日的面色不错。"

跟在身后走过来的云景、云蛮二人闻言，也仔细看了看裴云舒的面色，果然如云忘所说，今日的云舒师弟神采奕奕，确实不错。

三师兄云蛮打开折扇，无比风流地摇了摇，打趣道："师弟莫非是知道大师兄为你带来了宝物，才会如此神采飞扬？"

云忘闻言好奇道："什么宝物？"

气氛一时静默，云蛮尴尬地合上折扇，这才想起来那块蛇皮的分配——大半给了裴云舒做衣衫，剩下的小部分，他们就按照云舒师弟的想法，打算做条腰带送给小师弟。但这种情况下，怎么能说得出口？

三师兄只好含糊道："是一件防御类的法宝。"

大师兄叹了口气，直言道："是给四师弟做的一件衣衫，可防刀剑水火，小师弟也会有，明日就能送到你手中。"

云忘眼睛一亮："和云舒师兄一模一样的法宝？"

三师兄低低道："是一条腰带。"

之前他们提议的时候谁都没有想过，万一小师弟多想该怎么办。不过这蛇皮能被发现，云舒师弟占了大功劳，小师弟能有一条腰带，已经是意外之喜了。

"腰带也很好，"云忘笑着和师兄们道谢，"师兄们能想到云忘，已经让云忘心生喜悦。"

裴云舒由着他们说话，自己只出神地凝视着桌上的花纹，旁边的云忘突然看向他："不知师兄的那衣衫法宝，能不能穿给我们看看呢？"

大师兄闻言，就从储物袋中拿出衣衫，衣衫为蛇皮所制，却是一种薄纱质地，上有繁复花纹，风吹起衣衫下摆，好似稍微用些力，就能将这件纱衣撕碎一般。

良久，三师兄才道了一声："之前竟然瞧不出来，那纯黑蛇皮也能变成如此轻快飘逸的模样。"

"这东西刀枪不入，为了炼制好这件衣衫，可把无奇峰上的师兄弟给为难坏了。"大师兄耐心解释了一句，抬眸看着裴云舒，"师弟，试试吧。"

云忘笑得眼睛弯起："师兄快去看看合身不合身吧。"

第8章

蛇化蛟的过程要蜕几次皮他们并不知道，但捡到的这块皮不是凡品，无奇峰上炼器的弟子们见到后更是爱不释手。

裴云舒身上还穿着外衣，是无止峰上的道服，无论是重生前还是重生后，裴云舒从未穿过薄纱，也未曾穿过这个颜色的衣服。

薄纱倒是没什么，外袍里面还有衣袍，但这是那条蛟蜕下来的皮……

他稍稍迟疑，三师兄却以为他不愿，哈哈大笑着走近，扇柄一挑。

裴云舒退后的动作慢了一步，白色的腰带猝不及防被松开垂落地面，外衫解开，里面崭新整洁的里衣也露了出来。

"三师兄，"裴云舒皱眉，他眉眼罩上一层不喜，"你在做什么？"

云蛮连忙讨好地笑了几下，捡起地上的腰带放在石桌之上："师弟，别生气，师兄只是想和你开个玩笑。"

裴云舒抿着唇，不想看他，拽着袖口将外衣脱了下来。

云忘自然而然地接过他手上的外衣，叠好放在自己的腿上。

一股清香飘到他的鼻端。

皂角和灵植的清香，还有一种无止峰特有的檀香味道。

裴云舒接过那件衣衫，虽做成了薄纱的样子，但触手仍然冰冷。

他的手不自觉抖了一下，倏地转过头往四周看去，风吹草动，无一丝不对，好似刚刚生起的那股被窥视的感觉也只是他的错觉。

大师兄跟着他的视线往周围看了一圈，什么也没看到："师弟，有何不对？"

裴云舒迟疑着摇摇头。

大师兄瞧他仍在出神，叹了口气，上前拿过衣衫，从一侧的手臂穿过，亲自给他套在了身上。

黑色薄纱被穿在裴云舒的身上，衣角飘起，更衬得他肤白如玉，翩然欲仙的感觉非但没减，又添上了几分肃杀之意。

云忘盯着大师兄给裴云舒披上外衣的手，忽然笑了："大师兄对四师兄真好。"

旁边的云蛮听闻，笑着道："师兄和师弟的感情一向挺好。"

薄纱一上身，确定合身之后，裴云舒就把它脱了下来，这是烛尤的皮，穿在他的身上，只是想想便感觉无比怪异。

"难得看到师弟身上换了一种颜色。"三师兄道，"山下的成衣铺各种颜色的成衣都有，黑、白两色还是单调了些。等以后师弟下了山，师兄带你好好去看看那些好颜色。"

他惯会说，裴云舒本还因为他解开自己衣服的事而心中不快，但听到"山下"二字，又忍不住多问："山下还有什么？"

"东西可多了。"三师兄摇摇扇子，又拿扇子敲敲云忘的肩膀，"小师弟，和你云舒师兄说说，师兄带你下山时都买了什么好东西给你？"

裴云舒跟着去看云忘，他的神情专注，视线也无比认真地聚集在云忘的身上。云忘笑了一下，从储物袋中拿出一盒女子用的胭脂。

胭脂盒格外精致，雕刻着镂空的花草、河流，云忘把这盒胭脂推到了裴云舒面前："师兄，你猜猜这是什么？"

裴云舒已经在无止峰上待了许多年，偶尔下山一次也从未深入凡间集市。他拿起这精致的小盒，发现可以打开，心中犹疑，等看到木盒里头细细的红色粉末后，才了然："是胭脂。"

云忘点头，轻轻道："既然师兄答对了，那这盒胭脂，就送予师兄好了。"

裴云舒："给我能做什么？"

这盒胭脂磨得极细，颜色鲜艳而亮丽，裴云舒的指尖放在一旁，一白一红，强烈色彩蹦入别人眼中。

"师兄，"云忘将他的手放在石桌之上，白皙的食指蘸了一点胭脂，在裴云舒的手背上抹出一道红色，"这颜色可好看？"

裴云舒抽出了手，抽出手帕擦拭："小师弟，好看是好看，但我用不上。"

他把胭脂重新推到云忘面前，云忘垂眸看了一眼木盒，睨了裴云舒一眼，笑容变大："师兄，真的不要？"

裴云舒摇了摇头。

云忘就收起了胭脂，转而和他讲起山下其他的事。

他自幼在凡间长大，小小年纪经历了不少风霜，也见识过许多凡间物事，说起来趣味横生，本来随意听听的大师兄和三师兄，也越发聚精会神起来，更何况是裴云舒。

夕阳西下，直至滔天兽在门外不耐烦地吼叫几声，几个人才如梦初醒。

"小师弟辛苦了。"云景倒了杯水递给云忘。

云忘朝他粲然一笑，双目灵动："师兄听得喜欢就好。"

无止峰养人，凌清真人又格外看重云忘，因云忘还不能辟谷，所以每日的吃食都由人专门烧炙奉上，这几日下来，他反倒越发精神了起来。

大师兄笑道："快些回去吧，想必师父也开始担忧了。"

云忘点点头，正要走，又忽然低下了头，小心翼翼道："师兄，那蛇皮，真的有云忘的份吗？"

"自然。"云景颔首。

云忘从储物袋中掏出一条剑穗，欢喜地塞到大师兄的手里。

门外滔天兽的吼声中已经带上了明显的不耐烦。

云忘朝着院外走去，转身离开前，他特地看了一眼裴云舒。

裴云舒看着他们的目光没有一丝波澜，好似即使与他如此要好的大师兄对新来的师弟多多照拂，也不会在他的心里留下多大的影子。即便师兄们被这个小师弟夺走，他也能若无其事地移开眼。

他手上的那道胭脂已经擦去，身上的道袍不染尘埃，云忘刚刚帮他拿着衣服，即使拿了再久，也不敌一个净身术的作用。

云忘回过头，他深陷世俗，云舒师兄却好似要羽化登仙。他生平最厌恶这样的人，好似看破了红尘，实际连红尘也未曾体会。

师兄们对云舒师兄如此好，好到大师兄为云舒师兄穿上外衣时，那只手看在云忘眼里,实在是碍眼得很。

他约莫是讨厌裴云舒到了极点,因此才想着夺走身边人对裴云舒的宠爱。

滔天兽利齿外露,懒洋洋地瞥了云忘一眼,用金色的竖瞳往众人身上看去,等云忘爬上来之后,便驮起云忘一跃而起,往空中飞走了。

等人走后,裴云舒拿着那件刀剑不入、水火不侵的衣衫进了房,却不知道该把这衣衫往哪里放。放在他能看到的地方,他心中觉得不适;可收起来不用,又无异于暴殄天物。

良久,他叹了一口气,将薄纱放在书桌上,拿起一层厚厚的白布盖在其上。这样就谁也瞧不见谁了。

裴云舒修炼了半日,再回房内时,桌上薄纱外头罩着白布的一半却滑落到了桌边,纯黑色的衣衫避开了灯的光线,成了那片最为黝黑的一处。

这会儿时间还早,裴云舒没有睡意,他便拿了本书,提着灯坐在了书桌旁,将白布重新盖住衣衫后,放下手中东西,就着灯光慢慢看了起来。但没看几行字,忽闻窗外有人低声哭泣。

裴云舒披上衣服出来一看,院中的小童正躲在墙角偷偷抹着泪,看到裴云舒出来之后,吓得连忙站起身擦去眼泪,脸色煞白。

"发生什么事了?"裴云舒温声问。

小童的眼泪又止不住地流下,回话还算利落:"师兄,每年的这会儿,老家都会举行灯会,因为我实在思乡,才忍不住偷偷哭了起来。"

师门可允小童下山,只是小童皆是没有灵气的肉体凡胎,下了山之后就再也无法回来。因此哪怕再想念家乡,小童也不愿意离开单水宗。

裴云舒安抚了小童,等再次回到桌边坐下时,手中的书却再也看不下去了。他御剑飞行,上上下下也不过一盏茶的时间而已,小童家乡就在山下村镇,小童不能离开,师门弟子若只是下次山,应当也没什么问题。

想法来回拉扯了许久,裴云舒终于下定了决心,他咬咬牙,换下衣服，因他的所有衣衫都是道袍，他便将那件纯黑色的薄纱穿上，拿着青越剑，悄无声息地出了院门。

月朗星稀，裴云舒绕过师兄弟和师父的住所，御着剑往山下飞去。厉风吹起他的发丝，裴云舒摸摸耳侧，这才恍然发现他竟是连发都忘了束。他勾起唇角，从袖中拿出一条发带咬在齿中，双手梳理着长发，在高空之上，将发带仔仔细细地缠上。

"仙长！"头顶传来一道略有些耳熟的声音，裴云舒心中一跳，抬头看去。

只见一只巨大的老鹰在他结界之外飞着，那双幽绿色的眼睛里满是喜悦和令人生恶的贪念。

见裴云舒看到了它，它的利爪猛地向下破开结界，与此同时，一股劲风袭来，扰乱了青越剑的飞行。

裴云舒踩着青越剑到了地面，青越剑化作正常大小回到了他的手中，剑身泛着骇人的青光，裴云舒直视空中朝他冲来的巨鹰，眼中已经带上了杀意。只是这一剑还没送出，巨鹰就在距离他不远处，被一道水流刺入了心脏。

血液在空中落下，如一场犹带腥气的雨，但还未滴落到裴云舒身上，裴云舒便被一道不知哪儿来的推力，一下子推到旁边一棵巨树之下。

黑蛇化成了人，靠近裴云舒，蛇尾缠住了裴云舒。

第9章

冰冷的鳞片透过衣服刺激皮肤。和普通的蛇不同，蛟身上的鳞片触感更加明显，在腿上滑动时也更让人毛骨悚然。

裴云舒头皮发麻，身上的每一处都变得无比敏感，他咬着牙，极力忽视从他的双脚缓缓往上攀行的尾巴。

这不是蛇，这是蛟，蛇和蛟不一样。

在心底反复告诫自己这句话，裴云舒声音发颤："你离我远一些。"

烛尤闻言，慢吞吞地退去蛇尾，重新变出了人腿。

他这会儿并不是赤身裸体，身上还穿着裴云舒上次给他的衣衫，潇洒地穿着外衫，松松垮垮，腰带也乱七八糟地系着。

发比黑夜还深，脸却俊得妖异，烛尤低头看他："去哪儿？"

说话间，冷气吹过，裴云舒不敢看他淡色的薄唇，生怕里面会吐出分叉的蛇芯子，可对着烛尤的那双猩红的眼睛，却不能不回答："我去山下走一趟。"

他刚刚束起了发，徒手束的发有些凌乱，随着风张牙舞爪地飞扬，烛尤被这些动来动去的发丝吸引住了视线，转而去盯他的发："我也去。"

应当是这几日说话多了的缘故，烛尤的声音虽仍然沙哑，但已经流畅许多，这点小小的瑕疵已经遮不住他动人的声音。

裴云舒不知如何拒绝，更何况现在时间已晚，再拖延下去，谁知道那花灯铺会不会收市。他便使出青越剑，先一步踏了上去，侧头看着衣衫凌乱的烛尤，不情不愿道："上来吧。"

烛尤站在裴云舒的身后，等飞至空中时，身上松垮的外衫几乎要随风飞走，这样"潇洒不羁"的穿着，想都能想到山脚下百姓会对他有什么样的反应。

"你化出一身衣服，"裴云舒说，"我储物袋中的衣服只有道袍，并不适合你。"

烛尤皱眉，细细打量他身上的衣衫，一步步从内到外化出了整洁的一身衣服，细细看去时，每一个细节一模一样，他甚至还将自己的血眸变成了黑色的，妖纹抹去，额头小包掩住。这样看上去，已经与人无异了。

裴云舒松了口气，这才突然想起，他身上穿的薄纱，还是身后这人蜕下来的皮做的。他面上染了薄红，分外不自在，但烛尤没有开口说这件事，裴云舒只能尽力装作若无其事。

青越剑的速度很快，转眼，他们就看到了山下一片灯光的繁华景象。等脚踩在昏暗的巷中时，裴云舒看着巷口人来人往的街道，竟一时迈不动脚了。

各式各样的花灯透着暖黄的光，照亮每个人脸上的笑意，裴云舒足足看了一会儿，才恍然回神，往巷口走去。

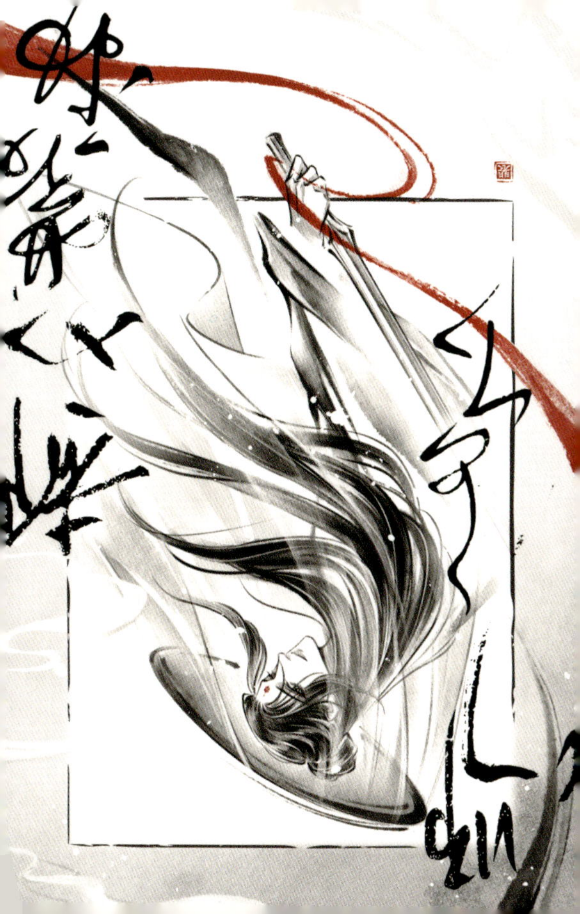

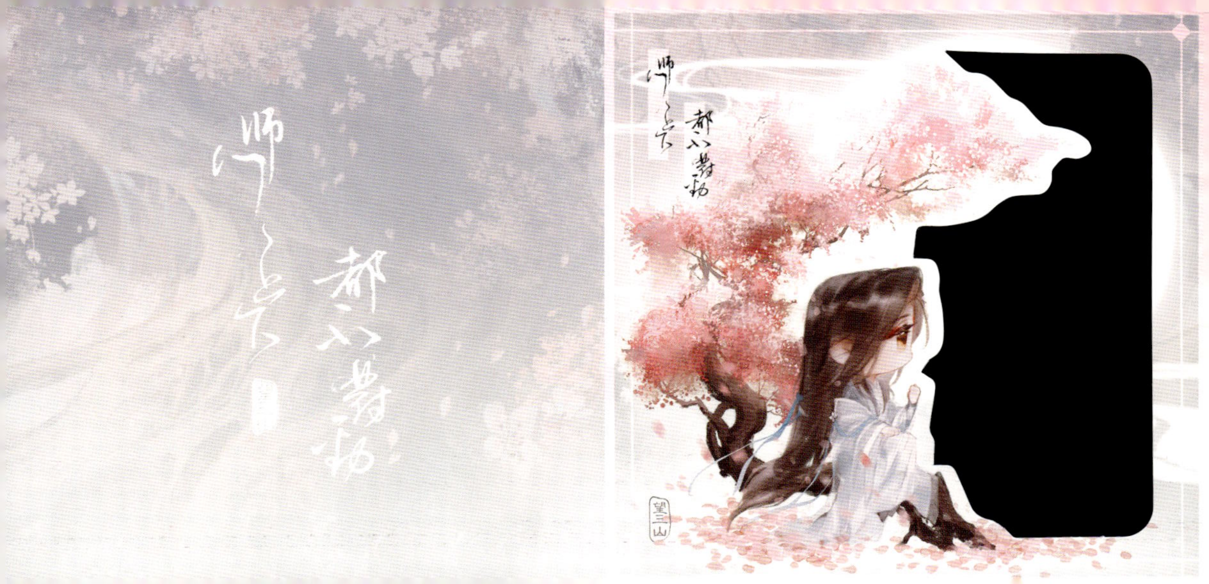

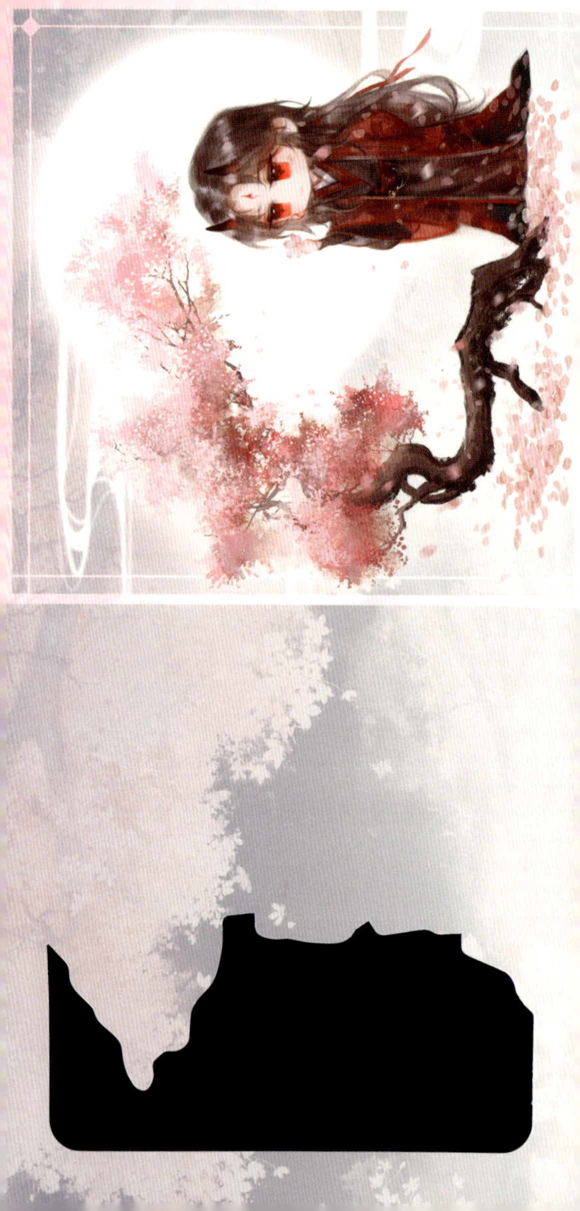

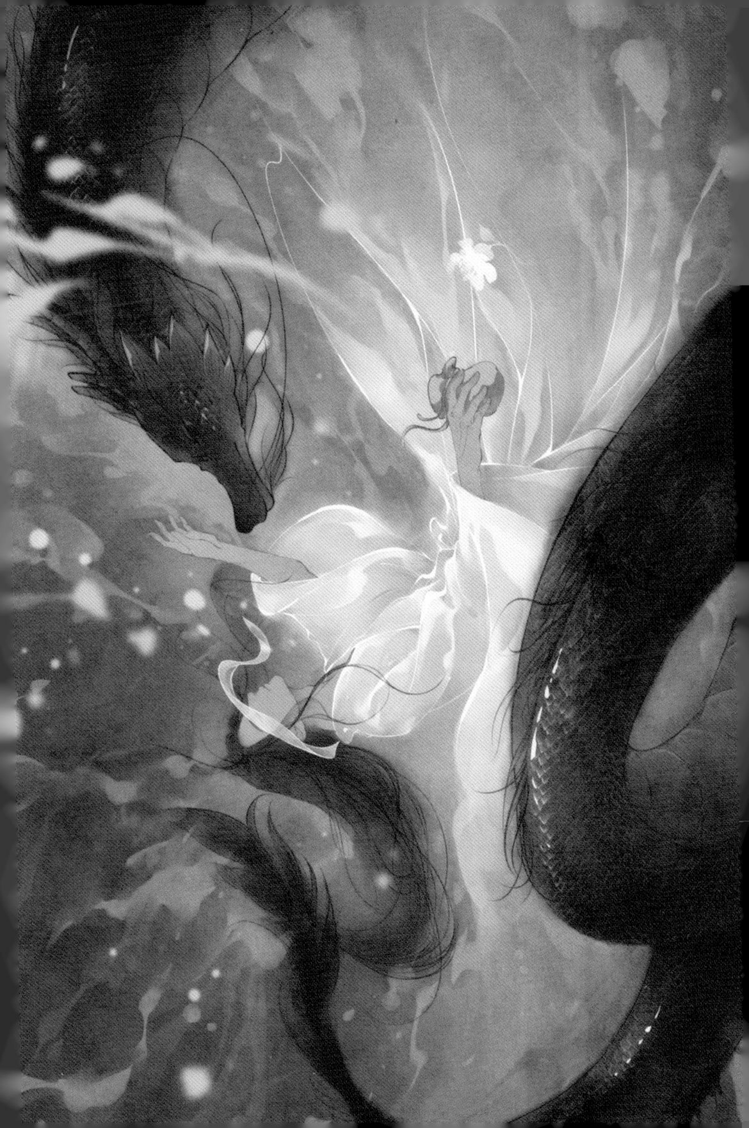

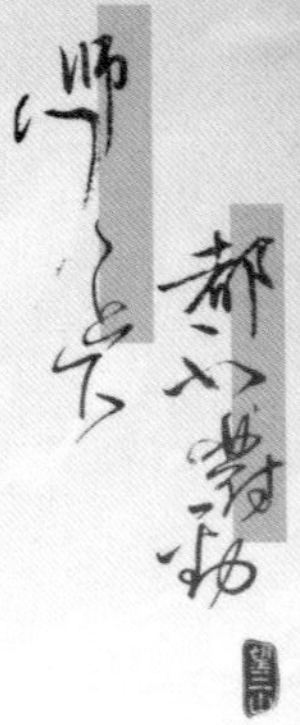

『烛尤……』

他张嘴呢喃，却连说什么都不知道了，

『别……』

烛尤跟在他的身侧，冷淡的眼中没有一星半点对周围热闹的动容，随意看了几眼，就毫无波澜地将视线转回裴云舒的身上。

裴云舒脸上的表情没有变化，但那双眼睛，时时刻刻看着周边一个个憨态可掬的花灯，还有各种在他身侧穿梭的人。渐渐地，他脸上浮起了略带欢喜的笑。

除了花灯，还有卖各种东西的小贩，叫卖声不绝于耳，一时叫人觉得眼睛都不够用。

他们行至一个摊位前，烛尤忽地伸手拽住了裴云舒。

裴云舒不舍地从花灯上移开视线，因心情好，看着烛尤时眼睛里面也含着笑意："怎么了？"

摊位老板笑容热情："两位公子，可是看中了什么？"

烛尤从他摊位上拿起一条白色的发带，摊位老板忙道："这是天下第一炼器宗苍月宗炼出来的东西，虽说是个失败品，但发带上华光流转，格外好看，公子要是想要，给这个数就好。"

烛尤手上一动，这条发带已经没了踪影，摊位老板瞪大眼睛看他："你这——"

烛尤面无波澜地回望着他。

凡间要银子，也要灵石。若是老板有灵气那便给灵石；若老板只是个凡人，那便只给银子，省得招惹事端，徒给人家找麻烦。裴云舒看烛尤的表现，知他恐怕不知道还要付钱，就从袋中掏出银子交到了老板手里。

烛尤若有所思地看着裴云舒的动作，等两人走远时，他才问道："那是什么？"

"银子。"裴云舒认真道，"买了别人东西，就要用这个付钱。"

小师弟昨日和他们说过，山脚下那一片地方与其他繁华之地比起来不算什么，但裴云舒却觉得已经足够精彩，无论是人还是物，都是他从前从未见过的。直至逛完了花灯，走到小桥流水旁，裴云舒的眼睛还在熠熠发光。

河流里也放着许多荷花灯，一个个红色的花灯沿着河流往远处漂动，挨个从裴云舒面前漂过。

裴云舒出神地看着河流和灯,突觉手腕被人抬起。他侧头一看,烛尤一只手上又出现了那根发带,对方正慢条斯理地往他右手腕上缠绕着。

裴云舒挣了挣,却动弹不了分毫,烛尤抬眸看了裴云舒一眼,他的眼睛不知何时又变成了血色的,月光被遮起,天色暗得只剩下花灯,他的这双眼睛,竟也好似在发亮。

"你干什么?"裴云舒问。

烛尤:"给你。"

言语间,他已经将这条白色的束发带缠绕在了裴云舒的手腕上。细长的布条宛如一条蛇,腕处突出的好看骨节被包裹在了其中。

想到老板说这是条炼废了的发带,裴云舒压下心中的不安:"烛尤,这是束发带。"

烛尤垂眸看了他一眼。

裴云舒心中的不安忽地放大,他这次用了十分的力气想要将手抽出,但丝毫没有作用。

一滴血滑过烛尤的指尖,烛尤的血液滴在发带之上,只见下一刻,平凡无奇的发带好像忽地活了过来,在裴云舒的手臂上蜿蜒爬行,过了几秒,突然消失不见。

之前的预感成了真,裴云舒的手臂微微颤抖,黑暗下的光滑手臂有着白皙的色泽,干净得无一丝痕迹。

"跑哪儿去了?"烛尤声音含着不知真假的困惑。

裴云舒心中一跳,也跟着急急问道:"那条发带是怎么回事?"

但烛尤还没回答他,裴云舒就感到腿上一阵发烫。好像那个消失不见的图案,重新印回他腿上一样。

裴云舒眼皮一跳,不敢置信地看着烛尤。

烛尤:"送东西,相熟了。"

裴云舒声音不稳:"不熟,现在不熟。"他的眼睛睁得大大的,里面全是害怕之意,惊恐地看着烛尤,不住摇着头。

烛尤看着他,瞳孔状态如野兽盯上猎物,时间一点一滴地过去。

"不相熟?"沙哑的声音问。烛尤的声音满是困惑。

裴云舒的眼角已经绯红一片，眼中含着水光，他被吓到了，只知道摇着头，不停地摇着头："现在还不熟。"

烛尤垂眸看他："哭了？"

裴云舒睫毛一颤，再也掩不住哭腔。

烛尤歪歪头，脸上的妖纹缓缓出现："为什么？"

裴云舒不回答，只是一个劲儿地挣扎："你滚开。"

直到快要到无止峰上，裴云舒才止住了这突如其来的崩溃。

他的眼皮发烫，眼睛周围红得肿起，哭得鼻尖也红了，红意从眼角到耳尖，大哭一场的副作用让他说话还带着颤音。

到了裴云舒的小院，此时已经深夜，鸟虫也陷入了沉睡，四周安静得吓人。

裴云舒哭得累极了，困得快要睁不开眼睛，烛尤却还不走，只是沉沉看着他，又固执问了一遍："为什么？"

"怕蛇。"裴云舒抿抿唇。

烛尤皱起了眉。

裴云舒不敢走，但他快要站着睡着了，身形前后晃动，一个不小心就要摔倒。烛尤拉住他，思忖片刻，去摸自己头上的两个快要破角的小包。

小包格外隐蔽，摸在手中有一种奇异的触感，裴云舒困倦的双眼稍稍回神，迷茫地看着烛尤。

烛尤认真道："蛇可爱。"

"不要蛇。"裴云舒无意识地说着话，那双微微肿起的眼睛，就连野兽也会被激起怜爱。

烛尤用血色的眼睛看他，半响道："不要？"

裴云舒连忙点点头，应是被吓怕了，这次的回答，又带上了低低的颤音："不要。"

"我是蛟，"烛尤道，"不是蛇。蛇不可爱，蛟可爱。"

裴云舒："嗯？"他已经困得听不懂话了。

第10章

困顿的人已经听不懂烛尤的辩解了，只努力睁着无神的眼，看着面前的人。

烛尤道："睡吧。"

裴云舒好似终于得了甘露的旅人，得偿所愿地闭上了眼睛。

烛尤将他送到屋内床上，又觉得有些不对，才想起这人睡觉，是要脱去衣服的。但看着裴云舒身上穿着的是自己的蛇皮做成的薄纱，烛尤不想给他脱下。

裴云舒的双眼因为刚刚的一番哭泣，眼皮已经哭得红了，即使闭着也能看出肿。

烛尤站在旁边看了一会儿，用冰冷的手指盖在他眼睛上，替他消去烫意。

裴云舒苏醒时，还困得睁不开眼睛。

他昨晚睡得格外沉，身心轻松，一夜无梦。好像昨晚哭的那一场把他所有的委屈和害怕都哭了出去，导致现在的心情轻松得好似飞到云端，脚不着地。

又过了一会儿，他才从床上起身，觉得身上有些不舒服，低头一看，原来是连外衫都没脱。他匆匆脱下，将那件薄纱和里衣搭在屏风上，动作又不觉停了。

他在那个蛇妖面前大哭了，哭得放肆崩溃，还说着"不要"的话。裴云舒想到此，不自觉握紧了手中长发，觉得万分羞耻和窘迫。

他是第一次哭得那般凶，还如此失态，先前的那些郁气，他竟然就这么一口气朝烛尤发泄了出来。但哭得那般凶，眼睛却不觉得难受。裴云舒的手摸上眼角，忽地想起昨晚的那条发带。他忙看向腿上，本以为还会看见一个活灵活现、栩栩如生的蛇图案，却没想到竟然什么都没有。

裴云舒愣了愣，又仔仔细细看了一番，确定没有那条巴掌大的黑蛇。

那昨晚的烫意是怎么回事，那条发带又去了哪里？

一身清爽的裴云舒出了房门还在想着这个问题，一张传音符在这时飞到他面前，凌清真人冷漠的声音传出："云舒，一刻钟之内过来找我。"

周围的城镇都受单水宗保护，这几日附近的几个城镇中聚集了一些魔修，凌清真人看弟子们闲得无事，索性安排他们下山查探。云忘修为不行，便被凌清真人留在了无止峰上。

弟子们恭恭敬敬地回了声："是。"

裴云舒垂着头，凌清真人用余光扫过他，才恍然反应过来，向来黏他的四弟子竟然许久没主动来找过他了。好似自从云忘被他带上山后，云舒就不再亲近他了。

凌清真人皱皱眉，如果真是这样，他这四弟子，是不是想用这种方式来表达不满？他的语气沉了下来："云舒留下。"

其余弟子一个个退了出去，包括云忘，房门被关上，惨白的太阳光从小窗口斜斜照在地面。

裴云舒一动不动，他心中疑惑，但仍然朝着师父行礼。

凌清真人的脸部被阴影遮起，声音低沉："你与你小师弟的关系如何？"

裴云舒顿了顿，才低低回答："回师父，尚可。"

这小小的停顿，让凌清真人冷冷哼了一声。

"修行之人切忌生妒，"凌清真人道，"你虽是我徒弟，但我的弟子不止你一人。云忘年纪尚轻，我对他多多照顾本是应该，即便不是云忘，我对哪个弟子好，你也无从置喙。"

裴云舒如坠冰窟，他没忍住上前一步，匆匆抬起脸："师父，我……"

看到师父的脸时，话却说不出来了。

凌清真人看着他的沉默，脸上神情终于暴露在裴云舒眼中，是仿若没有七情六欲的冷漠样子："云舒，你道心不稳。"

这一句话像是一句判语，令裴云舒再也无法上前一步，良久，他缓缓往后退，低着头，深深行礼："师父说得对。"

凌清真人总算满意了些，又觉得先前那些话太过严厉，但话已出口，无法收回,他只能淡淡道:"此番下山,跟着你师兄多学学。"

裴云舒道:"是。"

师徒两人一时之间沉默。

"如果师父没事,"裴云舒道,"弟子先告退了。"

凌清真人无话,裴云舒等了等,就自行退了出去。

师父住处在无止峰的顶层,而无止峰是几座山峰中最高的。三师兄曾戏谑过,说师父这住处应当单起一个名字,叫作寒冬处。此时此刻,真的犹如寒冬。

外面,大师兄、小师弟等四人就等在桃树下,裴云舒缓步走了过去,大师兄问道:"师弟,师父留你何事?"

裴云舒一副平淡无常的样子,和师兄弟道:"无事。"

"师父必定是喜欢极了师兄,"云忘笑意晏晏,"每次师兄来这儿,都会被师父留下来说话。"

裴云舒扯起苍白的唇,只轻轻感叹一句:"这里可真是冷。"

三师兄道:"是有点。"

"啪"的一声折扇打开,他又油嘴滑舌地调笑道:"师弟,瞧瞧你脸都被冻白了,需不需要师兄为你披上衣袍?"

二师兄云城含着笑意,瞥他一眼。

裴云舒脸侧的发被寒风吹起,他侧过头,迎着风看向远方。

太阳悬挂空中,桃花飘飘扬扬。

他觉得当真冷极了。

不过这些冷意,习惯了之后,好像也没什么大不了的。

师门周围的几个城镇入了魔修,此事可大可小,若是他们不打算在单水宗的地盘里做什么坏事,单水宗也由着他们。

大师兄问道:"云舒师弟想要和谁一起?"

他们需要分开行动,因裴云舒未曾下过山,师兄几人对他很是照顾。闻言,二师兄和三师兄也看向了裴云舒。

裴云舒断不会选择和二师兄同行,剩下的大师兄和三师兄,明明大师兄最为老实可靠，三师兄吊儿郎当，但裴云舒不知为何，却不想选择可靠的大师兄。

"我和三师兄一道。"他最终道。

三师兄当即笑了起来："师弟做得好，一路同行，自然要选一个知心人才好。"

这次不只是二师兄，大师兄也皱起了眉。三师弟总是这样口无遮拦，最近却越来越过分了。师弟明明也不喜欢，为何要与三师弟同行？

不过既然已经决定了，大师兄只能告诫云蛮："照顾好云舒师弟，切莫油嘴滑舌。"

三师兄面色端正起来："师兄，不必多说。"

师兄弟几人分道扬镳，裴云舒与三师兄一起御剑离开师门，等越过无止峰时，才侧头往下一看。高峰耸立，云雾飘荡。

三师兄在身后随意道："师弟，师兄们为你做的衣衫你可带出来了？"

裴云舒微微颔首，想起了烛尤。昨日在他面前太过失态，今日离开无止峰，想到一段时间遇不到他，暗自松了一口气。

只要不见面，就不会想起那无比丢人的画面。

三师兄叮嘱道："到了城镇后，师弟就换上那件薄纱。师兄这里还有一顶帷帽，师弟也一并戴上。"

裴云舒奇怪道："师兄，为何要戴帷帽？"

云蛮意味不明地笑了几声："师弟，若你被凡间的哪位姑娘看上了，硬是要你对她负责，这可如何处理？"

这一番话让裴云舒哭笑不得，但也知道云蛮是好意，便点点头："好的，师兄。"

不过半个时辰，两人已经落在城镇之外，云蛮果然从储物袋中拿出一顶薄纱长至脚踝的帷帽，白色薄纱层层叠叠，里面的人能看清路，外面的人就看不清里面人的容貌了。戴上倒是显得身姿修长、神秘莫测。

他自己也换下了道袍，穿着一身蓝衣，宛若翩翩贵公子，折扇一开，悠然和裴云舒进了城。

这庆和城比这山脚下村镇的热闹繁华更上一层楼，裴云舒看到街上戴着帷帽的男子也三三两两，便心安理得地开始看着周围未曾见过的物事。

云蛮在旁为他介绍着，有些东西甚至能引经据典，从他嘴里说出来分外生动有趣。

两人穿过街道，找到家客栈，此时一路走来，他们怀里抱上了不少当地特色的小零嘴。店小二殷勤地将他们请了进去，落座在角落一处空桌旁。

"客官要吃些什么？"

云蛮熟练地点了些美酒美食，他的状态格外悠闲，好像这次下山不是为了魔修，而只是为了放松。非但是他，裴云舒的状态也格外放松，或因知道小小几个魔修是做不出什么的。

待小二离去，三师兄转头笑看着裴云舒："云舒师弟，今日下山一看，感觉如何？"

裴云舒笑了笑，隔着白纱，这笑意也影影绰绰："师兄，很好。"

"前几年我来这儿的时候还在湖边埋了几坛酒。"三师兄笑道，"等用完美食，师弟便和师兄去尝尝美酒？"

裴云舒自然点头："好。"

一些美食被端上桌，裴云舒和云蛮还未动筷，客栈外就走进来一伙黑衣人。这群人衣衫上都有金丝绣的一朵牡丹，恰好符合了魔修中的花锦门的装扮。

这下连云蛮都有些诧异了。

魔修的宗门繁多，花锦门更是其中最为独特的一个。

说是魔修，花锦门更像是魔修和合欢宗的结合体，门中人厌恶被束缚，不论男女都沉迷欲望之中，把美色当作世间第一追求，只是比起合欢宗，花锦门强迫为多，他们看上的美人多半强行掳走，极具魔修风格。

无论是哪个魔修宗门来这儿，都比花锦门看着要正式得多。

三师兄起了好奇心，裴云舒也是如此，他们在角落，还布上了一层结界，自然不怕被对方发现，光明正大地朝这群魔修看去。

第11章

花锦门这一群魔修中,最前头的是一个长相凌厉的年轻人。英俊眉眼染着阴郁和桀骜不驯,一双深目颇有几分异域风情,正轻佻地巡视着店内的景象。

掌柜亲自迎接:"几位客人里面坐。"

因这处城镇离单水宗近,来往的人中也是修真人士和凡人混杂,掌柜早就练出一双厉眼,热情如火,把他们朝地方最敞亮的几个空桌引了过去。

这群魔修扫视完了客栈中的人,领头的魔修独自占了中间一桌,其余魔修落座在其他桌子旁,隐隐成合围保护之态。

裴云舒轻声道:"师兄,来的好像不是花锦门中的普通魔修。"

三师兄皱起了眉,又从袖中掏出几块灵石,以防不备地加固着他布下的结界,他担忧的却和裴云舒想的不是一回事:"这花锦门可不讲道理得很,云舒,一会儿好好跟着师兄,我们两个美男子可不能遭了他们的毒手。"

裴云舒忍着笑提醒道:"他们都是男修。"

花锦门讲究阴阳结合,所以被这群男修看到,危险的也只是貌美的姑娘。

三师兄才恍然大悟,摸了摸下巴:"对哦。"

客栈中的一些凡人和认出花锦门的女修已经悄悄出了客栈的门,只剩一些尚有实力的男修还在用着吃食。

只听花锦门中的一个魔修道:"这一路走来也没见过一个美人。"

另一人接道:"城里不是有个春风楼?他们说庆和城的美人都在这春风楼里头了。堂主,今晚去瞧瞧?"

独坐一桌的堂主眯了眯眼,抬手从茶壶里倒出了一杯水:"那就去瞧瞧。"

接下来就是丝毫不顾忌别人的荤话,裴云舒皱着眉,抬眼一看,坐在对面的云蛮听得津津有味,还抽出了折扇风流地扇了几下,一副恨不得也参与其中的架势。

裴云舒手指动动,下一瞬,这些不堪入耳的胡言乱语被结界隔绝,三师兄讪讪地朝他看来,似是才想起他也在这儿,满脸都是懊悔。

云舒师弟初次下山,听到这些东西也不知道心里会不会不舒服。

裴云舒拿起筷子,垂眸吃着饭,看起来是一副不知道生没生气的样子,云蛮细细看着他的表情。

等他们二人吃完饭后,花锦门的人早已离开客栈。

那一行魔修行事张扬,像是生怕别人注意不到他们一样,这样的高调反而让裴云舒捉摸不透他们想干什么。

客栈二楼有卧房,云蛮将在庆和城发现花锦门魔修的事情用传音符送给大师兄和二师兄,转头就问着裴云舒:"师弟,今晚要不要一同去春风楼看看世面?"

裴云舒虽不知道春风楼是什么地方,但从那些魔修的口中也大致能猜到。

凌清真人让他们搞清楚魔修的目的,那自然要时时跟着,裴云舒点了点头:"要去。"

三师兄见他答应得这般干脆,反而促狭地笑了起来,悠悠然坐在桌旁:"师弟,你知不知道这春风楼是什么地方?"

裴云舒顿了顿,不说话了。

三师兄哈哈大笑,更起了逗弄的心思:"师弟,除了喝酒,这地方还是一个极乐去处。"

他说话轻佻,裴云舒微微皱眉:"师兄,别说了。"

如今没有大师兄和二师兄在,云蛮姿态随意,闻言挑眉一笑,站起身,又从腰间拿出折扇,作势要戏弄裴云舒:"师弟,良宵苦短,你怎么不懂呢?"

他一身酒香,吐字却清清楚楚,裴云舒抓住了他折扇的前端:"三师兄,莫要胡言乱语。"

云蛮收回折扇，深深看了他一眼，忽然一笑，转身离开他的房间。

笑声从门内传到门前，若是不论修行道法和宗门的不同，他倒是更像花锦门的那群魔修。

因云蛮打定主意要让裴云舒见见世面，所以天色刚刚转暗，两人便往春风楼赶去。春风楼建在河岸边上。此处风吹杨柳，流光溢彩，街市内亮如白昼。

裴云舒还戴着帷帽，白纱也挡不住这喧哗，不到一刻钟，他们就来到了河岸边最热闹的一栋楼前，楼下身姿曼妙的女子扶栏摇扇，一举一动风月无边。

裴云舒与三师兄被请到里面，甫一进门，他们就看到雕花屏风处那一群手拿酒壶的魔修。被他们称为堂主的那个人更为放肆，正将一名媚眼如丝的美人抵在屏风之上，轻喃细语，极尽挑逗之意。美人脸蛋酡红，香肩半露。

三师兄瞧见这一幕，脸上本来挂着的笑瞬间沉了下去，他往前一步挡住裴云舒的视线，冷声道："腌臜事，师弟莫看。"

岂料这句话刚落，花锦门的堂主就从美人的肩窝里抬起了头，眼神凌厉阴郁，似笑非笑地侧头瞥着三师兄："你在说谁？"

那些以他为首的魔修放下手中酒壶，凑近，虎视眈眈地盯着裴云舒二人的方向。

他们人多，修为也高，裴云舒拽住三师兄的手，让他不要意气用事，客气道："我师兄多言，阁下随意。"

他往前迈了一步，长至脚踝的帷帽荡了一下，仍将容貌遮得分毫不露。对面的魔修中有人嗤笑一声："哪里来的见不得人的玩意儿，也来春风楼消遣。"

女人戴着帷帽多是为了遮容貌，男子戴着帷帽，若非弄虚作假，则多是不敢以真面目示人。

裴云舒没有说话，他只是拿出了青越剑，青越剑飞在他的耳侧，剑鸣声悦，将薄纱也带得如水波荡漾。

剑尖对着魔修，这群魔修闭了嘴，转而看向他们的头头。

堂主从香肩半露的女子身上抽离，他轻飘飘地看了裴云舒一眼，挑起美人的下巴狎昵道："小美人，你说该不该和他们打起来？"

衣衫半露的美人媚眼斜视裴云舒二人，娇笑道："要打也不能在我们春风楼打。"

魔修堂主笑了几声，重新埋在美人肩窝之间。堂主不计较了，那些魔修重新拿起了酒，只是几道视线还似有若无地停留在裴云舒和云蛮的身上。

三师兄冷冷看了他们一眼，领着两人进来的女子连忙道："客官这边请。"

厢房里已经有几位美人温好了酒，裴云舒坐在桌旁，随手摘下了头上帷帽。

白纱落在一旁，三师兄回神一看，大惊："师弟，你怎么将帷帽摘下来了！"

裴云舒蹙眉，反问："师兄，我为何摘不得？"

云蛮神情变幻莫测，因为答不上来，脸色又沉如墨。

师兄弟二人坐在桌旁，春风楼的女子一时不敢上前，但过了片刻，其中一位红衣女子娉婷走来，身姿摇曳，轻巧地坐在了裴云舒旁边。

纤手拿起酒杯，送到裴云舒唇前："客官用酒。"

裴云舒偏头躲过，推开红衣女子的手，他这一侧头，正好对上了厢房大门。

春风楼的门窗雕刻得格外精细，上有高山流水、百花齐放，镂空的那些细小孔洞微微透着室内的光，瞧着精美无比，又若隐若现。

但裴云舒从这些孔洞之中，看到了一双正直直盯着他的眼睛。这双深目颇具几分异域风情，一双眼这样出现实有些吓人。裴云舒惊出了一身冷汗，才反应过来这是花锦门那个堂主的眼睛。

下一瞬，包厢房门就被一脚踹开，那群行事嚣张的魔修大摇大摆地走进来，女子们惊叫一声，踉跄着躲到旁边。

花锦门的堂主走在最后，他甫一进来，那双眼睛就盯在了裴云舒的身上，嘴角勾起轻浮的笑："阁下又不是女子，在我们面前还戴着帷帽，莫非是因为自己相貌太好,生怕被我们掳回宗门?"

魔修们配合地哈哈大笑:"我们宗门的小妖女就喜欢这样的长相。"

折扇从他们耳侧划过,魔修们的打趣声戛然而止。三师兄面无表情地伸出手,折扇亮出了锋利的骨刺,回到他手中时,骨刺划过众多魔修的手臂。

血腥味慢慢溢出,裴云舒知道云蛮此举只是威慑,无意伤害他们性命。对方的魔修显然也知道。

"堂主,"魔修警惕地看着他们,想要护着他出去,"我们先走。"

他们一行人打算退出房门,三师兄表情稍缓,裴云舒警惕不减,忽见已经走出门外的堂主回头,视线与他对上后,嘴角带起了一抹玩味的笑。

裴云舒心道"不好",下意识地向后一躲,果然,先前的座位上已经袭来了一根金色的捆仙绳,捆仙绳袭了空,将座椅碎得四分五裂。

作势要走的魔修们已经拿起武器攻击过来,他们将云蛮和裴云舒隔开,捆仙绳重新飞出,再次朝着裴云舒的方向袭来。

细长的金色绳索灵活强韧,青越剑迎上前,反倒被捆仙绳绑得结结实实,剑身不断挣扎着,裴云舒也紧紧皱着眉。

堂主看着他笑了:"我们找了一路,也没找到能让那畜生喜欢的好容貌,谁知得来全不费功夫,今日,我花锦门就要强掳阁下一次了。

"如此容貌,想必那畜生很是喜欢,就连这捆仙绳都比在下还要着急呢。"

第12章

花锦门的魔修向来不要脸,这些话中光"强掳"二字,其中包含的羞辱意味就已经让三师兄怒发冲冠,他左手从折扇上滑过,一把扇子已经变成了一把银光闪闪的利剑。但那些魔修下属围住了他,拦着他,让他无法支援裴云舒。

花锦门的堂主一点也不着急,捆仙绳捆着青越剑,裴云舒没了剑,就掏出几样法宝,冷着脸朝魔修攻去。

他的攻击都被挡了下来，对方仗着修为高、法宝多，如猫戏老鼠一般戏耍着裴云舒，最后竟挑起桌上的帷帽，趁着裴云舒袭来一道纸符的空隙，将帷帽迎头扔在了裴云舒头上，随后大笑着躲开符咒。魔修站定之后，双手悠悠背在身后。

　　那顶帷帽落在裴云舒身上时，恰好一半钩在桌角，使他容貌半露，当真是半遮半掩。

　　"和阁下认识了这么久，阁下还不知我的名字。"面容俊朗的堂主勾起嘴角，深邃眉眼却显出几分阴郁，"我名'邹虞'。"

　　裴云舒面无表情，青越剑和他心意相通，挣脱捆仙绳的力度加大，青越剑与金绳碰撞，发出如同铁与铁之间激烈相争的刺耳声。

　　魔修言语越来越狎昵，裴云舒的攻势也越来越猛，但他对战经验还是太少，情绪又被怒气左右，露出的破绽反而让邹虞戏谑地笑了。

　　在他的手袭向裴云舒腰间时，裴云舒突觉大腿上一阵烫意传来，一条白色发带倏地从裤腿钻出，在空中缠住了邹虞的手，将他硬生生拽离裴云舒的身侧。

　　发带将邹虞扔进了他的下属中，下属接住了自家堂主。邹虞黑着脸对这条发带施法，可攻击好像落到了空处，没起一丝作用，反而激怒了这突然出现的奇怪发带，只见这发带飞到空中，猛地拉长，下一秒，就暴长成一条通身漆黑的大蛇！

　　蛇头巨大，血盆大口中鲜红的蛇芯若隐若现，眼瞳如鲜血般殷红，正沉沉看着面前的一伙人。它盘在空中，蛇身蜿蜒，却自带一种奇异的美感，被它挡在身后的裴云舒震惊地看着这条蛇，喃喃道："烛尤……"

　　漆黑的鳞片覆在蛇的身上，头顶那两个未出角的小包显示着它的非同一般，不是烛尤是谁？那布条真的藏在裴云舒的身上，竟然能化成烛尤。

　　裴云舒心乱如麻，不自觉往前走了一步，可眼前红衣一闪，刚刚给他敬酒的红衣女子竟拉着他翻身一滚，滚入了不知何时开启的密室之中。

　　密室门"咔嚓"一声落地，眼前一片黑暗，裴云舒从储物袋中拿出一把匕首，横在拽着他不断向深处走去的红衣女子脖颈上："你是谁？"

　　他的声音很冷，但隐隐觉出了几分怪异。拽住他手腕的这只女子的手,竟然如此有力。

红衣女子叹了一口气,一点儿也不害怕地用手推开脖子上的匕首,再出声时却是一道悦耳的男声:"美人,你可要小心点啊!我就剩三条尾巴可以糟蹋了,如果把这三条尾巴用完,也不知道可不可以平安地从秘境出来。哎呀,真是让人心烦,那群魔修怎么就追着我不放呢,知道我喜欢美人,还专门来春风楼抓我,还好我聪明,那群庸脂俗粉怎么能让我现身……"

这人一直喋喋不休,也不管裴云舒能不能听得懂,裴云舒听了一会儿,匕首差点抖上一抖:"花锦门口中说的'畜生'就是你?"

"是啊是啊,我是和你们一边的呀。"这人猛地点头,在黑暗中带起一道香风,"哎呀,要不是你出现了,我定能瞒天过海,让那群魔修认不出我来!"

"……"裴云舒转而问道,"你是何妖?"

"猜猜嘛,看你能不能猜到人家是什么。"

裴云舒暗叹一口气:"是狐狸。"如此喜欢美色,还有着三条尾巴,应当也不是一只简单的狐狸。

这只不简单的狐狸头点得更厉害了,赞不绝口地夸着:"竟然一下子就猜中我是什么了。"

裴云舒不说话了,过了一会儿,他被对方拽着走得更深之后才问道:"你带我去哪儿?"

狐狸深深叹了一口气:"那条大蛇一出来,我就被吓得神志不清了,只想着带你赶快跑。这一跑啊,我已经暴露了,反正暴露也暴露吧,狐妖秘境也快要开了,怎么样也不能让那些魔修第一批进去。我思来想去,不如你跟我一起进狐妖秘境去探险吧?"

这句话里的期待满得都要溢出来,裴云舒的心却越来越沉:"狐妖秘境?"

一个尚未开启的新的秘境,哪是他一个未到金丹期的小子和一个狐妖就能闯进去的?

面对这样大的机遇,裴云舒很冷静:"我自知实力不够,阁下不如去找实力强劲的人搭配,与我……我还没踏入金丹期。"

"怎么这样小瞧自己?"狐狸却不赞同,"按我说,没人比你更厉害了。这狐妖秘境可是我们老祖的秘境,咱们狐妖一族向来是看美色下饭,那些魔修没一个能比上你的,你就算闭着眼进去,也能安全无虞地出来。"

裴云舒莞尔,觉得这狐狸说的话如儿戏一般。

不知道走了多久,隧道前头终于有了些光亮,狐狸带着他加快速度,谁承想还没出去,整条密道突然间地动山摇,尘土、石块飞扬,好似下一秒就要塌陷。

狐狸惊叫一声,裴云舒反手拉着他,脚下运起灵力,终于在密道塌陷前将自己和这狐妖带了出去。

用净身术给自己清理完后,裴云舒抬手,却见这狐妖已经化成了原形,一身红色衣衫空空落在地上,不足膝盖高的狐狸瑟瑟发抖,像是被吓得狠了,颤颤巍巍道:"从、从你身上跑出来的那条蛇到底是什么?"

"它刚刚吼的那声,太可怕了,"狐狸重复,"太可怕了。"

裴云舒愣了一下:"我未曾听到有什么吼声。"

狐狸震惊:"这条大蛇竟然如此不公平,为何只有我听见了。"

裴云舒闻言,不自觉回头看了一眼已经塌陷的密道。

"蛟——"他自言自语。

狐狸像木头一样僵在原地:"什么?"

狐狸似乎已经成了化石,一动不能动,身上的毛竖起,声音却很轻,生怕惊动了什么东西似的:"蛟!"

所以刚才那让他汗毛竖起的吼声,是一条蛟的吼声?

天呢,狐狸要晕了!

第13章

狐狸看起来害怕极了,他身上棕黄色的狐狸毛一根根竖起,双手抱在胸前,瑟缩个不停,偏嘴上还在喋喋不休:"我就说那威慑万物的气势不是一般妖能有的,大人可真不愧是大人,原形也是这么风流倜傥、威风堂堂，我此生唯一能和大人相提并论的，或许就是看美人的眼光了吧。"

他一路走来嘴巴不停，越害怕还越要说，裴云舒只当过耳秋风，一直在试图召唤青越剑。三师兄修为高，下山历练的经验不少，这场面对他来说，裴云舒走了反而给他省了拖累，只是青越剑被魔修用捆仙绳捆住，也不知是否能挣脱。

还有那条发带，明明之前检查过了许多次，都没在身上发现过，烛尤滴血认主的东西，为什么会在他的身上出现？

他的思绪杂乱。狐狸说了半天，终于从恐惧中缓过神来，用狐族特有的上挑眼角瞧了裴云舒一眼，忽然转身一变，又变成了一个艳色绝伦的男子。他这会儿露出的应当是原貌，同春风楼里容貌只能算得上清秀的红衣女子天差地别，裴云舒好奇看去，不由得在心中赞叹：都说狐族多美人，当真果不其然。

见裴云舒看他，狐狸勾起薄唇，修长手指从肩后钩起一缕黑发，缠绕在葱白的指尖上："美人觉得如何，我是否也该是个响当当的美人？"

狐狸的美是具有冲击性的，昳丽而妖异，他的眉眼上挑，狐狸眼够艳，俊美又混杂着几分侵略，自然当得上"美人"二字。

裴云舒点了点头，认真道："你自然是美的。"

狐狸喜得眉开眼笑，好似从裴云舒这里得到认同是什么天大的喜事一般："美人就是美人，眼光和我一样不凡！"

裴云舒笑了，狐狸一直拿余光瞥着他，看到他笑了之后，又问："你们正道的修士，笑起来都这么仙气十足吗？"

裴云舒没听清楚这句话，待他再问狐狸时，狐狸却怎么也不愿意重说，反而和裴云舒说着自己的事，事无大小，巨细无遗地一点一点说着。连家中几只狐，怎么被那群花锦门的魔修发现狐妖秘境的事也给说了出来。

狐狸叫花月，取"花容月貌"之意。两人互通了姓名。

春风楼的这条密道通往城外，山野无人，裴云舒不认得路，只能跟着狐狸在树木草丛中走。

他上辈子太过蠢笨，曾好不容易有了一次能下山做任务的机会，可那时的小师弟也像如今一般不能下山,只能待在师父身边,他便也跟着纠结,心下羡慕不已,纠结来纠结去,到了最后,他索性也在山中留下,陪着师父和小师弟,还是没能下山。现在想来,当初的纠结和抉择当真可笑极了。

一道破空声从耳后传来,裴云舒一愣,随即欣喜地转身,手刚刚伸出,青越剑就蹿到了他的怀里,锐剑带着的战斗气息散开。

裴云舒笑弯了眼睛,他难得这么开心,握着剑柄抽出了剑,谁知刚一抽出,就看到了缠绕在青越剑身上的发带。

发带见了他,激动地飞到空中吐出了一根金色的绳子,正是绑住青越剑的捆仙绳,在裴云舒没反应过来之前,它又碰了碰裴云舒的手腕,"嗖"的一声,不知道藏哪儿去了。

裴云舒手足无措,因为花月正在旁边看着他,视线跟着白色发带消失的方向,往他的袖口里钻去,满脸好奇地想知道这发带能藏在哪里。

"云舒,那是大人变的发带吗?我怎么感觉气息不对?"

不知道这发带在他身上时还好,一旦知道了,浑身都觉得不对劲。裴云舒只能尽力忽视那根发带,将捆仙绳收好,转头问狐狸:"多久能到狐妖秘境?"

狐狸道:"快啦!"

自密道出来,花月就带着裴云舒左拐右拐地在这一处山野中行走,步伐走得奇怪又诡秘,裴云舒紧跟着他的每一脚,知道自己已经踏入了阵法之中。阵法中的每一步都需无比谨慎,若是一步踏错,很可能万劫不复。

走了良久,眼前的景色忽然一变,山林退去,只见眼前是一片荒芜空地,一个足足三丈高的石碑深深竖在二人前方,碑上刻着大气磅礴的四个字"狐族秘境"。

裴云舒看着这四个字。这块石碑不知经历了多长的时间,但其上的灵气仍格外嚣张,蛮横地刺入闯入者的眼中。

狐狸也被震了一下:"我狐族老祖这一手字当真好看。"他想了想,抬手在空中一挥,一面水镜平白出现,镜子里面正是阵法外的景象。

裴云舒在镜中见到了三师兄，三师兄面色乌黑，手中攥着剑。他眼睛沉沉地看着前方，指尖捏了道传音符往空中送去，在他不远处，就是眼睛微眯的邹虞及花锦门其余人。

不需要多想，裴云舒就能知道三师兄将这传音符传到了哪里。无非就是大师兄那儿一处，师父那儿一处。

裴云舒忽然由内到外地生出一股焦急，好似如果他晚入了这秘境一步，下一刻凌清真人就会带着滔天兽降临到他的身边，再冷着脸将他送回师门。

裴云舒道："进吧。"

狐妖："什么？"

裴云舒侧头看他，乌发从肩侧滑落，眉眼温丽而宁和，说的话虽轻，却又有藏着万马千军般的重。他的眼睛好似发着光。

"我们先进秘境，"裴云舒道，"在他们进来之前。"

无止峰上。

屋内的凌清真人睁开眼，起身走出门外，躺在桃树下的滔天兽见了他，懒洋洋地朝他吼叫一声。

云忘在旁边收起书："师父。"

凌清真人微微颔首，抬手接住了一道传音符，他捏碎了传音符，三弟子云蛮的声音从中传出。

"师父，四师弟被一只狐狸带进了狐族秘境。"云蛮声音压抑，藏着满腔怒火。

凌清真人脸色微沉，云忘却直接愣住了。

三师兄说了什么？云舒师兄怎么了？

凌清真人回了一道传音符，转身往屋内走去，云忘却拽住了他的衣衫。

"师父，"云忘低着头，看不清脸上是什么表情，但攥着凌清真人衣角的手已经用力到发白，"您不下山去救云舒师兄吗？"

"我暂且不下山，"凌清真人冷着脸，"你的师兄们会保护好云舒，无须担忧。且人人自有机缘，狐族秘境说不定就是云舒的机缘。"

云忘不出声。

自师兄们下山之后，云忘总是会想起裴云舒，院中的小童说云舒师兄最黏师父，但他留在师父身边时，裴云舒却没有一星半点的反应。

师兄们相携下山，云忘总是会想，今日哪个师兄会和裴云舒说话，明日哪个师兄会和裴云舒接触。只要这么想一想，就觉得满心戾气都要冲了出来。

他当真是讨厌极了裴云舒，嫉妒师兄们对裴云舒的爱护。他们下山，云忘却想着怎么才能让师兄们对裴云舒厌恶，让裴云舒身边没人碰他，没人跟他说话，最好将他关在院子之中，让谁都看不到他。

等到师兄们丢了云舒师兄之后，云忘心底的戾气和杀意却更为尖锐，这让他拽着凌清真人衣角的手在轻轻颤抖。

为什么会这样呢？云忘心想。

那些人怎么这么没用，怎么连云舒师兄都保护不好。

"师父。"云忘压下心底猛烈翻涌的煞气，面上染上些许苍白，唯唇红得艳丽。

凌清真人垂首看他，云忘顿了顿，露出乖巧笑容："徒儿也想下山。"

裴云舒和花月走近了石碑，正准备一脚踏入秘境，却被一道结界挡住了。

狐狸恍然大悟，咬破手指，用血在石碑上画着符咒，嘴中道："我这个脑子，都忘了要用狐狸血开门了。幸好我没让那群花锦门的魔修捉住，那群魔修做事向来残暴，说不定他们会直接把我放血成一具干尸，那时候云舒就见不到我啦！"

他化出的镜面还浮在空中，裴云舒眼睛盯在上面，在狐妖画符的时候，只见镜中天边两道白光一闪，下一瞬，大师兄和二师兄就站在了三师兄身旁。

裴云舒回头去看师兄们在镜面中站着的那个位置，现下秘境中，什么都没有，只有一片荒凉空地。

这一处只是设了一个阵法，事实却是他与三位师兄的距离仅不到百米。裴云舒再往镜中看去，只见二师兄身侧飘着数十柄极细的剑，云城面上还带着暖如春风的笑意，只是一双眼睛冷到了极点。

裴云舒苦笑一声，轻声催促："花月，你要加快速度了。"

"还需一刻钟，"花月抬头去看他，奇怪道，"怎么这么着急？"

看到裴云舒正在看着空中镜面时，狐狸也顺着他的视线看去。

裴云舒抬起手，袖子滑落，一小节如玉指尖遥遥一指，指在了云城的身上。

"那是我的二师兄，"他道，"在阵法上颇有心得。"

狐狸喜道："那多好哇！等你师兄进来，咱们和他一起进秘境淘宝！"

裴云舒移开视线看狐狸，漫天的黄沙吹起他的黑发，半响，他露出一个苍白的笑，声音轻到似乎被风一吹就碎："花月，他若进来了，第一件事便是杀了你。"

第14章

裴云舒在镜中指着的那个人，长身玉立，玉树临风，淡色衣衫随风鼓起，薄唇勾笑，眉清目朗，即便身边飞着数十柄奇怪的细剑，也让人生不起害怕之意。但裴云舒的语气就好似在说着一件必然的事实，他声音轻轻，却惊起了花月的一身冷汗。

狐狸和裴云舒对视几秒，咬牙，低头又咬破了另一只手的指头，加快速度开启狐族秘境。裴云舒抿唇，再次看向镜中。

云城修为和医术皆高，对阵法和符箓也了解甚深，无论是以前还是现在，裴云舒觉得他好像没有不会的东西。

而站在阵法外的云城也开始动了起来，绕着这片山地缓步走着，每行几步，身边的飞剑就听他命令深深插入土地之中，三师兄沉着脸看着他的动作："你说四师弟现在会在哪里？"

在他旁边的大师兄道："没有异状，秘境就没开。既然这里有阵法，云舒师弟十有八九就在阵法之中。"

他们和一旁站着的魔修互不打扰，井水不犯河水，花锦门向云蛮提供了狐族秘境的消息，云蛮一行人就放任他们在此等着云城破开阵法。

即使知道云舒师弟还未进入秘境之中，云蛮的脸色还是不好看。

云城正好绕了一圈，重新走到他们的面前，轻飘飘地看了云蛮一眼："四师弟最好没出什么事。"

一旁的花锦门堂主将双手背在身后，笑得意味深长，插话道："你们的师弟安全着呢。"

单水宗的三人好似未曾听见，云蛮看向云城："你还要多久？"

云城侧头看了看眼前已经插入十几柄细剑的空地，微微一笑："不到一刻钟。"

镜面只能看得到画面，却听不到声音。但裴云舒看着二师兄走了一圈又一圈，不好的预感从心中生起，他蹙着眉，又催促一声："花月。"

狐狸忙得头晕眼花，石碑上，他画的符开始若隐若现，这是快要成功的意思。他一喜，转头看向裴云舒："成啦！"

裴云舒心中一松，往结界看去，果然，结界开始若隐若现，快要消失不见。

正在这时，背后却忽地传来一声巨响，裴云舒嘴角刚刚扬起的笑僵住，他正欲转身看去，一道水流突然卷起他和狐狸二人，他们径直从结界缝隙中被冲入了秘境，转瞬消失在了人前。

一柄长而薄的剑狠狠撞上了石碑，利剑插不进去，从石碑上滑落，若是没有那股水流，刚刚站在那儿的花月已经被这一剑命中。

云城挑挑眉，从袖中拿出手帕擦手，侧身对着身后的师兄弟道："晚了一步。"

突如其来的水流卷着裴云舒和花月二人，直到见到一处湖泊时才停了下来。

秘境里面的景色与之前所见的大漠风光天差地别，水流从裴云舒身上退开，他全身完好，只是发尾不小心被卷入了那股水流，这会儿正滴滴答答地往下流着水。一双手抚上了他的发，在末端用力，浸入发丝的水滴就顺着这双手的指尖滑落在地。

裴云舒的动作一停,屏息由着身后人动作。身后的人给他拧干了发,又用冷如冰块的指尖轻轻点在裴云舒的脸侧。

正咳着水的狐妖一抬头,差点晕了过去:"蛟大人!"

烛尤淡淡瞥了他一眼,又看向了裴云舒,他好似发现了快乐,不停地拿一只手去轻轻地戳裴云舒一侧的脸颊。

一戳就有一个浅浅的窝,烛尤玩得全神贯注。

裴云舒的面皮薄,他偏过脸躲开烛尤的手,但烛尤也跟着他侧过身,用另一只手,再小心翼翼地戳着他另一侧的脸颊。

"烛尤,"裴云舒低声,"住手。"

烛尤看他一眼,收回了手,垂眸盯着自己刚刚戳过裴云舒脸颊的指尖。

狐狸吓得不敢说话,但没过一会儿他就缓了过来,趴在水边看自己的样貌——丑得没有一丁点美人的样子,这实在是无法忍受,他立刻从袖中掏出手帕和梳子整理自己。

湖面四周空阔,一片安静,裴云舒打量着周围的景色,头顶大晴天,却忽然下起了细细密密的雨。

这雨下得极为突然,滴落至裴云舒身上时,他眼前画面一转,湖面和山林消失不见,下一瞬,眼前有红纱遮下,脚下摇晃不停,好似坐在了一个花轿之中。

花轿晃动。裴云舒往旁边一看,花月正香甜地睡在他的旁边。

他们二人身上的衣服还是原来的那一套,多出的只有这通红的花轿和头上的红纱,裴云舒低声叫醒了花月,花月迷迷瞪瞪地眯开眼,随后大惊失色。

裴云舒道:"外面吹吹闹闹,好似凡间娶亲,只是不知道这是不是幻境。"

狐狸美目含忧:"云舒,这不是幻境,这是狐狸娶亲。"

裴云舒皱起了眉。

这一方小轿坐下他和花月两人绰绰有余,窗口用纸糊上,只能看到窗外有人影在跳舞，吹奏的乐声似喜非喜，一切都古怪极了。

他伸出手，青越剑却迟迟没有在他手上出现，狐狸给他解释："在未和狐狸拜堂前，你使不出任何灵力。"

裴云舒转头看他："你也是如此？"

狐狸头都要点掉了："我都快要维持不住人形啦。"

这简直是两难境界，裴云舒不知这荒唐事为何会落在自己头上，前方也不知是什么情况。他垂眸想了许久，突然站起，将指尖含在了嘴里。

狐狸说话结结巴巴："你你你、你做什么？"

裴云舒眼中含着疑惑，他伸出指尖，狐狸愣愣地看着他转身去戳花轿上的纸窗，听着他说："我要看看外面的是人是狐。"

湿润的指头很容易地在纸窗上钻开一个小小的孔洞。裴云舒弯腰，凑近那个小孔，屏息往外看去。

只见模模糊糊间，窗外有两个人影跳着闪过，再细看时，才看出是四只狐狸，两两叠在一起，一狐踩在另一狐肩上，上方的狐狸拿着锣鼓或者唢呐，奏乐声就从它们这里传出。

浓得滴水的白雾弥漫在空气中，除奏乐声外，周围无比寂静。

裴云舒正要将这个孔洞撕得更大时，离窗口最近的一只狐狸忽然转过头和他对视。它眼珠发黄，瞳孔皆暗而无光，空空洞洞，仿佛在死皮囊上。

裴云舒呼吸一滞，那只狐狸突然咧开了嘴，吹出一道高昂的唢呐声。

一切乐声都停止了，只有这唢呐不断响起。前前后后的狐狸一起开了口，出着人声："前方开道，狐狸娶亲。前方开道，狐狸娶亲。"

裴云舒手脚冰凉地坐了回去，花月凑近，拿着帕子捂住了裴云舒的耳朵。香帕堵不住声响，裴云舒抬头看他。

唇色苍白，额前冷汗沾着发丝，这一眼着实如秋水春波，偏又透着几分可怜兮兮。

狐狸收回手，香帕在手中拉扯："你可还好？"

裴云舒摇摇头："无事。"

花月上挑的狐狸眼扫过裴云舒，突然想到了什么，伏在裴云舒的耳侧低声道:"在我们狐妖秘境中,你可要小心一样东西。"

裴云舒:"性命?"

狐狸笑了笑,离得远了些,脸上的笑容也显得意味深长起来,只见他轻启着红唇:"对我们狐狸来说,命才不值钱呢。

"最值钱的当然是元阳啦!"

花轿上,花月给裴云舒说了一路的元阳有多么重要。

不知道花轿行了多远,终于在一连串的鼓声中,一切都静止了下来。

两旁的狐狸影子消失,有人一步一步朝着花轿逼近。

体内没有灵力,手中没有武器,裴云舒解开腰带,神色凝重地将薄衫横在手中。他的外衫还是那件蛇皮薄纱,烛尤蜕下的皮刀枪不入,如若退无可退,他便拼死以得一线生机。

帘子被一把剑掀开,阳光乍露,一张温润如玉的脸出现在花轿外,云城的脸侧沾染上了血珠,但他恍若未觉,还在如沐春风地笑着,朝着轿中的裴云舒伸出了手。

"师弟,"他的黑眸在阳光下有着暖人的温度,"来师兄这里。"

那把掀开绯色帘子的剑上,有鲜血从剑尖滑落。

第15章

"师弟,"云城温文尔雅地笑着,他干干净净的手又往前伸了一截,"莫怕。"他掀开轿帘的那把剑不知染上的是谁的血,此时正一滴接着一滴顺着剑尖滑落在地。

裴云舒浑身颤抖,他死死咬着牙,袍袖下的手指抓着坐着的木板,脚似乎粘在这处,五脏六腑都在排斥着云城的靠近。

外面照进来的光线那么明亮,但他却觉得浑身发冷。

时间好像开始倒流,那日在院中,裴云舒从床上狼狈摔下,他往院中爬去时也有这样彻骨的冷意。云城当时也在笑着,在他身后举着剑鞘,轻声说着:"师弟,莫怕。"

好久之后裴云舒才知道,云城笑得越温和,就代表着他的怒火越大,就像现在这样。

云城表情添了几分无奈,轻轻叹了口气,再次叫了他一声:"云舒。"

裴云舒缓缓道:"师兄,你怎么在这里?"

云城笑了笑,没说话,却转头看向了缩在角落的花月。

花月总算知道为何裴云舒会和他那样说了,这个看起来光风霁月的正道弟子,看着他的眼神好似在看一个死物。

狐狸一抖,在本能下变成原形,往裴云舒的怀中钻去。

裴云舒下意识抱住花月,这一路活泼的狐狸此时在他的怀中却止不住地瑟瑟发抖,他抚了抚花月的头,抬眸看向云城,眼里藏着乞求:"师兄。"

云城看着他,沉沉不说话。

裴云舒指甲刺入手心,用尽全力稳住情绪,良久,他从宽大袖袍中抬起手,缓缓放到了云城的手中。

"师兄,"裴云舒看着他,五指僵硬,"可不可以不杀它?"

他体内没有一丝灵力,手指如雪般冰凉,云城终究还是笑开了,摇了摇头,攥住了裴云舒的手指,带他走出了花轿:"师弟都这样求师兄了,师兄怎么还会杀他?"

云城的手心温热,他运起了灵力,给四师弟温着一双手。

怀中的狐狸好似成了木头,一动不动,花月琥珀色的狐狸眼里含着泪水,只是未流出来,就已经被裴云舒身上的布料吸去。

连累云舒受辱,花月难受得要命,可自己只剩下三条尾巴,若是没有云舒向他的师兄求饶,只怕这三条尾巴都不够那个道貌岸然的男人砍的。

待到把云舒师弟一双僵硬的手暖得变软,云城才松开他。

裴云舒将手收到袖中,手指反复蹭过衣面,过了片刻才问:"二师兄、大师兄和三师兄呢?"

云城道:"他们正在前方探路。"

裴云舒瞥了一眼他手中带血的利剑,这一眼被云城捕捉到了,他淡淡道:"我杀了那只想要娶亲的狐狸。"

花月浑身一僵,毛都要炸开了,他呜咽一声,恨不得立即化成云舒身上的一块玉佩，万分不想保持狐狸的原形。

裴云舒沉默一瞬，转而去看周围的环境，先前围在四周跳舞、吹奏的狐狸都已经消失不见了，前方的路被浓雾覆盖，浓雾之后，隐约可见高阁楼台。在一片山林之间，这高阁楼台的出现也变得分外古怪了起来。

二人往前方去寻师兄弟，只是当裴云舒一脚踏入浓雾时，凭空出现了数百只黄毛狐狸，叽叽喳喳地说着话往裴云舒的方向拥去。

男男女女，老老少少，各种各样的声音都在热闹地说着同一句话："要抛绣球啦！"

云城冷下脸将裴云舒护在身后，提剑就去杀这些黄毛狐狸，但剑无论划了多少下，都没有给狐狸造成一星半点的伤害。反倒是云城被推出狐狸群，数百只狐狸围着裴云舒，抬着他往浓雾后的高阁楼台上跑去。

裴云舒手脚被牢牢固定着，无法逃脱，花月的爪子紧紧钩着他的衣衫，灵力被封印住的一人一狐被这数百只狐狸抬上了高楼，狐狸群热闹非凡，好像要有喜事发生。

花月叫了几声试图和这些狐狸交流，可没狐狸理他。

等被抬上了最高楼后，这些狐狸才放下了他们，并塞了一个精致漂亮的红色绣球到裴云舒手中。

叽叽喳喳的狐狸开始说道："扔吧！"

它们挤满了房间，裴云舒被堵在廊道中，他试着和这些狐狸说话，但这些狐狸嘴中只会重复说这句话，双眼无神，仿若傀儡。

裴云舒只好拿着绣球，往前走了几步，扶着栏杆往下看去。

高阁有三层，裴云舒探出头后，就在下方看见了许许多多的狐狸。除了狐狸，他的三个师兄也站在其中，大师兄的表情沉着冷静，一直仰头看着裴云舒，等到裴云舒往下看之后，二人对视，大师兄微微颔首，示意裴云舒不必紧张。

裴云舒垂眸，手紧紧抓着绣球。

绣球若是被狐狸接到，他不知道会发生什么。之前云城拿着剑从狐狸群中扫过的一幕他看得清清楚楚，想必若是这绣球到了狐狸手中，师兄们怎么攻击也无法伤害到狐狸。花月如此怕烛尤，若是烛尤在这儿，是否会有些不同？

下方突然传来一声大笑，裴云舒回神，朝着笑声看去，就见那群花锦门的魔修也悠悠然走入了狐狸群中。为首的邹虞目光灼灼地抬头看裴云舒，待裴云舒看向他之后，他又朗声笑开："竟然这么巧，在秘境之中又见到了阁下。"

在底下站着的三师兄沉着一张俊脸，剑眉皱起，带着不悦之色，朝着魔修道："你们来做什么？"

"我为何不能来？"邹虞反问。

"这些妖物的荒唐把戏，堂主竟还能如此一本正经对待。"三师兄嗤笑道，"怎么，你们魔修还想着一起来抢？"

邹虞似笑非笑道："还真是被阁下说对了。"

三师兄手中的折扇瞬间亮出了骨刺，却被二师兄拦下。云城不咸不淡地看了那群魔修一眼："那诸位就尽力吧。"

这高阁着实奇怪，云景刚刚想要御剑飞上，却发现无法离地太远，只勉强飞至狐群上方，而狐狸更是古怪，伤也伤不得。多来几个人总比少几个人要好，否则让绣球落入那狐狸手中，四师弟又该如何。

三师兄眉眼中罩上一层郁气，他摇摇折扇，却不说什么了。

两方人站在两侧，都在看着裴云舒，裴云舒看着眼前的这一幕却只觉得滑稽可笑。

手里的绣球如有千斤之重，尽显羞辱之意，裴云舒抓着这球，迟迟不肯扔下。下方竟也没人催促，就连一直吵吵闹闹的狐狸也全部安静了下来，一时竟鸦雀无声。

"师弟，"云城忽然出声，"莫担忧，朝师兄扔来就好。"

众人皆朝着云城看去。

云城嘴角勾起，玉树临风地站着："既然师弟需要，师兄便全力配合，也好护你一身周全。"

他这句话说完，裴云舒的面上果然稍稍放松了些。

若要抛绣球，无论是狐狸还是魔修，这球都不能到他们手中。这么一看，当然是抛给自家师兄最好，只要能活下来，一个绣球又算得了什么。

浓雾之中,裴云舒站在三层高阁之上,发丝随着冷风飘扬。

三师兄眼前一亮,"啪"的一声将扇子砸进掌心,扬声道:"师弟不妨大胆一扔,左不过师兄们都在这儿,都会尽力接住。"

花月小心翼翼道:"云舒,你不想扔吗?"

裴云舒没说话。

花月小声道:"若是你师兄接住,那你便安全了。"

裴云舒淡淡笑了,下一刻,他扔出了手中的红绣球,心中却又道:为了活下去,当真连这都忍了,可真是贪生怕死。

狐狸群开始沸腾,云城三人神情一肃。

邹虞朝着自己的属下扬扬下巴,懒散道:"上吧,若是没把那绣球拿回来,你们就别跟着我出秘境了。"

第16章

绣球一落,便被一个魔修接在了手中。

魔修拿着绣球就往邹虞的方向飞去,只是还未送到堂主手中,云蛮的折扇便袭了过来,扇面一转,划伤了魔修的手腕。魔修吃痛,咬牙将绣球朝着堂主一抛。

大师兄一个闪身,在邹虞接到绣球之前,已经将绣球拿到手中。

这一方小小空间内,他们动作虽不大,但瞬息之间千变万化,高楼之上的裴云舒无法透过浓雾看清他们的动作,一颗心都随着那个红色的小球起起伏伏,短短一瞬,红色绣球已经经过了四五个人的手。

高楼的风冷,裴云舒脸色被吹得如冰一般白,渐渐地,他看着下方开始出起了神。

怀中的花月第一个发现他的不对,但张张嘴又不知能说什么,只能蹭蹭裴云舒的手无声安慰他。

云舒不是他们妖族的,就算是妖族的也是知羞的,大庭广众之下被狐狸逼着扔绣球,这太欺负人了。而且云舒的几个师兄看起来也不是什么好东西。

裴云舒摸了一把花月的头,转身往身后看去。那群将他抬上来的狐狸面无表情,似乎接住绣球的人是谁,和它们没有一点儿关系。

"若是别人在这儿,说不定要羞愤死。"裴云舒低头和花月说,"只是我将命看得实在重,这不算什么。"说得难听点,这就是贪生怕死。

下方抢绣球的人已经动了几分怒气,下手也逐渐不再留情,无止峰上的弟子皆是人中龙凤,但花锦门的魔修多,他们并没有占据上风。

最终,绣球被三师兄抛给了云城。

云城轻轻一笑,伸手去接这最后即将落在他手中的红绣球。但绣球快要落在他的手上时却忽地弹起,从云城的手侧掠过,直直落在了地上。

狐群欢呼着往绣球扑去,云城皱眉去够地上的绣球,可这绣球好似有了自我意识,再一次逃离了云城碰它的手。

云城眼睛转暗,剑尖穿过狐群,挑起绣球朝师兄弟的方向抛去。只可惜云舒师弟抛的这颗绣球,他竟然因为杀了一只狐狸而无法碰到。

绣球在空中被抛起,一直在旁背手看着的邹虞这次终于动了手,他抽出一根鞭子卷走空中绣球,待把绣球拿到手中时,骨节分明的五指将球转了转,意味深长地笑道:"时间也不早了,诸位的师弟还在高楼之上,如若饿了、冷了,那群狐狸想必也不会送上吃食和衣物,我看不如就由我代诸位上去瞧瞧你们的师弟。"

云蛮脸沉如墨,向来潇洒风流的他,此时脸上罩着杀意:"花锦门的堂主在这儿凑什么热闹,由你上去,岂不是对我师弟的侮辱。"

邹虞睐了睐他那极具异域风情的深目,片刻后,将绣球放到面前:"既然阁下这么说,那这楼,在下上定了。"

他说完这句就往高楼走去,狐群给他让开了位置,一双双黑溜溜的眼睛紧紧盯着邹虞和他手中的红色绣球,魔修下属们围着云景三人,力保他们无法上前去干扰堂主。邹虞自在极了,他一手背在身后,嘴角带着游刃有余的微笑进了高楼。

看到是那魔修拿到绣球之后,裴云舒就皱起了眉。

花月大惊失色:"怎么是这个魔修?!"

语毕,花月突然化成人形,乌发红唇,粉香脂腻,桃花眼熠熠生辉,一身的狐狸味儿,风流多情,在这一群呆板的狐狸之中越发突出起来。

花月幽幽叹了口气,大无畏道:"云舒,你别担心,若是那魔修上来后对你有逾越之举,我就魅惑他。"

裴云舒蹙眉:"这怎么行?"

"云舒不用担心,"花月自信一笑,"魅惑别人这种小事,我们狐狸天生就会,定让他乖乖的,不敢动你一根毫毛。"

"只是……"花月拿着余光瞥他。

花月正要往下说,身后就传来一道似笑非笑的低沉声音:"你这只狐狸倒是大胆。"

邹虞站在内厅看着他们。

金色的捆仙绳突然从裴云舒的储物袋内飞了出来,飞到了邹虞的手上,邹虞挑了挑眉,捆仙绳就飞了起来,直直朝着刚刚大话不断的狐狸冲去,转眼就将这只狐狸绑了起来,拽到了一边。

站在一旁的狐狸群忽然四散开了,转眼间冲下了高楼,也不知去做什么了。

这会儿一条小小的廊道内,竟只有裴云舒和邹虞两人。更糟糕的是,裴云舒的灵力还被封着,他连青越剑都无法使出。

邹虞定定看着他,眼底满是志在必得。他往前踏步,缓缓走到裴云舒跟前,将手中的红色绣球拿到裴云舒面前,戏谑道:"这可是阁下扔的绣球?"

裴云舒往左退了一步,他目含戒备:"堂主带进来的魔修都快要死了,不去救他们吗?"

邹虞顺着他的身侧往下看去,如裴云舒所说的那般,他的那些下属已经被云景三人重伤,云景三人之所以还没上来,多亏堵在门前的狐狸。

邹虞故作可惜地叹口气:"既然是废物,也不必花费力气去救了。"

此人着实凉薄,裴云舒眉心一跳,不着痕迹地想要远离他。

谁承想刚刚退开一步,邹虞就忽地闪到他的身后,从肩侧靠近他,声音带笑:"你躲我干什么?"

裴云舒呼吸一乱，忙往前逃上两步，却被邹虞拽住。

被捆仙绳拖走的花月瞪大眼睛，万万没有想到这该死的魔修竟去欺负云舒！

裴云舒挣扎着想要脱离邹虞的禁锢，终于用力挣脱了他，邹虞好似猝不及防一般。正当他想上前一步时，一道白光闪过，"啪"的一声脆响，裴云舒将腰带化鞭，一鞭抽在了邹虞的脸上。

狐狸倒吸一口冷气。

相当响亮的一声，这一抽让整个楼层都安静了下来，邹虞被打得偏过了脸，他俊俏的侧脸上逐渐现出一条红色的鞭痕。时间一点一滴地过去，良久，邹虞摸着自己的侧脸，缓缓转过了头。

裴云舒盯着他，眼中盛放着怒火织成的花。

原先还不知他还有如此烈的一面，反抗也算是有趣，只是过度的反抗，那就让人不悦了。邹虞轻触着鞭痕，放下手，重新朝着裴云舒走去。

裴云舒再次朝他抽去，可这一次，邹虞牢牢地抓住了一端，笑了："要是想打，我们进去打。"

反胃，恶心，邹虞的每一句话都让裴云舒发自内心地厌恶，他的脸色难看，往后面退。

裴云舒五指攥紧，死死盯着邹虞。

烛尤蜕皮做的外衫，可以做什么？可不可以杀了这个魔修？

邹虞似乎觉得这样格外有趣。

裴云舒落在邹虞手中，已经退无可退，他抵在了木质扶栏上。口腔内满是血腥的味道，黑发披散，只有松松垮垮的束发带还在坚持。

邹虞心中一动，他招来了一阵风，让那阵风吹走了裴云舒的束发带。发带一没，乌发就张牙舞爪地被风吹了起来。

他穿着一身洁白衣衫，黑发飞扬，立于高楼之上，被浓雾笼罩。

裴云舒低着头，看着手中的衣衫，他低低喊道："烛尤。"

那条会化成烛尤样子的白色发带在不在？可不可以出来？

烛尤在他进了花轿之后就不知去了哪里，那条发带是不是也跟着消失不见了？

裴云舒试图去感受腿处的烫意，可什么都没有感受到。

邹虞离裴云舒有一些距离，可他面上带着笑，好整以暇地看着对方。

临近崩溃，裴云舒的手指发抖，他不知为何，嘴上又叫了一声："烛尤——"声音带着哭意。

一道烫意突起，白色发带忽地从裴云舒衣内钻出，挡在了裴云舒身前，化成了一条无比凶猛的大蛟。

一条蜕皮蜕到一半，本应该好好躲起来的虚弱的蛟。

第17章

腾空而起的巨蛟，蛟尾飘动，将裴云舒完完整整地护在身后，布满鳞片的头对准邹虞，张着血盆大口怒吼示威，吼声隐隐具有威慑万物的力量。

猩红色的眼瞳如盯着死物一般盯着邹虞，骨子里的本能让邹虞瞬间退到一侧。但退开的下一秒，邹虞就后悔了。

眼前的蛟无疑正在蜕皮，蜕了一半的皮从中间部分垂落，头顶未出角的小包流着殷红的血液，即便血眸多么凶猛，也掩盖不住这条蛟的虚弱。

蛇或蛟只要蜕皮，就会陷入痛苦无比的虚弱中，更何况这是一条向龙化形的蛟，每一次的蜕皮只会痛苦百倍，世上为何蛟龙稀少，就是因为它们承受不住蜕皮的痛苦，往往半路死亡。

若是眼前的蛟无碍，那么邹虞断不会不自量力地上前招惹，但此时此刻，天时地利人和，他为何要跑？

这畜生浑身上下都是天材地宝，若是绞杀了它，好处恐怕比整个秘境的还多，况且裴云舒如此作态，若是他杀了这条畜生，裴云舒岂不是要哭着求他？

邹虞想到此，勾起一抹冷笑，脚踮了踮地，聚起一道破风之力就猛地朝着巨蛟而去。蛟龙怒吼一声，声音响彻天地，它转身护住裴云舒，这一击就击到了它蜕完皮的上半个蛟身上。

裴云舒仰头，对上它猩红色的眼睛。

布满鳞片的蛟头就在他的眼前,每一片鳞片都沾着泥沙和灰尘,烛尤头顶的两个小包好似变大了点,也好似分外疼,因为上面覆满了石粒,还有细小的血珠顺着鳞片滑落,滑过烛尤盯着他的血眸。

裴云舒只觉鼻尖一酸。

艳红色的蛇芯滑过他的脸,蛟低低地叫了一声。待舔完裴云舒脸上的泪,烛尤眼中一冷,转身去袭击邹虞,蛟身如雷电般快,利齿咬上了邹虞的血肉,硬生生地连血带皮咬下了一块肉。

之前消失的狐群突然出现,它们全部朝着邹虞拥去,邹虞的法术对它们无用,只一个抬头的瞬间,他就看到裴云舒坐在了那条蛟的身上,蛟带着裴云舒腾空飞起,穿过浓雾往远处飞去。

一身洁白的裴云舒黑发披散,他们无法脱离这浓雾,这条蛟却可以。狐狸不怕他,却怕这条蛟。

邹虞从储物袋中掏出丹药服用,捂着血流不止的手臂,剧烈的痛楚传来,这蛟一口几乎咬掉他的手臂。

"裴云舒,"他看着逐渐远去的一人一蛟,眼神逐渐狠戾,"早晚有一天,我会扒了这畜生的皮。"

烛尤载着裴云舒往山林中飞去。冷风从身侧刮过,浓雾逐渐转淡,裴云舒却无暇关注身边的变化,他一颗心都放在了手下的鳞片之上。

蛟是冷血动物,烛尤的指尖从来都是冰冷的,但现在,烛尤的鳞片却变得温热了起来。蛟尾的摆动僵硬,烛尤的皮肉紧绷,但速度却越来越快,这样的异常无法让人不在意。

"烛尤……"裴云舒用手给它降温,但是不够,他又趴在烛尤身上,用被风吹得冰冷的脸贴在烛尤的鳞片之上。只是他的脸刚刚贴上蛟的鳞片,身下的蛟一个颤抖,变回了白色布条。

白色布条围着裴云舒,从他的袖口钻进了衣服中,裴云舒从空中坠落,发丝遮住眼睛,坠落的失重感从四肢到内脏,整个偌大的天空好似与裴云舒隔着一层纱布。

他张开手。可惜自己的这条命,修行了这么多年,此时却没有办法救上自己一命，想抓，却也抓不住什么，只高空就能让他彻底就此陨落。

断崖下猛地蹿上来一条浑身漆黑的蛟，蛟拖着蜕到一半的皮，朝着裴云舒冲来，牢牢将他接到背上，往断崖下飞去。

冷风凛冽，深不见底的悬崖下有一方寒潭，烛尤将裴云舒放到岸边山洞中，随即就扎入了寒潭。

山洞中有着淡淡的血腥气味，裴云舒扶着山壁站起身，快步朝着外面走去。他眼中慌乱。烛尤救了他这么多回，恩情无以回报，怎么能不着急？

断崖下寒风阵阵，越往寒潭走，越感觉到冷，裴云舒一步步向前，还未看见寒潭，就看到寒潭中冷水翻滚，一条蛟尾不断上下拍打着水面，岸边岩石被拍打得四分五裂，水流飞溅，地动山摇，这画面着实骇人。

裴云舒看着那条几乎可以将他整个人吞噬的蛟，抿了抿苍白的唇，上前一步，踏入了寒潭之中。

"烛尤，"他拿出储物袋，"我储物袋中有许多丹药，你用灵力打开，对你有益处。"

在水中翻腾的蛟龙还在剧烈地翻滚，好似没听到他的话，过了一会儿，水面竟然被染上了点点血红，晃动得更厉害了。

裴云舒心中一跳，断崖万丈，崖下只有他和烛尤，蛟蜕皮有多么凶险，书上简短的语言不及眼见之万一，而烛尤这么生生承受着，甚至带着这疼痛将他救了回来。

他储物袋中有许多云城在分别时赠予他的灵丹，还有多年下来积攒的珍贵灵植和宝物，总会有能够帮助烛尤的东西。偏偏他体内的灵力无法运用，而烛尤现在也凶多吉少。

裴云舒瞧着眼前的寒潭，他咬咬牙，闭目深呼吸，一口气潜进了寒潭之中。

彻骨的冷意袭来，寒潭极深，一片昏暗，裴云舒一下水就看到一双亮起来的猩红竖瞳，那双眼睛的脑袋不断撞着水下的岩石。猛烈而又毫不留情地撞击，硬生生将烛尤坚硬的鳞片撞出了伤口。

烛尤失了神智一样地撞击，它头上本来要出角的小包也擦出了血，裴云舒只是看着，就感觉疼到了骨子里，对蛇的惧怕在这会儿也全都化为乌有，明明这个场景会让不怕蛇的人心生惧意，但他却大无畏地游了过去，游到烛尤的蛇头旁，将自己的储物袋拿到它的血眸前，焦急地示意它，让它打开。

他的黑发在水中张牙舞爪地漂浮着，穿着一身雪衣，宛如水中明月，眉头紧紧蹙起，那双好似能说话的眼睛满是担忧。

烛尤暴躁地张开血盆大口，尖牙威胁他滚开，裴云舒以为它不懂自己的意思，游得更近了些，将储物袋直直举起到它眼前。

巨蛟被疼痛折磨得失去了理智，他猛地往裴云舒身上扑去，利齿袭来，吓得裴云舒闭上了眼睛。

水波动了一下，但疼痛没有降临，裴云舒睫毛一颤，睁开眼，烛尤已经掉了头，往一侧的岩石上撞去。冲击力掀起一道道波，烛尤头上的伤口越来越大，殷红的血染红了周围的一片水域，裴云舒心中一急，跟着游过去。

空气快不够了，他这次打算放手一搏，在水中上前，抱住了蛟的整个头。鳞片在寒潭中还是很烫，裴云舒把手和脸贴在烛尤的身上，手里抓着储物袋，誓死要让它打开。

不能再撞了，再撞下去就要致命了。

烛尤浑身颤了一下，蛟尾摆动得更加迅速，他在水底乱窜着，裴云舒却觉得越来越喘不过气来了。

原来修士没了灵力，既无法上天，也无法入海，和普通的凡人也无甚区别。

他抱住烛尤滑腻炙热的鳞片，眼睛越来越无神，手里的储物袋也开始重如千斤。直到快要窒息昏迷时，蛇头转向了他。

裴云舒再醒来时已经躺在了寒潭边的岸上。

时间不知道过去了多久，天已经黑了下来，他从地上起身，就看到寒潭边趴着半人半蛇的烛尤。烛尤上半身趴在岸上，黑发遮住了脊背，下半身的蛟尾垂在水中，好似没有一丝生气。

雾气笼罩，裴云舒看到烛尤的一瞬间几乎以为对方停止了呼吸。还好，在下一刻，他就看到了烛尤微微抽动的手指。

裴云舒小心地走到烛尤身边，跪地拂去他四散的黑发。他的动作轻缓，生怕弄疼了烛尤，待黑发被撩至烛尤肩后时，他才呼吸一滞。

烛尤头顶的两个小包已经长出了角，角直而短，只是看着，就从心底生出一股臣服之意，先前的伤口已经愈合。如若说烛尤之前还是半蛇半蛟，那他此刻已经成了一条真正的蛟龙。

拥有无上力量，是万兽之长。

裴云舒缓过神，不由自主露出了笑容，他自然而然地往烛尤的尾巴看去，好奇蛟龙的爪是什么样子的。但看到水中时，却看到烛尤的尾巴上竟然还有着没彻底蜕完的皮。

黑色的蛟皮钩在尾巴上，蜕到尾部的皮漂荡在寒潭中，入目一看，几乎分不出哪里是蛟尾，哪里又是蜕下来的皮。

"烛尤，"裴云舒盯着他尾巴上的皮，推了推烛尤，"烛尤，别睡，你还没有蜕完皮，只差最后一点了，烛尤。"

烛尤一动不动，脸上的妖纹颜色更深，他只是静静睡着，周围也无任何动物的响动。

裴云舒试着去开储物袋，但还是打不开，他又用烛尤的手去打开，可未清醒的烛尤也无法动用灵力。

"烛尤……"一声声在他耳边唤着，裴云舒喊不醒他，又不知道还未蜕去的皮就这样挂着，是好是坏，最后病急乱投医，捏住了烛尤的鼻子，捂住了他的嘴。

第18章

裴云舒动作毫不迟疑，他盯着烛尤，生怕这方法对妖兽无用。

片刻后，烛尤长睫一动，幽幽睁开了眼睛，他的血眸此时也有了变化，不再是鲜红如血般的红，而是深到极致的黑，猛然看去，好似已经成了黑眸。

黑色竖瞳盯着裴云舒，裴云舒莫名有了些紧张，他松开双手，不自在地在衣服上擦去手背的泥沙："烛尤，你还没蜕完皮。"

　　烛尤尾巴拍动一下，溅起的水花落在了两人的身上，裴云舒连忙闭上眼睛，湖水从头浇下，淋湿了他的黑发。

　　等水声没了，他才睁开眼。湿漉漉的水珠从脸颊流下，裴云舒来不及和烛尤多计较，拿着储物袋递到他的眼前："烛尤，你用灵气把里面的丹药和灵植拿出来。"

　　烛尤静静地看着裴云舒，半响，用手撑起上半身，半坐起来凑到他面前。

　　裴云舒迷茫地看着他，而后别开头。

　　裴云舒移开头，烛尤的脸又凑到他的面前，裴云舒只能再次移开，几次下来，有些恼羞成怒。

　　"别闹了，"裴云舒瞪了他一眼，拿起烛尤的手放在储物袋上，"把里面我要的东西拿出来。"

　　烛尤将手探入其中，嗓音沙哑道："要什么？"

　　"所有的丹药和灵植。"裴云舒看了一眼自己身上的衣服，连忙又道，"还有衣衫和鞋袜。"

　　烛尤一样样拿了出来，储物袋中的衣衫只有单水宗的道袍，除了这道袍，烛尤竟然还拿出了沐浴用的皂角。

　　裴云舒看到皂角就觉得浑身发痒，身上带着泥沙，连发丝上都有，他格外想洗澡。犹豫了半响，裴云舒抱起干净衣衫，从烛尤的手中拿起皂角，又寻了颗恢复灵力的丹药吃了，站起身来，看中了一个隐蔽角落。

　　那里有巨石挡着，只要不是故意偷看，应当是什么都看不到的，裴云舒转过头，和烛尤说道："这些灵植、丹药，拣对你有益的用了。我去那里沐浴。"

　　烛尤拍了拍尾巴，若有若无地点点头。

　　见他答应了，裴云舒又拿了几块火灵石，往看中的地方走去。

　　巨石后面的水也格外清澈，因为烛尤在这儿，那就不必担忧会有其他动物在水中游窜。裴云舒将火灵石扔下，不过一会儿，这一方清澈的潭水就成了一个天然的温泉。

他眉目舒缓,脱去身上脏了的衣衫,小心地踏入了水中。

水温与之前寒潭的天差地别,裴云舒觉得分外舒适,他多泡了一会儿,才开始清洗头发。发丝上的泥沙和血腥味道被一点点洗去,大半个时辰过去,裴云舒才从水中出来。

待他穿上干净衣衫,擦着头发往回走时,却见等在原地的烛尤不见了。裴云舒左右看看,才在寒潭中找到全身浸泡其中的烛尤,他蹲在岸边,看着埋在水中的蛟,不解:"烛尤?"

烛尤将自己埋得更深了,寒潭上的雾气也越来越多,好似有什么发烫的东西,烫得这些冰水冒出雾气。

裴云舒见他不说话,只以为他还在蜕皮,自己找了处地方坐下,闭眼打坐,试图用刚刚服用的丹药来恢复一些灵力。

他刚一闭上眼,烛尤就从水底钻出了脑袋,手指一动,裴云舒的头发就变干了。烛尤用黑眸盯着裴云舒,水下的蛇尾兴奋地不断摆动,脸上的妖纹浮现,呈现出异常的殷红。

本以为丹药会有用,但等打坐结束,裴云舒还是未能调动一星半点的灵力。他叹了口气,如今花月也不在身边,这狐族秘境着实诡异,也不知何时能出去。

烛尤的声音从水面上传来:"你在想什么?"

"我在想这狐族秘境,"裴云舒轻轻蹙眉,"花月说了,在这里倒不用担心有性命之忧,只是要保护好自己的……"

他说到这里,才反应过来自己究竟说了什么。

烛尤追问道:"保护什么?"

"无事。"裴云舒佯装淡定,站起身往树林旁走去,"我有些饿了,去找些果子吃。"

烛尤盯着他的背影,竖瞳一动不动,直到看着裴云舒被果子酸到之后,眼中才闪过笑意,支使着几股水流猎杀了几只野鸡,洗干净送到了裴云舒面前。

裴云舒看到野鸡,愣了一下,随即就笑了。

他算是明白了，烛尤格外喜欢吃鸡。

生起火，裴云舒将调料放在一旁，又想起那酸酸的果子也可作为调料，于是摘了两颗洗净，将果子的汁水挤在鸡肉上。汁水一落在肉上，就响起"吱吱"的声音，这声音实在是勾动着味蕾，裴云舒和一半身子泡在水中的烛尤的目光都紧紧盯在蜜色的鸡肉上。

裴云舒现在无事，有了闲心，干脆把鸡弄得更美味一些，他问烛尤要了一把匕首，将肉层层割开，再细细撒上一层盐："烛尤，能弄到一些蜂蜜吗？"

烛尤盯着鸡肉点点头，过了片刻，一个蜂窝就被水送了过来，他还主动问道："还需要什么？"

裴云舒听着他跃跃欲试的语气，觉得自己也有些跟着摩拳擦掌起来，歪头想了想，但也不记得凡间还有什么样的山野美食，于是摇摇头，遗憾道："没有了。"

烛尤不说话了，眼睛一眨不眨地盯着烤鸡。

油亮的蜂蜜滑过油光光的烤鸡，加上果子的酸甜清香，弥漫出奇异的香味，等差不多的时候，裴云舒撕下一块肉，刚想要试一试熟没熟，余光瞥见旁边虎视眈眈的烛尤。

他立刻转过头，将鸡肉送进口中，等咽了下去才转过身，用手捂着唇，含含糊糊道："熟了，可以吃了。"

烛尤盯着裴云舒看了几眼，裴云舒警惕地看着他，烛尤最终垂眸拿过了烤鸡，开始吃了起来。

裴云舒松了口气。

第19章

他们在山崖下就这样度过了两日，烛尤蛇尾上的皮出乎意料地难蜕，但他却没有之前那种疼痛到失智的表现，以至于让裴云舒认为，蛟龙蜕皮蜕到尾巴时，是几乎没有疼痛感的。

但是第三日的夜晚，裴云舒在睡梦中转醒，忽闻外面有压抑的低吼声。这吼声让他清醒过来，等他从山洞中走出，还没靠近寒潭时就已看到了水面上翻腾的蛟尾，还闻到了淡淡的血腥味。

裴云舒呼吸一顿，待他走近时，才发现寒潭边摆放的丹药和灵植已经不见了，不少灵植被打翻落进了寒潭中，药性已经被寒潭吸去，再被烛尤吸走。

水面下，蛟龙不断翻滚。

裴云舒往前走了一步，却突觉脚下不对，低头一看，原来有一片漆黑的鳞片。一片片鳞片在水面上漂浮，一些被水波冲上了岸，这些长在蛟龙肉里的鳞片，此时却好像随处可见的杂草，打眼一看，哪里都是。

裴云舒蹲下身，捡起这片鳞片，鳞片触手光滑厚重，他索性就地坐了下来，目光看着远处出神，在岸边陪了水中的烛尤一夜。

蛟龙的疗愈能力如此之好，他先前为何没有发现？

直至黎明初现，水下的蛟龙才慢慢平息，水面渐渐恢复成从前的样子。裴云舒起身，带着一身露水，回到了山洞中，也佯装无事发生过。

既然是秘境，必定有许多珍稀的灵植，他决定趁着白日去寻一些能助烛尤蜕皮的灵植。否则现下灵植全无，明晚烛尤再也没外物可助蜕皮了。有灵植尚且困难，无灵植，他岂不要被折磨死？

烛尤浮在水面上，慵懒地靠在石边。他漆黑的头发披散在湿透的外衣上，人身蛟尾，深野山林，若是被那些写话本的人看到，恐怕要吓得屁滚尿流。

若是没有看到昨晚的那一幕，裴云舒还当真以为他无事发生，也不知他白日是真的疼痛稍缓还是强行忍下。不论哪种，裴云舒都有些心生火气。

烛尤救了他不止一次，他也不是忘恩负义的人，即便现在是个废人，也能去找些对烛尤有益处的灵植，为何烛尤不告诉他？

裴云舒直直朝着烛尤走去，烛尤看到他，尾巴开始在水中摇摆，荡起一圈圈的银色波纹。一双黑色竖瞳中好似有红光流转，一眨不眨地盯着裴云舒。

对着他的眼睛，裴云舒又说不出那些话了，他尽力平复心中的怒火，用平淡语气说道:"我去林中找些灵植。"

烛尤:"不许。"

裴云舒只当没听见,转身就要离开。

烛尤却用水流缠住了他的脚踝,趁其不备将他拽到了水中。裴云舒猝不及防,半个身子猛地入了水。

蛇尾垂着,兴奋地摇摆。

烛尤低头看着他:"不许。"

裴云舒湿发粘在脸侧和脖颈上,双目犹如绽放着怒色的花,气得胸膛不断起起伏伏,却想冷静地和他交谈:"为何不许?"

烛尤眉目带着不满:"危险。"

裴云舒往后仰着身子,双手推着烛尤。

烛尤眼中忽地一闪,裴云舒只觉得这一片的空气好像都开始发热,寒潭中的冷意快速退去,大片大片的水雾蒸腾。隔着这些水雾,裴云舒看到了烛尤眼中一闪而过的红光。

直觉叫嚣着不对,裴云舒用尽了全力挣扎,在烛尤松开手的一瞬间,他就朝着岸边游去。双手已经碰到了岸,心中还未松上一口气,就有温热的水流缠绕住了他的手脚,将他重新拽回了水中。

水中是烛尤的地盘,裴云舒被水流推到烛尤的身边,他此刻已经全身湿透了,身上裹着热流的雾气,在偌大的湖面中好似一幅浓墨重彩的画。

烛尤静静看着他,血红从眼眸深处生起,他脸侧的妖纹如此靡丽,只瞧上一眼就会从心底生出恐惧。但裴云舒只看了一眼他的妖纹,就浑身发烫,意识也开始迷糊起来,好似那日喝过那枚黑蛋蛋液之后的感觉,只是困倦不再,唯有皮肤逐渐烫起来。

他心知不对,靠着最后一丝清明神志想要往岸边游去,手脚却软绵,甚至只能靠着烛尤才能浮在水面之上。

"烛尤……"他张嘴呢喃,却连说什么都不知道了,"别……"

烛尤打开他的储物袋,从里面精挑细选后拿出一方白色丝帕,苍白的手指拎着帕角,从眼前绕到脑后蒙住了他的双眼,躺在水中的人就什么都看不到了。

黑暗袭来，五感反而更加敏感，温热的水波往身上冲来，裴云舒脑袋迷糊，半晌才想起来，寒潭为什么变暖了。

蛟龙在耳边压低声音，只听这声音，倒是显出了几分可怜："难受。"

当然会难受。

裴云舒迟钝地想着，你都疼得拔掉了鳞片，怎么会不疼呢？

对了，我还要趁着天亮，去找一些疗伤的灵植。

裴云舒手指动了一下。丝帕盖住了他的眼睛，却盖不住他茫然的神情。蛇尾碰了裴云舒，裴云舒一慌，嘴唇磕到了水中石头……

裴云舒被气到了。他头一次有这么大的怒火，从水中跑出来后，不顾一身的水迹，湿淋淋地往林子中跑。

无数股水流在他身边讨好地为他挡去树枝尖刺，他往哪个方向跑，这些水流就往哪个方向开路，好像是在殷勤赔罪一样。裴云舒往哪里看都能看到这些水流，最后气到低着头看着地面，不管不顾地往前冲。

水流不敢拦住气头上的他，只能把他身上的水吸走，跟在他的身边保驾护航。

不知跑了多久，裴云舒才恢复了些许理智，他原地抿唇待了一会儿，无视那些水流，打算先找一些能用的灵植。

他无止峰上的小院中就种植着许多灵草、灵树，被关在院中的那些年，每一株灵植的样子和习性裴云舒都记得清清楚楚。只是此时附近一些药性好的灵植已经被原先待在这儿的野兽吃掉，裴云舒走走停停，也只采了三四根可以加固灵力的灵草。

行至断崖尽头，裴云舒一点点看去，突然瞧见半山腰上有一朵迎风盛开的白花。花如脸盆般大小，花瓣前端微粉，下部洁白，在寒风中冰清玉洁地招展着，像冰雪雕刻那般晶莹剔透。这花有一个分外多情的名字，叫作白岑花。

裴云舒格外惊喜，他小心上前，踩着一块块巨石，去摘这朵不易见的白岑花。

水流想要替他摘取，却被裴云舒摇头拒绝，他认真看着水流，叮嘱："水不能碰的。"白岑花遇水即化。

水流委屈地退下了。

这花开得有些高，但并不是无法够到，裴云舒爬得足够高时，将自己外衫脱下，用衣角裹着手去摘这朵挑剔十足的花。所幸这花的根部扎得并不深，裴云舒轻轻一拔，花朵就整个落在了他的外衫上，连带幽幽的清香也朝着鼻端蹿去，只让人神清气爽。

裴云舒抱着花小心翼翼地下了山，脚刚刚落地，便赶忙看看怀中的白岑花是否还完好。

"师兄。"一道沙哑的嗓音从身后传来。

裴云舒猛然一惊，他仓促转身，就看到云忘端坐在滔天兽的背上，正飞在半空中居高临下地看着他。

云忘那张艳若桃花的脸此时却像是经历了不少风霜，他的眼中布满血丝，唇瓣干燥得裂了口，一身本该洁白的道袍也不知为何沾染上了不少尘埃，倒显得比裴云舒还要狼狈了。

云忘定定看了裴云舒许久，才驱使滔天兽飞下，从滔天兽身上走了下来。

"师兄，"云忘声音低低的，"你到哪里去了？"

裴云舒收紧了怀中的外衫，朝着他点了点头，却避而不答："小师弟。"

云忘的眼神暗了暗，他一步步走到裴云舒的面前，嘴角挂着笑，不过在看清了裴云舒之后，他嘴角的笑意就僵了，目光死死地盯在裴云舒的唇上："师兄，你的唇怎么回事？"

裴云舒蹙眉，抬手抚上了红肿破皮的唇，刺痛感袭来，他轻轻地"咝"了一声。

云忘攥紧了手指，良久，他才重新笑了起来。

裴云舒转身欲走，云忘却沉着脸挡在他的身前，那几股水流想要上前攻击，却被滔天兽拦住，滔天兽仰天一吼，金色竖瞳里兴致满满。

"师弟，"裴云舒道，"你想做什么？"

裴云舒不知云忘又发了什么疯，怕是周围只有他们二人在，小师弟也不打算再装成喜欢他的样子了。

他只穿着一身洁白的里衣，与在无止峰上时的模样无甚差别，唯独那伤，看着就叫人戾气横生。

云忘忽然轻轻笑了，目有波光流转，他双目灵动，满是喜悦之意："师兄，这两天和你在一起的可是那条将你带走的蛟龙？云忘好奇极了，不若师兄带着云忘一同前去，也好让云忘认识认识传说中的蛟龙是个什么样子。"

裴云舒静静地看着他。

断崖下明月清风，他与烛尤在这断崖下待了三日，虽无法动用灵力，却觉得轻松舒畅无比。除了烛尤偶尔的……便有再多苦难，他也是觉得自在的。

再见到云忘时，却只感到了满腔的疲惫。

裴云舒轻轻道："小师弟。"

滔天兽和水流搏在了一起，但水流不是烛尤，终究会在火属性的滔天兽脚下化成烟雾。

云忘眼角狠狠跳了一下。

裴云舒道："你既讨厌我，又何必装出这副样子。"

云忘脸上闪过一丝慌乱："师兄，我怎么会讨厌你？"

裴云舒勾了勾唇，不再和他多说，正打算绕过他原路返回，云忘却从背后猛地扑过来，虽比裴云舒矮，但力气大得很："师兄，你先跟我回宗门，云忘会好好和你解释的。"

不待裴云舒说话，他便从储物袋中掏出一枚丹药强硬地塞到裴云舒的口中，丹药入口即化，几乎不给裴云舒抵抗的时间。

手脚发软，逐渐没了站着的力气，裴云舒咬着牙，用最后的力气将怀中衣衫扔给涓涓水流："快走，不要让水碰到花瓣！"

烛尤还未蜕完皮，白岑花无论对人对妖都有奇效。

水流承担起生平最重的压力，捏着外衫的衣角，匆匆从枝叶中穿过。

云忘抱着裴云舒，眼神却盯着水流的方向，隐晦难辨。

等到裴云舒彻底昏睡过去之后，他才将裴云舒移到了滔天兽的背上，滔天兽盯着林中深处高吼了一声。

随即，山林中就传出一道令人毛骨悚然的低吼声，一股汹涌的水流席卷一切树木草植朝着此处冲来。

云忘立即翻身坐到滔天兽的背上:"跑!"

滔天兽腾空一跃,朝着断崖上飞跃而去。

山洞中,三位师兄不在,只有一只棕黄色的狐狸缩在角落。

云忘把云舒师兄从滔天兽的背上抱起,轻轻将他放在石床之上。他站在床边,垂眸看着昏睡过去的裴云舒。

听师兄们说,带走云舒师兄的是一条蛟,刚刚用水流来追击他们的也必定是那条蛟龙。让滔天兽都转身就跑的东西,他此时必然打不过。

云忘伸出手,拨开裴云舒脸上的黑发,他的脸色也跟着沉了下去。

从储物袋中掏出药物,云忘看着这好似稍稍用力就能裂口的唇,冷着张脸,指尖蘸上药膏肆意在裴云舒的唇上涂抹。他用的力气很大,唇瓣不堪重负,细小的鲜血从伤口中流出,染红了一半的药膏。

云忘看着这血液,手抖了抖,他的动作开始放轻,乳白色的药膏在不停地涂抹下逐渐变成了透明的色泽,等为裴云舒上完药之后,云忘的手指也萦绕上了药膏和血液的味道。

云忘将这只手背在身后,看着裴云舒。即便是晕过去了,云舒师兄的眉也还在皱着,好似心中揣着事,连睡都睡得不安稳。

墙角的狐狸突然一声嚎叫,惊醒了云忘,他转身跑出山洞,脚下踉跄。滔天兽睁开眼看了跑出去的云忘一眼,也跟着从地上站起来,往外走去。

待山洞中彻底没人了,墙角的狐狸才往石床边走去。

"云舒,"狐狸走到床边,小声喊着裴云舒,爪子推晃着他,"快醒醒啊。"

裴云舒呼吸浅浅,对它的呼唤没有反应,花月眼珠转了几下,用好不容易剩下的妖力从储物袋中掏出一颗通体莹白的丹药,小心翼翼地放在裴云舒的口中。

"这颗四月雪树的内丹可是了不得的解毒疗伤圣物,"狐狸喋喋不休,"云舒,你醒来之后可得把这内丹还给我,三千年的树妖内丹可不好找呢。"

"当然啦,如果云舒和蛟龙大人不嫌弃我,四月雪树的内丹送给云舒也不是不可以。不知道云舒你何时能醒来,我们要赶快逃走啊。"狐狸幽幽叹了口气,真情实意道,"你的师兄们太吓人啦。"

它独自说个不停,自己也不觉得寂寞,可见这几日憋得狠了。

狐狸陪着裴云舒,直到太阳下山,裴云舒也未睁开眼,眼见云舒的师兄们就要回来了,狐狸没办法,只能探头在裴云舒的耳侧叮嘱:"云舒,你记住了,醒来后千万不要睁开眼睛。"它来来回回说了好几遍,直到听到有御剑声音传来,才从石床边移到了墙角。

下一刻,就有人飞至山洞中,大师兄从剑上下来,一抬眼就愣在了原地。

"师弟……"

石床上的人恍若未闻,大师兄屏息走近,直到走到床旁,这才真的相信云舒师弟回来了。

云景即便一向沉默寡言,此时也不免激动,他定定瞧了裴云舒好一会儿,从储物袋中掏出一床薄被,轻轻盖在裴云舒的身上。为云舒师弟盖好被子后,云景便坐在他的身侧,为他捡去床上的枯叶。待枯叶捡完,他才缓缓道:"师弟回来就好。"

裴云舒闭着眼睛,听不到他说的话。

云景却不觉得伤心。

黑发散在身下,衬得师弟面色苍白。

大师兄看到了,站起身道:"师弟喜洁,我去池中为师弟取些水来擦面,就在洞口不远处,师弟且安心等着。"

花月蹲在墙角,心中不禁嘟囔,这几日还真没看出来,原来云舒的大师兄也和自己一样,是个自己能跟自己说话的人才。

第 20 章

　　大师兄舀了些净水,又沾湿了手巾,才回到山洞之中。

　　裴云舒也不知是不是热的,脸上冒出了细细的汗珠,额前的发湿着粘在两鬓,瞧着分外不舒服。云景拿着被水浸冷的手巾为他擦去脸上的湿汗,刚刚擦完,云忘就走了进来。

　　云忘好似在水中游过一回的模样,发丝与衣衫皆流着水,随着他的脚步一路滴着水进了山洞,乍然一看,他眼中的血丝瞧着更多了。

　　"小师弟,"大师兄皱起了眉,起身走向他,"出了什么事?"

　　云忘缓缓摇头,余光瞥了石床上的裴云舒一眼,他蝶翼般的长睫轻轻颤了一下,忙垂下眼:"师兄……"

　　他年纪尚轻,如今一副狼狈无比的样子,好似无家可归的幼崽,可怜的样子惹人怜惜。大师兄驱走他一身的水,又从储物袋中拿出一件厚厚的披风,披在小师弟的肩上后才接着问道:"小师弟,这是怎么了?"

　　"大师兄,"云忘抿唇,楚楚可怜地看向师兄,"云忘刚刚在外想要采一些果子,谁知道遇上了一条小蛇,那蛇长得五彩斑斓,好似有剧毒。"

　　大师兄皱眉,担忧道:"可有咬到你?"

　　"并无,"云忘心有余悸般,"还好滔天兽就在一旁,将那蛇给杀死了,只是云忘不小心被吓得跌到了池子里。"

　　云景怕他受了惊吓,便细细安抚着他。云忘表情乖巧,听着大师兄的话,余光瞥过石床上刚刚被大师兄坐过的位置,垂眸,掩去眼中情绪。

　　石床旁的一盆净水中,手巾慢慢沉到了水底。

　　床上的裴云舒,没人靠近了。

　　接到传音符后,云城和云蛮就速速回了山洞,只是他们二人刚刚落地,就察觉出来了洞内的不对劲。

　　"云舒师弟一直睡到了现在,且一直浑身发烫,"大师兄面色微沉,看向云城,"出了一身的冷汗。"

狐狸在一旁着急死了，按理说世间万妖，树妖的内丹已经很是柔和了，更何况四月雪树乃是天地精华铸就的，内丹本就是疗伤圣物，这等宝物，怎么云舒用了却不对了？

云城叹了口气："你们莫要围着师弟。"

大师兄拉着自己的师弟们，给他让出石床旁的位置。

云城给自己施了一个净身术，去掉一身的风尘后才坐在床边。他拿起裴云舒的手，指尖点在手腕上，为师弟把着脉。

云舒师弟裸露在外的肌肤已经染上了一层淡淡的粉色。三师兄在一旁看着，突然上前一步掀起薄被，再掏出腰间折扇，为他引来几缕洞外的凉风。

凉风吹过裴云舒的面部，终于让他紧皱的眉间舒展了一些。

云城却渐渐皱起了眉。

这副表情看着让人心生不安，大师兄问道："云城，如何？"

云城摇摇头，放开裴云舒的手腕，用手背探向他的脸颊，滚烫的温度袭来，如火烧一般炙热。

只是稍稍一碰，但谁都看得清楚，裴云舒被他冰冷的手背冻得下意识瑟缩了一下。

这一下犹如一个开关，山洞内的气氛也跟着凝滞了一瞬，云城微微挑了下眉，冰冷的指尖蜻蜓点水般轻轻一点。

手底下的人又躲了一下——云舒对冷意倒是敏感得很。

二师兄抽出手，笑了一下，还未说些什么，就见云舒师弟身上掉落了一样东西。云城低头看去，原来是一片通体漆黑的鳞片。

他眯了眯眼，随手将这片鳞片扔在了地上。

正在这时，山洞中的灵力却突然暴动起来。周围空气中的灵气疯狂地朝着裴云舒的方向涌去，在他身边不断地盘旋，形成一个灵气旋涡。

山洞外侧，更多的灵力也跟着往山洞中冲来，密集的灵气凝结成快要滴水的状态，师兄弟几人皆是一惊，大师兄反应过来，他肃颜道："云舒师弟要结丹。"

要结丹当然是一件大喜事，但云舒师弟要在狐族秘境中结丹，而他们对狐族秘境却一知半解，结丹时间可长可短，途中若是被打扰那就不好了。

大师兄想到此，看向自己的几位师弟："二师弟，你与我一同为四师弟护法。三师弟，你照顾好小师弟，他尚未筑基，受不了如此浓重的灵气冲击。"

他们为裴云舒护法，自然不会在这狭小的山洞中待着，一行人转瞬退到山洞外面，防备着有什么不长眼的妖兽冲撞上来。

待人没了，花月连忙把地上那片蛟龙鳞片捡了起来，又着急来到石床旁边。

没人比花月更着急了，没想到裴云舒会结丹，而现在，云舒的身体里面还有一个树妖的内丹，四月雪树本就包容万物，现下结丹极有可能会把四月雪树的内丹也一起融合了。

妖丹和人类修士的金丹能融合吗？

狐狸愁眉苦脸，它在石床旁徘徊了一遍又一遍，心里既心疼三千年的四月雪树内丹，又担忧云舒会不会出了什么意外，谁承想一抬眼就对上了裴云舒睁开的眼睛。

裴云舒从床上坐起，他目光清明，脸色却煞白，看了花月一眼就控制不住地下床跑到角落，撑着墙干呕起来。黑发垂落在脸侧，裴云舒恶心得厉害，只是腹中干干净净，什么都吐不出来。

花月被吓了一跳，小心翼翼地靠近，一双上挑的狐狸眼含着担忧："云舒，你怎么了？"

裴云舒已经被这干呕逼红了眼，他摇摇头，又回到石床旁，用床侧的一盆冷水洗着自己的脸，洗完了脸，他脱去上衣，用手巾擦着脖颈，擦去云城刚刚碰过他的所有地方。他的眼角绯红，手上用的力气极大，乃至每擦完一块地方，那里就会红了一片。

狐狸偷偷从指缝中看过去时，却觉得云舒此刻好像快要哭出来了。那心酸的痛楚令狐狸鼻尖一酸，也要跟着哭了出来。

但裴云舒没哭。

他擦了一遍又一遍，直到被擦拭的地方泛起疼痛感，那股恶心反胃的感觉退下,他才将手巾放下,抖着手穿上了衣服。

醒来后要闭着眼睛装睡,云城将手放在他手腕上的那一瞬间,裴云舒几乎压不下从身体内部涌上来的反感。那是平日里不显露,却一直存在于意识深处的抵触。

裴云舒穿好了衣衫,冷气从他身上冒出,灵气飘荡在他的周围,好似成了让他腾云驾雾的仙气。

"吧嗒"一声,狐狸琥珀色的眼睛里流出了泪,它默默哭着,抬头看着裴云舒:"云舒,人家心里好难受。"

眼睛周围,棕黄色的毛发被打湿了一圈,它此时的模样也着实可怜、可爱,裴云舒扯起唇,蹲在花月的面前,用袖袍给它擦眼泪:"哭什么?"

若是平时云舒为它擦拭眼泪,狐狸想必早已喜笑颜开,如今却还是掉着沉甸甸的金豆豆:"看见云舒难受,人家也难受。"倒是哭了,也不忘表明心意。

"若是再哭,那就不美了。"裴云舒道,"眼睛会肿起,若是让别人见了,就不好看了。"

狐狸的眼泪吓得一下子止住,它忽然想起什么,爪子展开,将手中的黑色鳞片递给了裴云舒。

裴云舒看着手中的纯黑鳞片,勾勾唇笑了。

花月眼泛春光,对着他的笑颜又抬爪捂住了脸。

结丹对裴云舒来说有着不一样的意义。

只要结了丹,他就能下山去探寻大好山河,去看看大海如何,高山又如何。但裴云舒却没有想到,他会在无法动用灵力的情况下结丹。

周围的灵气浓郁,一个劲儿地往裴云舒身体里面钻去,但面对这满满的灵气,裴云舒却无法驾驭它们,无法让它们乖乖地结成内丹。

若是一直这样下去,岂不是要爆体而亡?

花月朝云舒竖起手指,压低声音道:"云舒,我想将你叫醒,就是因为发现了能恢复灵力的办法。"

狐狸说完这话就跑到了墙角处,它咬破爪尖,挤了狐狸血滴在墙面上。只见深色的石壁忽地犹如水波般荡漾开来,花月朝着裴云舒一笑,率先踏入了石壁之中。裴云舒在它身后也跟着一脚踏入其中。

石壁之后,竟有一方小小的空间,其中还有一只石头雕刻的狐狸立在中央,一双俊俏的狐狸眼正对着走进来的裴云舒和花月。

这狐狸雕刻得精美无比,细到每一根毛发都栩栩如生,它虽是狐狸的样子,却奇异得有股英姿飒爽的气概。

花月道:"云舒,你的师兄真不是个东西,既不让我跑,也不让我好好休息,我就只能缩在角落里苟且偷生,但貌美的人运气总是不会差,那日偶然将血擦到了石壁上,瞧瞧我在这里发现了什么?"

他爪子指向了狐狸雕像:"这儿就有一只狐狸!咱们拜一拜它,或许你就可以恢复灵力,去结丹啦!

"这可是狐族秘境,想必我们老祖也会多多关照同族。"

裴云舒听完了它的话,便抬眸去看那石头雕刻出来的狐狸。

这狐狸也不知雕刻的是谁,气势却是不凡,那双灰色石头雕刻出来的桃花眼也格外逼真,乍然一看,仿若活了过来。

事不宜迟,结丹不等人。

裴云舒暗暗叹了口气,他点了点头:"那便这样吧。"

他们站在石头狐狸两旁。

不说裴云舒,花月也是紧张的。

裴云舒走到石头狐狸身前,看着这狐狸的双眼,心中默念一声"叨扰",致完了歉意后才深深一弯腰。

待他起身时,竟已经能感觉到体内灵力的存在了。他试探性地伸出手,手中陡然开了朵绯色的火花,火光照亮了他的一半面孔,竟真的让他恢复了灵力!

裴云舒惊讶不已,他抬眸一看,对面的花月已经化成了人形,掏出了一面镜子,细细梳着自己的头发。

庞大的灵气在体内流转,除了这些极为活跃的灵气,裴云舒还看到了被灵气包裹住的一颗通体莹白的内丹。暴涨的灵气被这颗内丹吸收,若非如此,只怕裴云舒早就已经爆体而亡了。

裴云舒匆匆看了下体内,便同花月道:"花月,我须出去结丹。"

石壁内没有灵气,他无法在此长待。

花月连忙点点头,收了香帕和镜子,同裴云舒认真谢过石头狐狸后,一起跨出了石壁。裴云舒踏出石壁前,忽地侧过脸往身后一看。

那石头狐狸被他们放回了原位,一双石头雕刻出来的眼睛恰好对上了裴云舒的视线,乍一看去,好似这狐狸也在看着裴云舒一般。

裴云舒将这异想天开的想法压了下去,下一刻,就踏出了石壁。

第21章

他们二人只离开了短短一瞬,再出来时,山洞之中的灵气已经浓到可以滴水。

狐狸深深吸了几口气,转瞬之间,漂亮的脸蛋上就露出惬意的表情,他的脸蛋已经酡红,娇声道:"云舒,这里的灵气可真舒服。"

裴云舒盘腿坐在了地上,相比起花月的惬意,他就难受多了,因为所有的灵气都在往他的体内钻,秘境中的灵气稠密而纯净,反而给他增添了许多困难。

他闭上眼,静下心来,将这些灵力聚集到丹田之中。

体内的那颗莹白色的树妖内丹也缓缓朝着这些灵气靠近,裴云舒还未将它隔开,灵气便开始疯狂地挤压,正在结丹的当口,那白色内丹忽地跑到了灵气中间。

裴云舒倒吸一口冷气,再想去隔开它时却已经没时间了。

外头的灵力涌来得更多,若只是结丹,这些灵力怎么也都是够了,但这颗不属于他的内丹着实能吸,吸着吸着,更多的灵气冲入体内,金丹已经结成了。在金丹结成的一瞬,空气中的灵气凝滞下来,只这短短的瞬间,这通体莹白的内丹,竟转眼和金丹融合在了一起!

或许是因为秘境中的灵气纯净,也或许是因为体内的那颗内丹,他如今吸入的灵气足足有上辈子的数十倍。

花月将四月雪树的内丹喂给裴云舒时,裴云舒就在内丹的作用下恢复了意识，只是手脚不能动弹。如今却再也无法将这颗三千年的树妖内丹还给花月，裴云舒十分愧疚。

狐狸反而看开了，灵动的眼睛一转，忽然掩面躲了起来："云舒……"

他欲言又止，眼角朝着裴云舒瞥来："你愿不愿意与我结契？"

裴云舒微讶，随后劝道："自由自在多好，为何要与修士结契？"

花月想了片刻，不禁点了点头："云舒说得对，我当然要去看世间各种各样的美人。像云舒你的小师弟，就是一个漂亮郎君。长得唇红齿白，可真是讨狐狸喜欢。"

洞内的灵气慢慢散去，裴云舒顿了一下："小师弟确实漂亮。"

说完这句话他就往石床边走去，正要把自己刚刚用过的手巾和水给收起来，却忽然想起，他的储物袋还在烛尤那里。

想起储物袋就想起还未蜕完皮的烛尤。

裴云舒下意识就要往外走，却不知道烛尤在哪里，只好转身看向花月："花月，你能闻到烛尤的味道吗？"

狐狸挺胸抬头："云舒放心，就算蛟龙大人在地下十八层，我也会带着你把蛟龙大人找到。当然啦，蛟龙大人怎么会去地下十八层呢？大人如此威风凛凛、修为高深，在这秘境中转上一圈，哪里威严最大，那一定就是蛟龙大人所在之处啦。"

他从储物袋中掏出一条只有手心大小的船，往其中输入了灵气之后，只见船只忽地变大，勉强被山洞装下，裴云舒登上了船只。这艘精致的小船刚刚驶出山洞，就遇上了空中御剑的师兄弟们。

"师弟去哪儿？"大师兄笑意还未展开便是一凝，皱眉看着裴云舒问道。

裴云舒正神，朝师兄们行了一礼，道："谢师兄们为云舒护法。"

他背上的黑发顺着动作从腰侧滑落，之前染上皮肤的粉已经褪去，他行了好长时间的礼，待每位师兄都谢到了之后，才缓缓直起了身。

"师弟不必客气，"云城一笑，"四师弟还未告诉师兄，这是要去哪儿？"

裴云舒道："师兄，我的青越剑丢在这秘境之中，现下和花月一同去找一找。"

三师兄摇着折扇，惊讶道："青越剑丢了？"

青越剑是本命法宝，主人一招手就能飞回来，连青越剑都能丢……这句话刚落，裴云舒连耳尖都红起来了，他不说话了。

三师兄哈哈大笑，云城也笑了，他开口道："师弟一人可行？"

裴云舒连连点头："我一人就够了。"

别人看不见，唯独在他身边的花月看到了，裴云舒面上若无其事，实则不过是强行作态，掩在袖袍下的手分明已经捏紧了袖口。

听他这么说，云城就侧头同大师兄道："既然四师弟想要独自前去，那便让他去好了。师弟已经结了丹，在这秘境之中，也可让师弟去历练历练，磨炼现在的修为。"

大师兄黑眸轻抬："那便这样吧。"

云城转头，他御着剑朝着小船的方向靠近，下一瞬就出现在了裴云舒身旁，叮嘱道："师弟，即便你已踏入金丹期，也要多加小心。"

裴云舒："会的，师兄。"

云城一只手掏入了袖中，再拿出来时，手心中就多出了一条银色的精致手链。

手链制作得格外精美，银光在其上流转，花纹繁复，上面还悬着一个金色的小铃铛，这铃铛实在是太小了，如米粒一般，许是因为太小，云城将这手链拿在手中时，这铃铛也未曾响上一声。

"师弟，"云城眉眼温和，"这是由我炼制出来的手链，遇到危险时可抵元婴期修士的全力一击，你戴上再走，师兄们也能安心了。"

裴云舒垂眸："多谢二师兄。"

云城躲开他想要拿走手链的手，反而轻轻一转，绕到裴云舒的腕前，亲自为他戴上了这条银色手链。

"师兄会在这几日找到这秘境的出口，"云城青衣随风飘荡，他仔细地低着头，确保这手链扣得结结实实，"在这之前，师弟记得要回来。"

他说完就退开了，狐狸小心翼翼瞥了他几眼，催动了脚下的小船。

小船上，裴云舒看了一眼手链，一只手上前去试着解开，可是即便是用上了灵力，这手链也不动分毫。他最终放下了手，用衣袍掩住了这条手链。

花月正感受着哪片地方的威严更大,小船飞过小半个秘境,终于看到了熟悉的断崖。

裴云舒看见这处断崖就回过了神,他往前走了一步,小船顺着断崖飞下,刚刚入了林中,就听到远处一阵阵惊天鸟啼。

裴云舒被云忘带走后再回来也不过两日的时光,这两日他结成了金丹,却不知烛尤有没有好好服用白岑花,有没有彻底蜕了皮。

烛尤待在寒潭之中,到处都是水,他身上也无一处干的地方,若是让白岑花碰到了水,花也会化水四散,就白白浪费用不了了。

"花月,"他压下心中担忧,"烛尤应当在寒潭处。"

小船朝着寒潭加快了速度,可当裴云舒和花月从小船上下来时,冒着寒气的寒潭中却没有蛟龙的影子。一片空空荡荡,仿若之前裴云舒与烛尤在这儿待的三日,全是一场幻觉。

裴云舒:"烛尤?"

他往寒潭边走去,潭水映出他的面容,裴云舒只在其中看到了自己,水面上干干净净,连个枯枝落叶的影子都看不见。

他万分确定烛尤不在水潭之中,在他旁边的花月却胆战心惊道:"云舒,烛尤大人的威严怎么越发大了起来?"

花月既然这么说,那烛尤应该还在附近。裴云舒站起身,快步往山洞中走去,嘴中道:"烛尤蜕皮了。"

蛇化蛟、蛟化龙的时候,谁也不知道一条蛇或蛟会蜕几次皮,但不论怎么说,多蜕一次皮就表示修为更上一层楼,到了最后,就会化成龙。

花月惊叹:"不愧是大人!"

两人走到洞口,还未走进洞里便有一股浓重的血腥味传来。这血的味道藏着蛟龙的威严,狐狸死活不敢靠近一步,挥着香帕把裴云舒送进了山洞之中。

光线暗淡下来,裴云舒越往里便越能闻到浓重的血腥味,还听到极重的鼻息声。一条头顶长角的大蛟盘伏在地上,血腥味从他身上蔓延,昏暗的山洞中,隐约可见它身上已经没了那半蜕下来的皮。

裴云舒连忙走近，施了一道法术，火光在它身边亮起，只见蛟龙头压在身子上，眼睛紧闭。

这次裴云舒总算看到它身上长出来的蛟龙爪了，爪上竟还放着一个储物袋和一朵已经枯萎了的白岑花。长而利的指甲中满是鲜血，一块同样沾染鲜血的蛟皮被丢弃在一旁，这块要自然蜕下来的皮，竟好似是生生被烛尤硬剥下来的一般。

裴云舒的呼吸一停，他仓皇去拿自己的储物袋，可袋中原本准备的丹药、灵草都早已用完。烛尤粗重的鼻息在他的身边响起，一声接着一声，裴云舒又扔下储物袋，拿着灵力去喂养白岑花，嘴中不停道："别枯萎，别枯萎，快好起来。"

如此焦急之下，他掌心溢出来的灵力中竟然夹杂了一股乳白色的灵气，这白色灵气甫一靠近白岑花就瞬间被其吸收，待吸收之后，白岑花的一瓣枯萎的花瓣恢复了纯洁如雪、晶莹剔透的状态。

裴云舒心中一喜，他全神贯注地去调动这乳白色的灵力，待到白岑花恢复如初，他便扳开烛尤的嘴，将整朵花扔进了蛟的嘴里。

做完这件事，他就走到烛尤的身后，去看它的尾巴。

这一看就觉得触目惊心，裴云舒心都沉了下来，他默默蹲下检查了一番，捡起地上被撕扯下来的鳞片，又去寒潭边盛了一盆水，拿着柔软的丝帕，为这血肉模糊的一片擦去鲜血。

尾部这最后的皮，即使是之前的自然脱落也会疼得烛尤夜间在寒潭中打滚，如今硬生生地剥去这层皮……裴云舒擦着擦着，眼睛就通红了。

待擦去血迹之后，他将手放在伤口上面，试图像刚刚对待白岑花那样去修复烛尤的伤口。但半个时辰过去，裴云舒的灵气耗尽了大半，烛尤的这些触目惊心的伤口只有一丝好转的迹象。

黑色鳞片全不像往常那般锐利逼人。刚刚结丹，现在又灵力枯竭，带来的刺痛感从内往外蔓延，裴云舒额上的汗珠滑落。但此时除了坚持，他却不知道还能做些什么，甚至还在胡思乱想着：白岑花对他们人类修士来说是无比宝贵的药材，但对这么大的一条蛟龙，会有作用吗？

眼见着体内的灵气都要没了，裴云舒起身往山洞外跑去，此时也顾不上厚不厚脸皮了:"花月,你还有能疗伤的丹药和灵植吗?"

花月离得老远,闻言"哎呀"一声:"云舒,我全身上下最有用的疗伤圣物已经被你给吃啦!"

"……"裴云舒抿唇,他忽然转身回了山洞,袖袍在空中划出一道圆弧,光从背影上就能瞧出他下了多大的决心。

烛尤还是未曾睁开眼睛,裴云舒靠近它的蛟头,蛟龙布满鳞片。他紧张地咽咽口水,双眼盯在烛尤头顶的小角上,告诉自己,这是蛟龙不是蛇,是蛟龙。

他微微张开了唇。

体内四月雪树的内丹感受到了一股妖兽的威严,烛尤的内丹竟好似也知道裴云舒体内有能救它的东西,从烛尤的体内蹿出。体内的四月雪树内丹感知到了烛尤的内丹,也自发地溢出一缕乳白色的灵气,朝着裴云舒的唇外而去。

这灵气的效果自然不是刚刚裴云舒用出来的灵力可比的,三千年的四月雪树内丹不愧是天地至宝,灵气在裴云舒体内流转的时候,也滋养了他接近枯竭的灵力。

裴云舒一边艰难地含着烛尤的一半内丹,一边用神识去扫视烛尤的尾巴。

兴许是两种圣物双管齐下,过了片刻,那伤口总算有了些愈合的迹象。裴云舒在心中松了一口气,目光移着移着,就移到了烛尤的身上。

裴云舒未曾见过蛟龙,如今有了机会,也不免好奇,细细看了起来。

烛尤此时的样子已经与蛇迥然不同了,头顶的小角如指节般大小,直而短,听闻龙的角长而有分叉,和龙比起来,烛尤像是刚出生的小龙崽崽。

裴云舒想到此,不禁感觉好笑,抬眼去瞟烛尤,这大蛟还在睡,完全不会知道他在想什么。

裴云舒更大胆了,他还伸手去摸烛尤的眼睛,手下的皮肤一起一伏,原来蛟龙竟然没有睫毛,鼻息极为炙热,不小心喷到他的手腕时,宛若热水流过。

蛇明明是冰冰冷冷的，蛟龙相比蛇，却好似有了温度，不知若是化成了龙，是否会变得更热？

他胡思乱想了半响，直到体内的四月雪树内丹功成身退地停下了乳白色的灵气，裴云舒才知晓原来好了。他小心翼翼地吐出烛尤的半枚内丹，那内丹非但不怕他，竟还在看到裴云舒瞧着它时，分外炫耀地转了两圈，好像在显示自己的漂亮难得。

妖兽的内丹很少有好看的，多数都是灰扑扑的样子，越是不起眼越是安全，四月雪树内丹是个例外。烛尤的内丹却也和普通的内丹不同，通体金光，无一丝杂质，这样炫耀的模样，也让这内丹显得更加金光闪闪了。

裴云舒抿唇笑了，内丹回到了烛尤的体内，他起身，因蹲下的时间太长，双脚已经酥麻，缓了一会儿，才慢慢往烛尤的尾巴靠近。

尾巴上的伤口已经愈合，连鳞片也长了出来，裴云舒总算不必为它担心了，他环顾左右，索性找了个地方席地坐下，稍一挥手，储物袋便飞至他的手中，他从中拿出了青越剑。

方才太过着急，在储物袋中翻找药材时竟忘了将青越剑放出来，他抱着青越剑，眉眼弯了起来："好久未曾见你了。"

青越剑鸣了一声，剑身一颤，用剑柄去蹭了蹭他。

武器在手，无人可给的安全感也一并回来，裴云舒拿出一方手帕，轻轻擦拭青越剑的剑鞘。

剑有灵，剑鞘也不凡，虽不会动，但和青越剑心灵相通。

待将本命法宝擦拭得泛着青光，裴云舒才放下青越剑，转而去翻找宗门内的修行心法。

他储物袋中的书籍极少，多是自小读到大的宗门秘籍，还有极少的话本，那是他院中小童偷偷给他买来的。那些话本的内容裴云舒都能背下来了，此时无事，刚刚结了金丹，他便想去翻找些心法。

好不容易找到了一本想要的，又将其余的书好好分批整理了出来，裴云舒正要收回手，却忽然瞧见木柜底下露出了薄薄的书的一角。

这是什么？

裴云舒心生好奇,将木柜抬起,拿起了这本薄得只有几页的书籍。他摸着书页,细细思索,已经忘了这本书为何会出现在他的储物袋中,不过可以肯定,无论是上辈子还是如今,他都从未看过这本书。

裴云舒蹙眉,想来想去,觉得这约莫就是在藏书阁中借的书,只是忘了归还。他翻开已经泛黄的页面,细细读了起来。

书本加上首尾,也不过才五页纸的内容,写的是一位大能的一生。

这大能出身坎坷,一生经受无数风霜,在磨难中悟道,大道得成后便创立了单水宗,是如今天下第一大宗单水宗的宗祖。大能悟的是无情道,他修为极深,又习的是剑修,实力强盛,同时期的人无一能出其右,只是大能在渡劫期却没有度过雷劫,肉身被灭,神魂受创。原是无情道,须入情再回归无情才算证道,大能为了证道,便打算重新来过了。

裴云舒读完这页,心中也不免唏嘘,原来他们的师祖还有这等经历,这么想来,凌清真人也正是师祖的弟子,不知师祖陨落时,师父与各峰的长老会是什么心情。

这本薄薄的书籍还剩最后一页,裴云舒用指尖翻过这页,往最后一页看去。

只见其上附着一幅画像,画像中的人眉眼冷淡,却挡不住本身的俊秀昳丽,长身玉立,上挑的眼中藏着剑意和幽暗的冷漠。

画像下笔力遒劲地写着一行字:"单水宗宗祖无忘尊者。"

第 22 章

画像只有浅浅几笔,就将一副入了无情道的大能模样表现得淋漓尽致、呼之欲出。

裴云舒手下一抖,这本薄薄的书籍掉落在地。

"云忘""无忘",一字之差,五分相似样貌。

他扶着山洞石壁起身,恍恍惚惚地往外跑去,跑过了沉睡的烛尤,跑过了洞外表情惊愕的花月,一直跑到寒潭边上,径直跳进了寒潭之中。冰冷的潭水灌入鼻腔,湿了衣衫,全身上下每一处都被冷意包围。

裴云舒睁着眼睛,看着湖面,由着自己沉入水底。

或许在其他人看来,云忘只是与单水宗的宗祖有些相似,毕竟天下之大,有样貌相似的人算不上什么稀奇。更何况二者气质天差地别,单是这一点,就能轻易辨别他们的不同。

渡劫期的大能无忘尊者,创立单水宗的宗祖,怎么能是无止峰上一个小小的弟子呢?但裴云舒知道十年后的云忘是什么样子。

他沉得越来越深,光亮也越来越淡,昏无天日,恍若世间只有自身一人。口、鼻被堵住,不能呼吸,眼睛看不到水波,看不到岸边的人,荒凉、孤寂,只身坠入黑暗。

十年后的云忘,和书上的画像长得一模一样。

姿色仍然昳丽,只是彻底长开的样子杂糅了成熟和冷淡,将这过分的瑰丽淡化,凌厉得逼人。

和无忘尊者一个模样。

肉身已灭,神魂受创,投胎转世,勘破无情道。

可笑他裴云舒,一个小小的单水宗弟子,当初竟妄想和师祖的转世相争。

怪不得……怪不得师父会那般重视云忘。

寒潭下的水冰冷,冷得他如处十二月冰窟,岸边的花月大声喊着:"云舒!你快上来!"他声音焦急,可怎么会穿过深深水面?狐狸怕水,根本下不去。

还好没过一会儿,裴云舒就从水中浮了上来,他面色苍白,水珠不停地从他脸颊和发丝上滑落,在水面上荡起一圈圈波纹。

狐狸迟疑道:"云舒?"

裴云舒静静浮在水面上,他抬眸,看向远方,丹霞似锦。

云忘沾染了世俗红尘,他从山下到了无止峰上,是否就是破了无情道呢?那又为何如此厌恶他,修炼无情道的人何必在他身上浪费感情。

"云舒,"狐狸用妖力将一片绿叶变大,小心翼翼地站在绿叶之上朝着裴云舒漂来,他俊美的脸上满是担忧,"可是烛尤大人欺负你了?"

裴云舒带着几分自嘲笑了:"只是想明白一些事情了。"

他伸出手,水纹波动,将一片泛黄的枯叶送到他的手中。

天下之大,他却被困在院中的一方天地。无论当初成了什么样的笑话,他今生早已定了目标——周游天下,四海为家。

无论云忘是谁,师祖又是谁,都无法撼动他的想法。

他勘他的无情道,裴云舒走裴云舒的阳关路,不出现在小师弟的面前,就是裴云舒对师祖最大的尊重了。

裴云舒将这片枯叶拾起,指尖溢出灵力,在灵力滋养下,枯叶逐渐焕发生机,变成了天地自然的绿意。

他握起这片绿叶,忽然看向狐狸,轻轻勾唇一笑:"花月,这两日多亏有你。不如今日做些吃食,再来些小酒,你我二人好好放松一回?"

"好哇。"狐狸喜笑颜开,身后三条狐狸尾巴也从衣袍下冒出,在身后迎风招展,"云舒,你等等我,我这就去捉几只野鸡!"

裴云舒一愣,花月已经兴致昂扬地跑了,他回过神来,不禁莞尔。

无论是烛尤还是花月,秘境中的野鸡总是逃不过被吃的命运。

他从水中起身,弄干自己的一身衣衫往山洞中走去。捡起被扔在地上的那本书,裴云舒静静看了一会儿,指尖扔出一团火,火花落在书上,转眼就吞噬了整本书。待到烧得只剩下灰的时候,裴云舒早已出了山洞,一阵风吹来,将灰尘吹得五零四散。

因裴云舒的厨艺着实有限,便只能将对味道的希望寄托于调料之上。好在狐狸吃鸡的经验比他多得多,裴云舒还是在火堆旁烤着鸡,花月则是自告奋勇,采了些蘑菇回来,说是要炖汤给裴云舒尝尝。

这一烤一炖,香味成倍地增加,好在烛尤还在这一片,其他妖兽是万万不敢靠近的。也因这个,裴云舒与花月心情轻松,情绪也万分高涨起来。待到花月炖的汤熟了,裴云舒就从储物袋中取出一把银勺,低头细细地尝了一口。

乳白色的汤入唇,裴云舒的神情认真,花月也真真地紧张起来,嘴中催促道:"云舒,云舒,味道是不是好极了?"

"确实不错,"品味良久,裴云舒赞道,"此汤美味极了。"

他用银勺又盛起一勺乳白色的汤，还未送入口中，肩侧就传来一道声音："什么美味极了？"声线淡淡，这人毫不客气地凑上前，张开嘴含住了银勺，将里面的汤喝进了嘴里。

是烛尤。

裴云舒被吓得手猛地颤了两下。烛尤走路无声无息，这一下若不是勺中没了东西，只怕会全洒在他的身上。

烛尤那双红到发黑的眸沉沉地注视着裴云舒："你走了，不告诉我。"

裴云舒彻底没话说了。

旁边炖的汤咕嘟咕嘟着，狐狸在烛尤出现时就觉得呼吸困难，现在勉强鼓起了勇气，颤抖着声音道："烛尤大人，云舒，趁热吃吧？"

烛尤轻飘飘地看了他一眼，没出息的狐狸就"嘭"的一声变成了原形，棕黄色的毛发根根竖起，双腿发抖，好似下一秒就要狂奔而去。

裴云舒趁着花月插的这一嘴，连忙走到火堆旁坐下，佯装神情专注地去看旁边的烤鸡。

他不知怎么回答烛尤的话，这蛟化作人形时，头上的蛟龙角也跟着显得威猛无比，还是这么凶猛的一条蛟，一句话下来，让裴云舒觉得自己好似真的欺负了对方一般。

自己被云忘带走的时候，怎么去告诉他？

烛尤坐在了裴云舒的旁边，看了一会儿被火烧炙得流油的烤鸡之后，裴云舒突觉脚腕一凉，他低头看去，原是一截蛟尾缠住了他的脚踝。

"烛尤！"裴云舒道。

蛟尾顿了一下，裴云舒只觉得那布条好似变成了一条拇指粗细的活蛇，开始动了起来。他被吓得直接站了起来，怒瞪着烛尤，眼中惊恐地含着水光："你快让它变回布条！"

蛇蜿蜒爬行的感觉实在是太过吓人，当初在给烛尤疗伤时，裴云舒尚且能欺骗自己他是蛟龙而非蛇。可现在，那条布条分明就是变成了蛇的样子。

他模样着实可怜，烛尤眨眨眼，下一刻，裴云舒发现自己乖乖坐在火堆旁，腿上干干净净，既没有蛇，也没有烛尤的尾巴，原来刚刚那下

103

全是幻觉。

虽然是幻觉，但裴云舒不说话了，他拿着根树枝戳着火堆，每戳一下，火光便跟着跳跃一下。

烛尤小心翼翼地用指尖去戳裴云舒的脸颊，可裴云舒默默扭过了头，怎么也不看他。烛尤皱起了眉，眉眼间满是不高兴，这股不悦以极快的速度蔓延："为何不看我？"

裴云舒垂着眸，跟着烛尤较上劲了。

香味在鼻尖蔓延，狐狸在一旁小心地看着，动动手指，还隔空给裴云舒的烤鸡翻了个面。油水滴落到火堆中，火猛地一窜，又恢复平静。

烛尤目光中多了困惑和烦躁。

野兽靠近的感觉会让人打心底觉得危险，裴云舒羽扇般的长睫轻颤，抿着唇不出声。没法偏过头，但也倔强地不想示弱。

他身上有一股淡淡的清香，清香中夹杂着檀香的味道，从衣服上传来，不浓不淡，恰到好处。

一方丝帕挡在了烛尤与裴云舒中间。那丝帕是裴云舒拿出来的，用着灵力撑着，即使知道挡不住烛尤，但裴云舒还是做了。

"看我。"烛尤血眸中的烦躁浮现。

寒潭忽然炸起，水从空中倾洒，让这一片天地忽然间下起了"大雨"。

狐狸尖叫一声，迎头罩起一层结界，总算没淋成落汤狐狸，这水也会找好欺负的对象，像是烛尤大人周围，别说水了，风都不敢往那个方向吹上一下。

"我不喜欢，"良久，裴云舒终于出声了，他抬起眼，"不喜欢蛇，我不喜欢你把我弄进幻境，用蛇来骗我。"

他说着自己不喜欢的，觉得自己此时好像不仅仅是在和烛尤说着话。

烛尤紧紧皱着眉，固执道："蛇不可爱，蛟可爱。"

好嘛，因为自己彻底化成蛟龙了，便开始嫌弃蛇了。

裴云舒本来满腔的火一下子熄灭了，感觉有些好笑，烛尤什么都不懂，和他计较算什么？

烤鸡就快要熟了，那边的花月见终于平静了下来，变出了一张桌子，将炖汤放在上面，再拿出几个手掌大小的白色瓷瓶，拔掉瓶塞后，里面就溢出来了浓浓酒香。做好了这一切，花月才怯生生地问："烛尤大人、云舒，一起来喝些小酒？"

裴云舒将烤鸡用匕首切成小片，也送到了桌上，花月又化成人形，长袖从空中划过，稳当地斟了三杯小酒。

"这酒，可不是狐狸我吹嘘，由极东之地的溪水酿造而成，加的都是千金难求的好东西，莫说是一杯了，一滴就能让人感到登仙极乐，尝过的没一个说不好的。"

狐狸一紧张便会多说话，裴云舒一向在他停不下来嘴的时候左耳进右耳出，听到此处，心生好奇，一小盅酒被一口饮下，却只觉得酒香，并无其他非常之处。

狐狸："就是酒劲很大，万万不可贪杯。"

他这句话说完，烛尤就转头去看裴云舒。裴云舒眼角发红，眼中迷蒙，一副后劲上头的模样。

烛尤垂眸看了看手中的酒，递到了裴云舒的手中："喝。"

裴云舒迷茫地看着他，双颊已经酡红，闻言动作缓慢地从烛尤的手中接过杯子，正要送到唇边，却眼花缭乱，直接泼在了衣衫上面。浓浓的酒香从他身上散开。

裴云舒忽地站起，他跌跌撞撞地往寒潭边走去，眉头皱起："洗衣服。"

烛尤跟在他的身后，走了几步之后，又忽地转头朝花月看去，手指微动，一层薄薄的结界就罩在了裴云舒做出来的那两只烤鸡上。

除了他，谁也不能吃。

裴云舒往巨石后面走去，他完全没注意到身后跟着的烛尤，手一解，外衫就滑落在地。

没了宽大袖袍的遮掩，烛尤才看到他手上那条细细的银色手链，那条手链滑在腕骨之上，银色华光流转，分外秀美俊气。

烛尤蹙眉，走上前拽住裴云舒。

裴云舒猛然被拽住，他转过头去看烛尤，良久才反应过来，不解："我要洗衣服，你怎么跟过来了？"

烛尤拨弄他的手链："这是什么？"

裴云舒随着他的目光看向手上，学着烛尤的样子歪了歪头，迷茫道："我不知道。"

他小声道："我不喜欢。"甚至讨厌。

但醉酒后着实不清醒，裴云舒摇摇脑袋，定定地看着手链。烛尤将手指从手链底下穿过，手指变成了布满鳞片的龙爪，他心情愉悦："我给你扯断。"

裴云舒刚想点点头，又觉得不对，他从烛尤的手中快快抽出手，捂住手链："现在还不能扯。"一个酒嗝跑了出来。

那总归是会扯的，烛尤点点头，对裴云舒道："快下水，醒酒。"

裴云舒乖乖"哦"了一声，却连里衣都没脱，就这样入了水。

黑发在水面上散开，烛尤将这一片水域弄得热气腾腾。

第23章

在温热的水中泡了不过一刻钟，裴云舒就在酒香中睡去了。

这一觉足足睡到了第二日，待到太阳升到了正高空，裴云舒才悠悠醒来。

山洞内安静无声，裴云舒揉揉额头，正要坐起来，却突然发现手中多了什么东西，低头一看，竟是一把磨损得极为厉害的钥匙。除了这钥匙，下方还塞有一张字条，裴云舒将字条展开，上面龙飞凤舞的大字就入了眼。

"初入我秘境，我也无甚东西可赠予，思来想去，不如便将这秘境拿来献丑。微不足道之意，不必客气。"

句句彬彬有礼，和张扬的字迹形成了明显差异。

裴云舒缓缓皱起了眉。

怎么每一个字都认识，这两句话却读不懂了？

秘境——钥匙。

他起身往外走去，一出山洞，就看见烛尤和花月正站在树荫之中。

狐狸正偷偷摸摸地从袖中掏出一本书递给烛尤,一副做贼心虚的样子。

这是在干什么?

裴云舒朝他们走去,花月余光一扫,看到他后,手一抖,书本还没被烛尤接过就掉落到了地上。

烛尤侧头看了裴云舒一眼,将书本招到手中,不慌不忙。

"云舒,你总算是醒了。"花月看向裴云舒,上上下下将他看了一遍之后,粉面带笑,"那酒后劲大不大?还好你喝得不多,不然只怕是今日一整天都醒不过来啦!"

裴云舒笑了笑,转而问道:"从我睡过去到现在,你们可有在附近发现了什么人?"

花月摇了摇头:"没有。"

既然没人进来过,那钥匙和字条又是怎么回事?

裴云舒蹙眉,将手中东西拿给他们看,狐狸好奇地眨着一双桃花眼,正要去碰那字条,谁知在还未碰到前,字条忽然飘起,在空中灰飞烟灭了。

只剩一把古朴的钥匙还留在裴云舒手中,这钥匙磨损得极其严重,好似经历过了许多年的时光。

烛尤沉沉看着这把钥匙,声音不悦:"字条上写了什么?"

"那人说要将秘境赠予我。"裴云舒忽然心中一动,转而看向花月:"花月,你有没有收到什么东西?"

花月用葱白的指尖缠绕着身侧的一缕黑发,眼中满是疑惑:"那倒是没有。"

又是秘境,又是钥匙,裴云舒只能想起石壁中那石头狐狸,可若是花月没有收到过这些东西,为何唯独他有呢?

他沉沉思虑,烛尤已经从他手中拿走了钥匙。看烛尤的表情,若不是裴云舒还在这儿,他都能一手将这钥匙给碎成灰了。

烛尤问:"你想要这个秘境?"他黑眸看着裴云舒。

裴云舒摇了摇头:"我不想要。"

那字条上的话,连同这偌大一个秘境,都不是什么轻松东西。

烛尤眼角眉梢布上了愉悦，他抬手就随意地将这把钥匙扔给了花月，花月手忙脚乱地接住，不敢置信："给我？"

"不要？"

花月被烛尤这余光一瞥，将客套话都塞在了嘴里，他抱着钥匙，无比喜爱，脸上浮起红晕："那我就厚着脸皮要了，就把它当作云舒对四月雪树内丹的回礼。不过这回礼实在是重，云舒你且等一等，待我将秘境中的好东西都给找出来，分你一半。"

裴云舒正要出口拒绝，花月又连忙说道："云舒要是不要的话，那这秘境我也不要了。"

裴云舒不知道该说什么了。

花月见他不说话了，嘿嘿一笑，独自走到一旁探究这把钥匙去了。

花月用了一天的时间，拿出的东西几乎填满了裴云舒的储物袋。

乍然得了这么多的好东西，裴云舒颇有种走在云端的感觉，待缓过神之后，他就拿走了储物袋，不让花月接着往里面放东西了。

傍晚，裴云舒坐在寒潭边，瞧着天边出神了一会儿，开始翻起了储物袋中的东西。一样样极好的灵植被找了出来，这些，便当作还师父和师兄们的谢礼。

他不打算回无止峰了。

他出了秘境之后打算离开诸位师兄弟独自历练，若是可以，便永远不回去了，他想要离师门远些，离师兄们和云忘也远一些。

裴云舒将挑出的这些东西整理好，打算出了秘境就送出，或许能还上师门平日里给他的东西。若是能还上，他也能毫无牵挂地走了。

除了这些有市无价的灵植，裴云舒还掏出了笔墨，给师父写了封信。让师父和师兄们莫来寻他，这样一来，应当是没有人再将他带回山了。

他忙完这些才去问花月："我们什么时候能出秘境？"

"什么时候都可以，"花月坐在一旁的美人榻上，一榻都是绿油油的珍贵灵果，格外奢侈，"若是云舒想走，那就明日一早出去？"

裴云舒略微顿了顿，就点了点头。

"云舒,你还去寻你的师兄们吗?"

裴云舒摇了摇头:"待我们出去,我再传信告诉他们出口在哪儿。"

他垂眸看了看手上的银链。青越剑无法斩断这条手链,明日只能依托烛尤了。若是烛尤能切断这链子,那便彻彻底底地断了;若是连烛尤都没办法,怕是整个世间都对这链子无法了。

想到烛尤,裴云舒就朝着烛尤的方向看去。

那蛟躲在寒潭之中,也不靠近岸边,跑到了寒潭深处去看花月给他的那本书,像是生怕被别人偷偷看到似的。他竟也有如此嗜书的时候。

裴云舒不由得生起了些好奇,他问花月:"烛尤看的是什么书?"

花月眼光躲闪,不敢看裴云舒,含糊道:"乡村野话,云舒不喜欢看的。"

乡村野话?裴云舒目露茫然,他从未听过还有这样的书,这又是什么书,种田的吗?

直到夕阳西下,烛尤才捧着那本书从寒潭中出来。他周身漫着热气,雾气腾腾,脸上的妖纹恣肆,一直从脸侧蔓延到了脖颈之下。他烫得别人都能感觉到那股热意了。

当晚,烛尤不在寒潭中泡着,跑进了山洞里睡。

第二天一早,裴云舒醒了之后,去外面找花月和烛尤。

他们从断崖下飞了上去,花月就在此处开了秘境的大门,只见空中忽然裂出一道口子,口子外面的景色,就是春风楼密道外的景色。

裴云舒御剑同他们一同往出口处飞去,待快要出秘境时,他停下了青越剑。

身侧的两妖也一同停下,看着他捏了一道传音符往远方送去,又将早已准备好的珍稀灵植用结界布好,让它们随着那道传音符一起飞走。

裴云舒看着它们离得越来越远,抬起右手,将袖袍扯起,手腕上的那条银色手链就露了出来,在阳光下反射出闪闪银光。

"烛尤,"裴云舒将手送到烛尤的面前,"可以扯断吗?"

烛尤:"奖励。"

裴云舒无声地看着他，烛尤面无波澜地回望，但还是伸出利爪轻轻一钩，二师兄炼制的手链就这样从万丈高空掉落在丛林之中。

只是被扯断的一瞬，裴云舒手上一疼，他往手腕上看去，一个针眼大的伤口已经在四月雪树内丹的作用下愈合，短短一眨眼的时间，那针眼似的伤口就消失不见了。

裴云舒收回手，垂眸试图去看已经没了踪影的手链，忽然勾起嘴角，眼中清亮，他看着头顶的出口，毫不迟疑地同两妖冲出了秘境。

正闭眼打坐的云城忽地睁开了眼睛，他从袖中掏出一个精致木盒，打开后，木盒中的一条精致雕刻的手链已经碎成了白色粉末。

云城的眼神隐晦不明："四师弟……"

旁边的三师兄睁开眼："四师弟怎么了？"

云城不答，他抬手用指尖滑过了木盒锐角，指尖被划伤，云城捏着伤口，将殷红的血珠滴入了粉末之中。

碎成粉末的手链吸去了他的鲜血，忽然最下方开始有了蠕动，最后，一只小如米粒的冰晶色泽的漂亮虫子钻出了粉末，嗅着云城的鲜血，从他的伤口中钻了进去。

三师兄沉下了脸："蛊虫。云城，你的手链中怎么会有蛊虫，你是不是给四师弟下了蛊？"

"只是些对身体大有益处的小家伙。"云城用手帕擦去指上血迹，笑了，"虽还有些其他小作用，但总不会伤了四师弟。"

三师兄表情不好看，但还勉强信他这一番话，只是还未再问他什么，就见一道传音符飞进了山洞之中。传音符后还跟着许多灵植，粗粗一看，这些灵植竟都是难得的好东西。

看着这些东西，云忘忽然生出一股不好的预感，他站起身，几乎是跟跄着跑上前，捏碎了传音符。裴云舒的声音从中传了出来。

"师兄，"这声音顿了顿，才接着说道，"师弟。"

"云舒找到了秘境出口，你们现可随着指引过来。"

三师兄将折扇往手中一砸，喜道："不愧是四师弟，竟比我们四人早一步找到了这秘境的出口。"

云城从碎成粉末的手链中抬眸，黑眸幽深，看向空中的那些灵植。

裴云舒的声音接着传了出来。

"云舒先一步出了秘境，如今已经结了丹，正好下山游历一番。

"莫念。"

山洞中一片静默，三师兄嘴角的喜意僵住，好似没有听清那道传音符中最后说了什么话。

"师兄，你可听清云舒师弟说了什么？"他转而问向大师兄。

大师兄颔首，面色不变："云舒师弟说要下山历练。"

一时之间，洞中又静了下来，云忘松开手，低头看着手上碎开的传音符。他将腰间的暖玉拽下握在手中，圆润的白玉将手骨抵得生疼，他眉眼浮上一层冰霜似的冷意。

他还未和师兄解释，师兄就要逃离他的身边。

白玉重重一压，云忘转身回头，朝着师兄们勾起一个乖巧的笑，只眼中实在骇人，这浮动汹涌的情绪让他的表情看上去好似蒙了一层灰："师兄。"他缓缓笑开，"云忘长这么大，都未曾去其他地方看过，如今听到四师兄想要去历练，心下也羡慕不已。"

"云忘知道自己修为不够，不能下山历练，"他笑了两声，"但师兄们可以护在云忘身边，带着云忘去周游四海，或许还会遇上云舒师兄，若是遇上了，我们师兄弟便可一起回师门了。

"想必师父也会同意的。"

无止峰上。

凌清真人睁开眼，便接住了一个装满宝贝的储物袋。随着储物袋一同而来的还有一封薄薄的信。

凌清真人看着裴云舒的信，待那"莫念"两字看完之后，便挥一挥衣袖，将储物袋送到了云忘的房中。他将信放在一旁，闭目打坐，半晌，却进不了状态。

凌清又睁开眼，环视着房间。当年他把尚且年幼的云舒带到山上之后，云舒便格外黏他，三不五时来他房中一趟，这房中处处都留有云舒的影子。

凌清真人起身，走到桌旁，拿起桌上的玉瓷杯。

转眼已经二十多年过去了，玉瓷杯上也已有了几丝裂痕，凌清真人忽然感到几分恍惚，他正了正神，将玉瓷杯放了下来。

街市两侧人潮如织，叫卖声不绝如缕。

裴云舒慢吞吞地在其中走着，不是他不想走快，而是一旦走快，伤处就会磨上衣服。烛尤就在裴云舒的身旁，裴云舒慢，他便也跟着慢，一双黑眸盯着裴云舒，一眨也不眨。

若不是他在盯着看，裴云舒还可以稍稍解开些腰带，他身上穿的是刚刚买的衣衫，挑的已经是成衣店较好的料子，但还是比不得道袍的宽松和舒适，一步一磨，疼痛就愈加重了起来。

花月在前方朝着他们招招手，等他们走到花月跟前，就见花月指着摊位上的一块琥珀色石头，难掩惊奇地道："他们说这东西叫龙涎香。"

三个没见识的人都往那石头上看去。

龙涎？

摊位老板热情道："可不是龙涎香！这一点就精贵得很，客人要是想要，给这个数便好。"

他伸出一只手，见面前三人无甚反应，就神秘一笑，一手遮住唇边，低声道："这龙涎香不只强身健体，香味持久，还有助眠的好处，这要是晚上在床前点上一根，带着一床香气，岂不美哉？"

裴云舒轻咳一声，从这龙涎香上移开视线，觉得这龙可真是……竟然连口水都有这般效果。

花月倒是羡慕极了，他对着旁边的烛尤深深行了一礼，口中赞道："大人不愧是大人，如此风姿着实让人倾慕不已，连这小小的口水都有这般奇效，世上还有什么妖能和大人相提并论？"

烛尤听了，轻轻颔首，赞同了花月说的话。

一旁的老板糊里糊涂，他又伸出了一只手，将大拇指压下："若是三位客人着实感兴趣,那便再给三位便宜一个数,这可不能再少了。"

烛尤突然伸手,将摊位上的琥珀色石头拿了起来,只一个眨眼的工夫,这石头就在他手上不见了。

老板睁大眼睛:"你——"

烛尤面无表情地看着他,余光瞥过一旁的裴云舒,才想起什么,从袖中掏出颗灵果,随手扔给了老板。

第24章

待找到了一家客栈之后,三人打算就在此处休整一天。

小二上了茶水,花月倒了杯水润润嗓子,又开始说了起来:"这里距妖鬼集市还有三天的路程,明日会经过一座寺庙,据说那儿求的桃花运很准!"

裴云舒饮了一口茶,闻言便笑了。

出了秘境之后,面对着陡然广阔起来的天地,裴云舒倒是有些手足无措了。花月便见缝插针,要裴云舒同他一起去往那即将举办的百年一次的妖鬼集市。

有了同行人,一路见到了许多以往没见过的东西,裴云舒笑的也逐渐多了起来。他如今穿的不再是白衣,束起来的发也格外简单,但一笑起来,眉目清朗,好似花漫清香,世间都明朗了起来。

烛尤撑着侧脸,格外慵懒地看着他,看他笑了之后,便拿手去戳他的脸。这一路走来,烛尤总是这样,若是裴云舒躲开不让他碰,他就会固执起来非要去碰一下不可。反倒是乖乖让他碰了,他就会心满意足地就此放下手,跟小童一样。

裴云舒没动,果然,烛尤戳到后就乖乖放下了手。

花月所说的那座寺庙,他们果然在第二日便遇上了。

寺庙建在山坡之上,山上种满了桃树,微风一吹,便迎头吹了一头的粉色桃瓣,衬得这寺庙处处皆是美而不俗的红尘美景。

裴云舒拍落一身落花，抬头朝烛尤看去时，却忍俊不禁。

烛尤头上也飘落了几片格外"大胆"的花瓣，其中两片恰好落在他蛟角的附近，若是没把角掩住，只怕还可能凑巧落在他尖尖的角上。偏偏烛尤眼神冷淡，一双眼睛长得妖异冰冷，顶着满头桃瓣的时候还当真有了几分可爱。

裴云舒抬手拂落他黑发上的花瓣，烛尤垂眸看他，抬手折了一朵桃花。

烛尤只朝着裴云舒勾勾手指，裴云舒就被一阵风推着往他的方向去。

裴云舒躲开了烛尤，用力一推，当真把烛尤推开了。

烛尤被推得撞在了树干上，树上的桃花顿时轻盈地落下，下了场犹带香气的花雨。

花月先他们一步上了山，等裴云舒他们到了寺庙后，这能说会道的狐狸已经上上下下都混熟了。

寺中方丈也是个修士，他年纪已大，笑起来亲切，甫一见到裴云舒，便惊奇地"咦"了一声："施主，能否让我给你把把脉？"

裴云舒收起脸上的薄怒，挽起衣袖，将手伸到老人家跟前。

烛尤一上来便看到了这一幕，他眼神瞬间变得凶恶，殷红的妖纹乍起，只一瞬间的工夫，便拉着裴云舒远离了老方丈，朝着方丈低低怒吼。

方丈被吓了一跳，连忙安抚烛尤："莫急莫急，我只是给这位小友把把脉。"

烛尤的气势吓人，他的手臂上浮现出了一层鳞片，龙角冒出，一双兽瞳煞气浓重，凶相毕露。

裴云舒离烛尤最近，也最清楚烛尤的变化。

黑色竖瞳深处有红光流转，他宛若那日在寒潭下失了智时的样子，裴云舒心中一跳，他压低声音："烛尤，没事，这里没有危险。"

烛尤听到了他的话，低头看他，不带丝毫感情的兽性眼睛盯着裴云舒。妖纹如潮水般退去，烛尤垂着眸，瞧着竟有几分呆呆的样子。

花月躲在老和尚身后，看他平静下来了，两人都松了一口气。老方丈试着往裴云舒的方向走了一步，烛尤没有一丝暴动的倾向。

"这位小友，"老方丈对着裴云舒感谢不已，"你救了老僧一命。"

裴云舒尴尬极了，本不关方丈的事，哪里需要方丈来向他道谢。

"方丈客气。"

老和尚摸着胡子一笑，忽然面容又严肃了："我能否给小友把把脉？"

裴云舒便把手又递到他面前，老和尚谨慎地看了烛尤一眼，才抬手覆在了脉搏上。片刻后，他细细打量了裴云舒的面色，露出一个"果然如此"的表情，道："小友，你可知道你体内有一只蛊虫？"

裴云舒一怔："什么？"

方丈看他这个反应，就知道他并不知情了，叹了口气，收回了手："你被人下了蛊，你体内的是子蛊，若是我没有判断错，这只子蛊已经被人给催醒了。"

花月倒吸一口冷气，裴云舒更是面色一白。

见到他们变了神色，方丈又连忙道："这蛊虫是只对身体有大大益处的蛊虫，百利而无一弊，这倒是不须担心。只是母蛊一旦吸了主人的血，这子蛊便也跟着醒了，母蛊和子蛊离得愈远，牵挂便愈重，为了吸引远在天边的母蛊，待到子蛊长大之后，就会散发一种特殊的香味，用此来告知母蛊方向。"

方丈轻咳一声："只是这香味，不只有母蛊能闻到。"

裴云舒捏紧手，心沉大海："方丈，若是还有些什么，也一并告诉我吧。"

烛尤看到了裴云舒的表情，看着方丈的眼神重新变得凶狠起来。

方丈在他的眼神下抖了一下，苦笑道："若是子蛊不醒便无事，若是子蛊醒了，长至成熟时，会发作两次，届时子蛊会散发异香，这香味对妖怪有极大的诱惑，妖怪会产生吸干你仙气的冲动。"

裴云舒闭了闭眼，他尽力平复呼吸："那……可严重？"

若是今日没到这寺，或若是没遇见这方丈，他是不是要等到出了异状时，才知道自己体内藏了一只蛊虫？

"这个倒是可以放心，"方丈语气坚定，总算是说了句好话，"子蛊离母蛊太远，即便是发作，也不会多么厉害，念上几遍清心咒就可抵挡过去。"

115

裴云舒松了一口气，随即就是苦笑，他垂眸看着地面，良久，才抬起头重新看向老方丈："若是服用了疗伤丹药呢？"

他体内四月雪树的内丹也赶不走这蛊虫吗？

方丈好笑："这乃益虫，如何有效？"

裴云舒抿唇，又道："方丈，那可有方法，将这蛊虫给取出来吗？"

老和尚摸了摸胡子，不答反问："你们往哪儿去？"

花月在一旁道："我们往妖鬼集市去，老和尚，云舒这个蛊究竟有没有办法给解了？"

"若是去妖鬼集市，那就有办法可解了。"老方丈道，"妖鬼集市里有一个鼎鼎有名的鬼医，那鬼医对这些小玩意的使用可谓出神入化，若是他出手，必定能将这蛊虫给引出体内，只是这蛊虫可是个好东西。小友，你真舍得？"

裴云舒道："舍得。"

正值午时，用完斋饭后，裴云舒从房中出来，就看到院中有一棵巨大的老桃树。

约莫是因为体内有树妖的内丹，裴云舒对这棵桃树产生了几分喜爱之情，他走上前，轻轻将手覆在了树干上。

稚嫩的小童声便从桃树里响起："大人，你也是树妖吗？"

裴云舒带上了笑意，声音柔和："不是。"

这童声"哦"了一声，随即炫耀道："我可是周围山里第一个成精的树精，等我修为够了，我就能成树妖啦。"

裴云舒含笑夸赞了他一句。

小树精便呵呵笑了："大人，他们说对着我许愿很灵，您要不要也求一求啊？"

裴云舒一愣，抬头去看桃树上挂满了红色锦囊的枝丫。

烛尤从他身后走到他身边，刚刚走近，桃树上便掉落了一个锦囊，这个锦囊直直掉落在裴云舒的怀中，裴云舒下意识接下，之后却不知该如何了。

烛尤轻轻瞥了一眼他手中的锦囊，就抬眸去看裴云舒，抬起手小心翼翼地去戳裴云舒的脸，等快要碰上时，裴云舒却觉出了不对。

鼻间先一步闻到了香料味，裴云舒下意识张开嘴，将这东西吃到嘴里，才发现是一块香喷喷的肉脯。在寺庙中吃肉当真是做贼心虚，裴云舒左右环顾，轻咳几声，低声问烛尤："哪儿来的？"

烛尤不说，只是问："还想吃吗？"

裴云舒犹豫一会儿，又看了看周围，确定没和尚在之后，才点了点头。

自辟谷后，裴云舒也就一同和烛尤吃过几次自己烤出来的鸡肉，早已忘了凡间的食物是什么滋味的，原本以为花月炖的那汤就是世间美味了，但这些日子才知道，原来美味如此之多，这些都不算什么。

烛尤勾唇，低着头，黑眸一动不动地盯着裴云舒，一脸求奖励的表情。

裴云舒缓缓道："那便不吃了。"

第25章

烛尤也不知从哪里学来了这些奇奇怪怪的东西，即便裴云舒脾气好，也被他带出了几分气。这种气，自然就是怒气了。

当天下午，他们三人就辞别老和尚下山了，从满山桃花林中经过时，花月招来了一阵风，桃花瓣便随风漫天倾洒下来。

裴云舒将蛊的事情压在了脑后，他御剑飞在桃花林中，烛尤站在他的身后，松松拽着他。

即将入夜的时候，他们就在一处小小集镇停了下来。镇中只有一家客栈，客栈也只有最后两间客房，裴云舒便道："我和花月一间。"

这话刚刚说出来，整个气氛顿时冷了。

烛尤面无表情，花月和客栈老板被他吓得躲在柜台后瑟瑟发抖。

到最后，裴云舒还是和烛尤一间房了。

还好这房间里有一里一外两张床，裴云舒将一路买来的吃食放到桌上，指着外间那张床道："你睡那儿。"

烛尤微不可察地点点头，手指拨弄着桌上的零食，拿起一块肉干放在了嘴里。

　　裴云舒见他吃得专心,便小心翼翼地走到里间,连鞋子都来不及脱,就半跪在床上,将床幔放了下来。确定床幔的厚度让外面的人看不清楚他在做什么后,裴云舒才表情难受地解开了衣衫。

　　凡人的衣衫也分好坏,裴云舒身上穿的这身明明已经算是好的了,但还是磨得他生疼,现下才好不容易有了些时间上药。

　　他低头一看,早上抹的药都被蹭到了衣衫上,非但没有起到半分作用,看起来还更严重了。难怪愈加疼了。

　　裴云舒蹙眉,又回头看了一眼,隐隐约约见到桌旁还有道人影,便安下心来,拿出药膏,用指尖轻轻抹了一点,给自己上着药。

　　他低着头,格外认真。

　　怕衣衫再次把药膏蹭掉,裴云舒穿上衣衫之后还不敢先将腰带系上,直到觉得药膏被吸收了,他才紧紧束上了腰带。

　　想起来他进来里间那么长时间,烛尤竟然也没来催促他,裴云舒心下奇怪,走到外间一看,烛尤不在桌旁,屏风后的浴桶处有水声响起。

　　天边只是微黑,现在就沐浴吗?

　　还有雾气越过屏风往这边飘散。

　　"烛尤,"裴云舒问,"你是不是用了很烫的热水?热气已经朝这边飘来了,若是用热水沐浴,那不能多泡,会不舒服的。"

　　他话音刚落,屏风里面就传来一声重响,裴云舒一惊,下意识掠过屏风往里面一看,表情愕然。

　　烛尤浑身冒着腾腾的热气,也不知道刚刚发生了什么,此时此刻,他头上的两只角在浴桶上撞穿了两个小洞,那两个小洞卡住了他的蛟龙角,烛尤便也跟着无法动弹了。

　　裴云舒愕然,过后就是忍笑。

　　烛尤见他进来,面上的妖纹更加殷红了,他抿着唇,眉目不悦,正打算强硬拔出头上的蛟龙角,裴云舒连忙阻止他:"等一等。"

　　他绕到前方蹲下,看木桶上的两个突出了一截的小角,试着动了一下,确实卡得相当紧。

裴云舒突然抬头去看烛尤,疑惑:"角不可以收回去吗?"

这个角度,裴云舒无法看到烛尤的表情,只能看到他的黑发,只看了一眼,裴云舒就接着去看烛尤卡在木桶里的角了,只听烛尤道:"收不回来。"

裴云舒开始专心致志地想法子将烛尤的角推回去,不再去问烛尤话了。

角比浴桶硬了不知道多少倍,若是在那些城镇里面,一个浴桶坏就坏了,奈何这里是个小小村镇,浴桶也没有多的,店家如此窘迫,若是这个浴桶坏了,只怕这几日他们也没法去买新的。

裴云舒用尽了各种办法,最后好不容易才把烛尤的龙角给推了回去。

突然,好像有什么奇异的香味在空中四散。

"我想喝水。"裴云舒掐着手,不知道这是怎么了,"烛尤,我要出去喝水。"

烛尤皱起了眉,鼻尖一嗅:"好香。"

他朝着散发香味的地方闻去。

裴云舒从屏风后跑了出来,足足喝了满满两杯冷水,又尽力平复呼吸,空气中那股奇异的香味才终于变得淡了下来。

冷静下来之后,裴云舒就想起了体内的那只蛊虫。

怎么这么快溢出香味了?

裴云舒直接收拾了东西,连夜跑到了隔壁花月的房间。

花月为他打开门,惊讶极了:"云舒,你怎么过来了?"

裴云舒避而不答:"我今晚在你这儿打坐一夜。"他担心打扰烛尤休息。

说是打坐一夜,但是到了夜半的时候,裴云舒还是睡着了。

狐狸正在灯下看着书生与狐狸的话本,见裴云舒睡了就想将他放到床上,但还没靠近裴云舒,就被一条突然蹿出来的白色布条狠狠打在了手上。

狐狸倒吸一口冷气,一双玉手都被打肿了。

下一刻,白色布条将裴云舒轻轻放上床。

妖鬼集市还有四天举行,要是一直御剑前行,不到一天的工夫就能到集市。因为时间充足,他们也不着急,一路走走停停,也算是游山玩水一回。

距离妖鬼集市越近,见到的妖魔鬼怪也就越多了起来,裴云舒一路大饱眼福,只觉得眼花缭乱,从来没有想到,除了人,还有如此精彩的庞大世界。

但快要到集市举办的地方时,他们却见到了花锦门的人。

他们隐在道路两旁妖群之内,看着花锦门的魔修抬着两顶玄色轿子从空中张扬飞过,在经过他们时,裴云舒微微侧过了头。

玄色轿子远去,那架势却极为惊人,花月在一旁冷哼一声:"那该死的大魔修竟然也来了!"

裴云舒轻轻"嗯"了一声,看着远去的花锦门众人,握紧了手中的青越剑。杀意萦绕在心头,狐族秘境中的侮辱他永不会忘。

紧握着青越剑的手指被一双手一一掰开,裴云舒侧头看去,烛尤垂眸看了他一眼,然后望了一下远处的花锦门一众魔修,眼中煞气横生,裴云舒都能看出对方眼中幽深残酷的戾气。

"烛尤大人,"一旁的花月也感觉到了这股令他毛骨悚然的杀气,忙说,"妖鬼集市开始后就不能杀人了,这是规矩。我们要是想搞一搞这个花锦门,要么赶在集市开始之前,要么在集市结束之后。"

可花锦门的魔修众多,修为高深,赶在集市开始之前怕是搞不完。

烛尤不悦:"杀人还要等?"

花月想了想,严谨道:"要的吧。"

他们二人说的不是搞不搞花锦门,而是什么时候搞死。一个比一个杀意浓重,裴云舒平静之后,反而勾唇笑了起来。

"那就等集市之后吧。"

这次的妖鬼集市之行,找到鬼医才是主要的,邹虞可没有这么重要。

花月忽然担忧道:"云舒,可是邹虞那大魔修见过你。"

那日烛尤大人带着云舒飞走时,花月可是将邹虞说的那句狠话听得一清二楚,其中的狠意让他都觉得头皮发麻。

这花锦门可是臭不要脸的魔宗,手段阴损着呢,若是那日云舒没有被烛尤大人救走，谁知道这大魔修会做到什么地步，当真是可恶至极的小人！

闻言，裴云舒也皱起了眉。

帷帽他是不会再戴了，更何况周围如此多长相各异的妖鬼也不曾戴上帷帽去遮掩容貌，他戴了岂不是更加显眼？

裴云舒想了想："集市里可有卖面具的？"

"倒是有，"花月眼睛一亮，"各种面具都有，戴在脸上的时候，即使你从花锦门面前走过他们也不会知道你是谁！"

"那便戴面具吧。"裴云舒一锤定音。

烛尤皱起了眉，他这一皱，就皱到了一行人进客栈里面时。

等房门关上，他才抬眸看着裴云舒："为何不杀？"

裴云舒倒了两杯茶水，放在了烛尤面前："若是杀了，我们就要耽搁妖鬼集市开场了。"

"耽搁便耽搁，"烛尤淡淡道，"谁若不满，那便杀了谁。"他语气虽淡，但黑眸中有血色浮沉，是真对花锦门产生了沉沉杀意。

"要是你在妖鬼集市中杀了人，我们就要被追杀了。"裴云舒细细说着，"烛尤，即便他们不能伤你分毫，但那些天我们也不能休息，要一直逃跑赶路。妖鬼集市没了，鬼医也无法去寻，白白浪费了时间。"

烛尤又皱起了眉，他若有所思。

裴云舒见他好像懂了，颇有些做人师的成就感，笑意盈盈地看着烛尤。

谁想烛尤微闭着眼，轻声道："好香。"

第 26 章

他说香，可裴云舒并没有闻到自己身上的香味。

烛尤眯着眼，淡淡的香味深入五脏六腑，裴云舒几乎是惊骇地看着他的额头上冒出了龙角，脸上再现出了妖纹。

裴云舒往窗口的方向跑去，只勉强将窗口打开了一条缝，身后就有人跟了上来。

"好香。"

"不香,"裴云舒抓着窗沿,努力去推窗,"烛尤,我一点儿也不香,你闻错了。"

烛尤不满地说:"你香。"

窗口被打开,一阵微风吹了进来,裴云舒松了一口气:"现在总算是没香味了吧?"

他是真的没有闻到什么香味,明明上次体内的蛊发作时,他也闻到了淡淡的清香,现在又是怎么回事?

烛尤不说话。

裴云舒只好无视他,去看窗外的景色。

房间正好对着街道,街道中来往的人形形色色。远处有一家三层高的客栈,高耸挺拔,分外醒目,那是这里最好的一家客栈,花锦门的魔修就在那里入住。

裴云舒从高楼上移开视线,就见底下有人在卖丹药,裴云舒心中一动,他偷偷从储物袋中拿出一颗清心丹:"烛尤!"

烛尤刚抬头,下一刻嘴里就被塞进了一颗丹药。

丹药入口即化,裴云舒紧紧盯着烛尤,但烛尤脸上的妖纹没有丝毫退去的样子,非但如此,他眼中的暗色还在逐渐加深。

窗户被一道劲风吹上,门窗皆被关得死死的。

裴云舒真的是被气狠了,一个个法术往烛尤身上扔去,烛尤生生受着,垂眸看着他。

裴云舒一双眼睛含着怒气,他把青越剑挡在身前,泛着火气看着烛尤。

烛尤出了裴云舒的房间,径直找到了最近最冷的一处寒潭。冷如冰雪的水围绕着他,稍微靠得他近一点,便被蒸出腾腾雾气。

洁白雪地,梅花飘香。

在妖鬼集市举行之前,花月不知从哪里买来了一个鬼脸面具,兴高采烈地给了裴云舒。这面具黑底白描,画的不知是什么东西,瞧着不可怖,但格外丑。

"云舒,"花月手一翻,另一个面具在他手中出现,那是一张尖嘴红毛的狐狸面具,"等今夜妖鬼集市一开,你便戴上这个面具。我可是把那一整家店都翻了个底朝天,才找出一个这么丑的面具来。等你戴上这个,任那个大魔修长着十几双眼睛也一定认不出来你!"

他越说越激动:"等咱们一起在妖鬼集市里尽情玩乐后,出来就去找他们算账。烛尤大人好好让他们见识见识什么叫'风水轮流转'。"

裴云舒戴上面具,花月便拿出铜镜让他一看,看到镜子时,裴云舒这才知道花月为何会说只戴上一个面具邹虞就认不出他来的话了。

只因他此刻已经变了一个模样,铜镜中映出来的,已经是一张浑身只有黑、白二色的丑鬼脸了。

裴云舒备感惊奇,他又拿下了面具,朝着镜中看去。镜中,他此时又变成平日的模样了。

花月笑意晏晏,得意得尾巴都翘了起来:"云舒,如何?"

他也将手中的红毛狐狸面具戴在了脸上,眨眼间变成了一只凶神恶煞的老狐。

裴云舒眨眨眼,他走上前去摸狐狸头上的一双红毛耳朵,竟觉得入手柔软,如同真的一般。他感叹道:"当真神奇。"

花月照照镜子,也颇为满意:"这模样倒是英勇。"

他说完,便小心翼翼地环顾四周,抬手捂在嘴侧,低声道:"云舒,我如今的样子,是不是也不差蛟龙大人多少?"

裴云舒冷哼一声:"他自然比不得你如今模样。"

花月听闻,却幽幽叹了口气,拿下面具后作势拭泪:"烛尤大人天人之姿,花月犹如缸中米粒,无法和烛尤大人相比。"

裴云舒被他逗笑了。

花月见裴云舒有了笑颜,不由自主地往他的身边靠了靠,闭着眼,鼻尖轻嗅,道:"云舒,好香。"

他这作态,裴云舒瞬间觉出了不对,掏出颗清心丹便朝着花月嘴中塞去,过了一会儿,只见花月眨了眨眼,迷茫地看向裴云舒:"云舒,你刚刚喂我吃了什么?"

裴云舒离他远了些，谨慎问道："你可闻到了什么香气？"

花月鼻子嗅了嗅，奇怪："刚刚好似闻到了，现在却又不见了。"

裴云舒蹙眉。

这次也是，他未曾闻到什么香气，花月却闻到了一瞬。不过清心丹对烛尤无用，竟然对花月有用，还好储物袋内有足够的清心丹。裴云舒看向桌上的鬼脸面具，眉目一沉，时间紧迫，他需要尽早找到妖鬼集市中的鬼医。

当晚，妖鬼集市即将开启的时候，街道上已经堆满了等待者。

前两日，裴云舒怎么也不愿见到烛尤。直到现在，烛尤总算见到了他。裴云舒一出来，烛尤就直直地看了过去，黑眸一动不动，脸上的妖纹又慢慢浮现出了艳丽的颜色。

裴云舒一见到他这副样子，当即沉着脸移开了目光，想当作无事发生的样子，却装不出来。

烛尤不知不觉地凑了上来，又拿指尖戳裴云舒的脸颊。裴云舒躲开，心中一动，将手中的鬼脸面具戴到了脸上。

见着眼前的人猛然变成了一副丑鬼模样，烛尤皱着眉停下了手，沉沉地看着他，黑眸中满是不豫。

裴云舒心中有了几分好似报复成功的轻松愉悦感，他从烛尤身边绕开，只是还没走到楼下，烛尤就跟了上来，伸手攥住了他的手腕。裴云舒挣了两下，没挣开，但不肯就此罢休，一直倔强地挣扎着，直到走入了妖群，他还在用着力。

烛尤瞥了他一眼，眉头微蹙："别闹。"

裴云舒：……闹什么了？

周围只有极小一部分修士混迹其中，裴云舒抿唇，不欲在这里与他相争。

他们刚刚安静下来，就听后方有人呵道："是谁挡我花锦门门主的路？"

裴云舒往后看去，只见花锦门的一众魔修正从后往前开着路，被护在中间如众星捧月的正是他们口中说的门主和邹虞等人。

裴云舒目光定在邹虞身上。挂在腰间的青越剑响起带着杀意的低鸣。

邹虞负手而立，他虽站在门主身后，但并不卑躬屈膝，一双深目在四周轻佻地巡视，好像感觉到了什么，忽然朝着裴云舒的方向看来。但那里只有一众其貌不扬的妖鬼，并无什么稀奇。

邹虞挑挑眉，移开了视线。

第27章

裴云舒平静地移开盯着邹虞的视线，等着妖鬼集市的开场。

也是在妖鬼集市开了后，裴云舒才明白花月为何对此如此着迷。

他从妖群中穿过，只觉得一双眼睛实在是少，看了左边就无法看到右边，四面八方的稀奇东西，看了地上的就顾不得天上的。完全没时间看路，还好有烛尤带着他，裴云舒就把一颗心都放在了两旁，只是跟着烛尤往前走着。

妖鬼集市中的客栈自然是用灵石付钱的，各家都是人满为患，他们找到一家客栈，巧得很，店家只剩下两间房了。

裴云舒在心里向着花月致歉，自己得独占一间了。他如今的情况实在不适合和其他人同睡一个房间。

进了房间后，裴云舒就将门窗关紧，又布下了结界，待整理好一切，才摘下面具，坐在桌边休息。

等饮了一杯茶，他抬手到鼻端轻嗅，没闻到什么香气，才稍稍放下了心。

妖鬼集市大得很，客栈也格外大，裴云舒在房中看了一圈，就在屏风后发现了一方泉池。泉池还冒着热气，用的是集市中独有的泉水，小小一池泛着幽深的紫色。裴云舒好奇其作用，脱下衣物搭在屏风之上，小心翼翼地进了这池中。

一路走来，好不容易这么舒适，池水的温度也是刚刚好的温热，裴云舒枕在了双手上，靠着池边舒适休憩。

等他醒过来的时候,还未睁开眼,便率先闻到了一股浓郁的香气。这香气漫入骨髓,闻上一口就觉得口渴难耐。裴云舒艰难地睁开眼,只看到房中一片氤氲雾气,他趴在自己的手臂上闻着,这香气好似都已经浸入了他的皮肉之中。

整个房间内香味浓郁,裴云舒闭眼重重呼吸,还好他关紧了门窗,还布下了一道道的结界,让这香味一丝不落地全都留在了这间屋子里。

但也是因为这样,他越发难受了。

裴云舒撑着池边想要起身,发软的手脚却没有一丝力气,醉酒似的潮热感从五脏六腑散发,烫得鼻息炙热。

裴云舒手抓在青越剑上,让青越剑带着他飞出池子。

好热。

满屋子无可言喻的香气,被牢牢地积存在这一方空间。地面冰冷,青越剑把他的外衫用剑柄钩下,裴云舒撑着披上衣服,只是穿个衣服的工夫,已经开始喘起了气。

老方丈曾说过,因为子蛊和母蛊相距甚远,就算发作也不过是念几句清心咒。

裴云舒服了几颗清心丹,又在嘴里默念着清心咒,可刚刚觉得清醒了一瞬,更加凶猛的炙热感又蹿了上来。

清心咒念不成句了。

他掐着自己的手,刺痛感让大脑出现一片短暂的空白。

这么大的反应,怎么能是几句清心咒就能压下的,这是不是代表着,母蛊的主人已经离他越来越近了?

唇瓣被咬出鲜血,手心被刺出伤口,裴云舒感觉空气越来越稀薄,取而代之的,是浓郁得几乎要进入肺腑的香气。身上分不清是汗水还是池水,他大口喘着气,却还是觉得如火烧一般难受。

青越剑瞧着他一副呼不上气的模样,冲向了窗口,想要开一扇窗。

裴云舒心中猛地一跳:"不要——"

剑身一停,但已经晚了,窗口被利剑推开了一条细小的缝,这缝隙小得几乎看不见,空气吹不进来,但满屋浓得欲滴的香味却从缝隙中争先恐后地涌了出去。

裴云舒额头流出的汗珠浸湿黑发,他费力地去看窗口,眼前却逐渐模糊。

糟了……

烛尤用鼻子嗅了嗅,他脸上的妖纹骤起,下一刻,已经消失不见了。

一旁战战兢兢地给他翻找着图册的花月一抬眼,狐狸眼瞪圆了:"烛尤大人?"

但不到片刻,他的鼻间就闻到了一丝清淡的香味。

花月不由自主地闭着眼,全神贯注地捕捉着空气中仿若随时会消失不见的香味。他跟着香味走出了房间,廊道上已经有不少嗅觉同样灵敏的妖怪走了出来。

直到撞上一只头顶牛角的妖怪,花月才猛地从这香味里回过神来。

他表情惊骇。

这不是、这不是云舒身上的味道吗?!

好难受。好热。

有人靠近,裴云舒无神道:"是谁?"

凛冽的风吹拂脸颊,浓郁的香气被吹散,烫意越发明显起来。

月光在树枝下明明暗暗,"扑通"一声,人已经落进了一池冷水之中。

清心咒,裴云舒模模糊糊地想着,但刚一张开嘴,冷水就跑了进来。裴云舒痛苦地皱起眉,他恍惚间睁开眼,看到了艳如鲜血的妖纹和一双竖瞳。

三更夜半,山野林中。

裴云舒施个法术,去掉自己的一身水。等他弄好了自己,才转过身去看还在水中泡着的烛尤,他的尾巴在水中翻腾。

裴云舒不知道该说什么了,他闷声道:"回去吧。"

找鬼医之事刻不容缓,这次都已这么严重了,岂不是代表云城已经离他愈加近了？还好冷水还能起点作用。

裴云舒胡思乱想着，想要忘却刚刚的事。

烛尤朝着水中伸手，片刻后，水池中被撕成碎片的衣物就飞到了他的手上。尾巴挣开了衣衫，衣衫就成了这个样子。

裴云舒从储物袋中掏出衣物给他，等到烛尤穿好后，裴云舒又把那个鬼脸面具戴在了脸上，和他一起往客栈走去。

等在客栈外面的花月瞧见走来的他们，眼睛一亮，他忙跑过去，上上下下看着戴着面具的裴云舒，小声道："云舒，你没事吧？"

只有黑、白两色的鬼脸摇了摇："无事。"

狐狸的鼻子格外灵敏，特别是花月这鼻子，只是一闻，花月心中便一下子轻快了起来，他踮着脚走了几步路，再高兴地转了一圈，才笑弯了桃花眼，波光潋滟："云舒，我刚刚闻到了一丝丝的香气，还好少得很，有不少妖也闻到了，但香味中途就断啦，不知道是从哪儿飘来的呢。"

裴云舒点点头，又担忧道："我房中还满是香气。"

也不知何时能散。

花月想了想："别急，我去想想办法，看能不能将那一屋子的香气给装到狐妖秘境里去。"

他们三个进了客栈，客栈中灯火通明，明明已是深夜，醒着的妖却不少。裴云舒微低着头从众妖中走过，见这群妖没有反应，才放下了心。潭水洗去了身上的香气，他此时闻不到身上的香气了，别人应当也没有闻到。

今日的香气，裴云舒闻到了，但那日烛尤和花月闻到他身上的香气时，他又分明什么都没有闻到。难道是离得近，或是和他待的时间长了，才会闻到这味道吗？

裴云舒心中思虑万千，上楼时，却见前方的花月停下了脚步，他抬头一看，就看到一群魔修正从楼梯上走下来。

穿着一身黑衣，胸前绣着朵金丝线的牡丹，走在最前方的人，不是邹虞是谁？

邹虞神情冷淡，鞭子缠在腰间，带着几分西域风情的眉目沉着，心情很是不妙的样子。

花月脚步只是一停，就继续往上走。

裴云舒面无波澜，就算有什么波澜，也被这一脸伪装挡得严严实实，他只是一手向后，拉着烛尤经过这一群魔修身边。

一群人向下走，一群人朝上去，正当错开时，邹虞身后的魔修突然转过身，朝花月问道："你们几人既然是在这一层住的，知不知道刚刚那香气是怎么回事？"

花月："我们还没回房呢，哪里知道什么香气。"

邹虞抬起深目朝他们看去，听到花月的话之后，他眯了眯眼，随手一指裴云舒："你来说说，你们刚刚去了哪里。"

黑、白两色的丑鬼根本入不了魔修的眼，裴云舒压低声音，沙哑着道："妖鬼集市夜间也如白昼，看得我们眼花缭乱了。"

魔修们哈哈大笑，邹虞转过身，带着一众属下往下走去。只是还未走出两步，他身上突然蹿出来了一条金色的绳子，那金色的捆仙绳径直朝着裴云舒的方向而去，裴云舒闪身躲过，捆仙绳重重撞在了身后的木柱之上。

已经走下楼的邹虞脚步站定，他转过身，深深看了眼自己的捆仙绳，再去看裴云舒时，探究的目光中带上了灼灼火焰。

"阁下是何人？"他说，"我倒是没见过阁下。只是我这不乖的捆仙绳，好似认得阁下。"

第28章

邹虞话音一落，就忽地皱起了眉。

应当有人给他传了音，邹虞侧耳听了一会儿，也不知听到了什么，脸色陡然沉了下来。俊美面容罩上阴霾，胸口那朵牡丹仿佛溢出血色的花汁来。

邹虞抬眸，意味深长地看了眼那丑鬼，便收回捆仙绳，一句话没说，转身离开。只是还没走几步，他就脸色一变，闪身往后一躲，只见还未反应过来的下属们惨叫一声，捂着伤口鲜血淋漓地跪在了地上。

邹虞眼中戾气横生，他抬着头去看楼上的人。

烛尤居高临下地看着他，虽掩住了龙角和妖纹，但黑眸却变成了竖瞳，看着他们的目光如同在看死物。

骨子里袭来一种似曾相识的危机感，邹虞狠狠压低了眉："走。"

不到片刻，花锦门的魔修就逃了个干净。

他们来去匆匆，只留下空气中逐渐转浓的血腥气。花月"狐假蛟威"，他冷哼了一声："算他们跑得快。"

啊！烛尤大人动手怎么不提前说一声！狐狸要被吓晕了！

这几日下来，裴云舒都要忘记烛尤是一条世间少有的蛟龙了，此时才猛然反应过来，烛尤本就是一只修为高深的凶兽。

他侧头去看烛尤，蛟龙的神色冷淡，如画般的侧颜却沾染着妖性，即便没了妖纹也是邪气四溢的模样。他如此面无波澜，仿若对他来说，杀了这些魔修也不过是瞬息的工夫。因为简单，所以按捺下了杀意，由着这些魔修走了。

原来在强者的眼中，邹虞也不算什么吗？

裴云舒忽然感到几分心悸，好似一股强烈的渴求从心口迸出，又被瞬间压下。他平复呼吸，袖中的手握紧，用了极大的力气才轻轻地道："走吧。"

这一夜过得兵荒马乱，等到处理好了房中香气，时间已经黄昏。

妖鬼集市内没有白日，只有黄昏和红月黑夜。裴云舒几人迎着残阳走出了客栈，打算在茫茫的偌大集市中去找老方丈口中的鬼医。

他们不知鬼医的长相，也不知鬼医的姓名，但若是鬼医如此有名，应当也不难找。

没人指望烛尤能问出些什么，狐狸和裴云舒兵分两路，烛尤就跟在裴云舒的身边。只是一路问过去，见到烛尤的妖总会战战兢兢地跑开，莫说问路了，连靠近都不曾靠近。

裴云舒无法，只好低声问烛尤："烛尤，你可有法子让那些妖不这么怕你？"

裴云舒无言看着他，丑鬼面具遮住了他的样貌，烛尤波澜不惊地回望，片刻后，还是抬起了裴云舒的手，自己化成了一条如手环般大小的小蛟，环在了裴云舒的手上，若是不动时，好似一个真的蛇形手环一般。

还好这手环没有蛇那般的滑腻冰冷感，裴云舒松了口气，便戴着这手环打听起了消息。烛尤不在身边，他总算是问出来不少东西，问着问着，就顺着路来到一个人迹稀少的地方。

青苔遍布，水露浓重，裴云舒小心翼翼地走过暗处湿滑的石面，忽觉颈部一凉，原是头顶上方的屋檐正好滴落了一滴水。

这些房檐正好挡住了漫天的昏黄霞光，将这一条潮湿狭小的小巷显得可怖阴森。裴云舒注意着周边的动静，心中却不由自主地想起以往看的那些话本。

据闻精怪常吓人，喜欢藏在身后或黑暗角落，也喜欢化成美貌女子的样子去骗过路的旅人。

裴云舒想到这儿，脚步不由加快了，总觉得身后好似有人窥视，一阵寒意从背后生起。走到巷尾，近看才发现有一扇小门，裴云舒抬手叩了叩门："可有人在？"

门应声而开，裴云舒顿了一下，收回手，道了一句"叨扰"。

此处坐落着几间高矮不一的小屋，裴云舒朝着有火光的房间走去，走到跟前，门内甘苦的药味扑面而来。房门处安的是帘子，隐约可见一道人影正在火炉旁站着。

"阁下可是鬼医？"裴云舒问。

屋内的那人低咳了一声，转头去看裴云舒，低哑着嗓子道："你有何事？"

这鬼医面色苍白，长相寡淡，他细细看着裴云舒，但目光不带分毫波动，仿若面前这人在他眼中也和其他人无甚区别。

裴云舒低声道："我体内有只蛊虫，想劳烦阁下看看能否取出来。"

鬼医顿了一下，又特意看了裴云舒一眼，才道："进来吧。"

裴云舒掀起了门帘，一踏入房中，便觉得脚底阴冷，屋内没有光，也没点灯，除了一个正在熬着药的火炉，便只有一张简陋桌子。

鬼医让他坐下，裴云舒坐下后，闻着萦绕的药味不自觉摸了下手腕上的小蛟，指尖触到了烛尤头上那两个小小的角，才正了正神。

鬼医熬药一直熬到了天边微黑，裴云舒正襟危坐着，并不催促，只耐心等着。直到他放好了药之后，走到了桌边坐下，对着裴云舒说："手拿来。"

裴云舒将手递过去，鬼医将泛着青色的指尖轻轻搭在脉搏上，过了片刻就道："能治。"

裴云舒神色一喜。

鬼医放开了手，慢吞吞地站了起来，低声咳了几下，才接着说道："你明日黄昏时过来，我要先行准备些药材。"

裴云舒真心实意地道谢，又问："不知我能做些什么？"

鬼医睨了他一眼："诊金便是你体内的蛊虫了，你可愿意？"

裴云舒："我本就无需它。"

鬼医古怪一笑，他细得仿若只剩骨节的手指遥遥指向门的方向："走吧。"

裴云舒还想问些什么，鬼医却不再说话了，他只好起身告辞，踏出门外时，侧身看去，只见这鬼医又在炉火上熬起了一服药。

到头来，既不知人家姓名，也不知需要什么方法才能引出蛊，裴云舒叹了口气，只寄希望于明日，期盼说出"能治"二字的鬼医真能将蛊虫引出他的体内。

到了那时，海阔凭鱼跃，天高任鸟飞，便再也没有烦恼了。

待裴云舒走后，鬼医又熬制了一服接一服的药，待到炉下火光熄灭后，他才停下手中的事，转而拿起一道传音符，低哑着道："你不是说你师弟分外好看，怎么我只看到了一个丑得不能再丑的人？"

传音符一闪就不见了，不过片刻，就有另外一道传音符飞了回来，鬼医捏碎后，里面就传来了一个声音。

"我的师弟自然是天人之姿，你可莫要认错人了。"

鬼医道："蛊虫不就是你的东西？"

对方回来的消息中，沉吟一声："我明日才能到妖鬼集市，若是我师弟来了，你可要好好照顾他。

"至于蛊虫，你也知那是我的东西。我的东西，你可莫要乱动。"

昨夜是妖鬼集市开场之时，因此并不算是第一夜。今日黄昏后入夜，才算是迎来了第一个夜晚。

烛尤好似喜欢上了做裴云舒手腕上的一个安静手环，从鬼医那里出来后还是不愿化作人形。裴云舒也不强求他，传音给花月，等他们见面时，就细细说鬼医的事。

这一趟出行竟然如此顺利，先前裴云舒还以为会是花月先找到这鬼医，或是再磨上两日。到了最后，竟是他先找到了。

花月脸上欢喜，琥珀色的眼睛也好似亮了："那就是说，云舒你明日便能摆脱那蛊虫了？"

裴云舒含笑点点头。

花月喜不自禁，他在原地乐了半天，忽然拽起裴云舒就朝着妖鬼集市的中心而去，一只长得凶神恶煞的老狐拽着一个丑鬼跑起来的画面，裴云舒只是想想就没忍住笑了起来。

不只是他们在往集市中间去，各条街道上的妖无一例外，都是往同一个方向而去，等到了地方之后，这一片空旷的荒地已经挤满了人，裴云舒觉得几乎整个集市中的人都已经聚在了这个地方。

虽然不知蛟龙大人哪儿去了，但难得他不在，花月偷瞄了裴云舒一眼，低声在裴云舒耳边道："云舒，妖鬼集市的第一夜是狂欢，等一会儿会出现许多大妖。你可要跟在我身边，别被其他妖怪欺负了呀。"

一张英武的狐狸脸在这时露出了羞怯的神情，花月道："不若人家牵着你吧？"

裴云舒笑道："我如今这副样子，你真能看得下去？"

花月一愣，呆呆地看他。

这丑鬼根本无需谈"容颜"两字——黑底白描，眉毛处是两条弯弯的线，嘴巴处就是一条弯弯的线，无半分好看可言，还算是什么美男呢？

让人看了第一眼，就没兴趣再去看第二眼了。

狐狸小声道："可这也不是你的样子啊。"

裴云舒却抬头揉了揉他的一双红毛耳朵，指了指不远处几个正在谈天说地的美人："花月，你看那几个人可长得美？"

那几位美人粉香脂腻、秀发玉面，只是一笑，便花枝乱颤。那才是狐狸喜欢的美人样子。

花月一双眼瞬间红了，却不知道自己在难受什么，只能眼泪汪汪地看着裴云舒，道："云舒，我好难受。"

若是他本来样貌，哭起来本应该是梨花带雨、可怜可爱。可如今戴着一张面具，高大威武的尖嘴红毛狐狸哭起来，却是几分好笑和心酸了。

"为何难受？"裴云舒问。

花月一直摇着头，只觉得满腹委屈，只是这委屈又是从何而来呢？

狐狸抽了抽鼻子，抓起裴云舒的衣袖就要擦拭眼泪，只是衣袖一抬起，就见里面藏着一条通体漆黑的小蛟，那蛟眼中泛着幽深的光，一双阴毒的锐眼正直直盯着狐狸。

抬起袖子的手猛地顿住，花月僵硬地笑着，扯着裴云舒的袖子也不知是放下还是接着擦眼泪："烛尤大人，原来你在这里啊。"

小蛟从嘴中吐出芯子，盘旋在裴云舒的手臂上，朝着袖口的方向缓缓爬去。

花月只觉眼前突然有一张血盆大口朝他扑来，他倏地放下衣袖，连忙倒退数步，脚下踉跄，等站稳后便捂着小心肝，眼泪都吓得收了回去。

裴云舒心中奇怪，掀起衣袖往里瞧去，只见有着两只小角的烛尤正盘在他的手腕上，闭上了眼睛，小小的爪子还似生怕自己会掉了，钩住了几根袖口的丝线。

原来烛尤竟在他袖中睡着了。

呃，有点可爱……

裴云舒放下衣袖，声音带上了笑意："花月，烛尤睡着了，你怕他做什么？"

花月脸色苍白，嘴上却夸赞道："烛尤大人的鳞片着实鲜亮，便是原形,烛尤大人也是万妖之中最威风的一个。我看着烛尤大人的睡颜便觉得十分惭愧,我虽生得美,但终究还是抵不过烛尤大人的美,世间这么多的大妖,一会儿纵使来了再多,也不抵烛尤大人的一个爪子。人家这怎么能是怕?是对烛尤大人的一颗崇拜之心。"

袖口的蛟龙尾巴一扫而过。

花月眼尖,被他看到了,连忙改口:"都不抵烛尤大人一个爪子上的一片小小鳞片。"

他话音刚落,只见远处突然有几道身影往这处飞来,应当正是花月之前所说的几个大妖。那几个大妖落在上位,只听音乐一响,身姿曼妙的女妖便抬着酒肉来到了空地之中。

熊熊火焰烧起,金鼓齐鸣,火光染红了半边天。

花月夸赞烛尤的话也不由得一停,他往台上望去,待瞧清楚了后,不由得倒吸一口冷气。

"中间坐着的竟是一只狐狸!"

裴云舒听闻,也不由得往中间那大妖的方向遥遥看去。

几个大妖坐着的地方拔地而起,有小妖伴在周边,正为那几个大妖斟着美酒。坐在正中央的大妖身披白银盔甲,长发在脑后高高束起,一副十足爽朗俊气的扮相。

相貌不似花月那般艳丽,反而剑眉入鬓,眉目狭长,雄姿英发,瞧着一眼,便觉得此妖应当十分张扬。

裴云舒正要去看这大妖身侧的其他妖怪,就听身边的花月轻轻地"咦"了一声。

他顺着这一声看去,就见花月从衣领里掏出了戴在颈上的狐族秘境的钥匙,那古朴的钥匙在花月手中,竟然开始轻轻颤抖了起来。

第29章

钥匙在花月手心动起来的下一刻,裴云舒就感到背后有人注视。

他凭直觉往身后看去,正好对上一双灿若骄阳的狭长双目,那双目的主人鬓角微乱，薄唇微勾，一副非常惊喜却又彬彬有礼的模样。身着盔甲，却像是个书生。

花月还未反应过来，呆呆看着手中颤抖的钥匙，裴云舒一手上前捂住，牢牢制住钥匙的抖动，他背对着台上那狐妖，低声同花月说道："转过身去。"

花月抬眸看他，目光茫然："云舒？"

裴云舒道："花月，听我的话。"

狐狸心中一悸，乖乖转过身去。裴云舒一手握牢了钥匙，另一手拽住花月的手腕，带着他从角落悄声离开。

等到离开了那片空地，裴云舒才将花月放开，将手心展开之后，手心中那把钥匙果然已经停止颤抖了。

花月轻轻"啊"了一声，裴云舒以为他是明白过来了，谁知道花月将钥匙随手一拿，便心疼地看着裴云舒的掌心："被钥匙戳出了好深的印子，云舒，疼吗？"

裴云舒现在的手自然不是之前那样，非但没了羊脂玉般的白皙修长，反而指甲泛青，手臂上漫着黑气，不只看在花月眼中是如此，裴云舒透过面具看过去时也是这么一副没有人气的样子。

被花月一脸心疼地小心翼翼对待时，裴云舒总觉得这画面看起来十足怪异，但他并未阻止花月的担忧，而是轻轻点了点头："无事。"

狐狸困惑地问道："云舒，妖鬼集市的狂欢还没开始，我们就这么走了吗？"

"这小狐孙说得对，"他们身后突然传来一道爽朗清亮的声音，"为何见到了我，你反而就走了呢？"

狐狸浑身的毛都乍开了："你喊谁小狐孙！"

身披白银盔甲的狐妖从拐角走出，噙着盈盈笑意走来，却无视了花月，而是径自走到裴云舒面前，才文雅有礼地朝着裴云舒作了一揖："今日得以见到老弟，实乃戈之幸事。"

裴云舒躲开他这一礼："你……"

说起来着实愧疚，若是眼前人真是狐族秘境中那山壁中的石头狐狸，那他和花月可真的是生生占了人家不少便宜。

先是在未经过人家同意下擅自把对方当成了救命稻草，后又被送给一整个秘境。现在若是说对谁的亏欠最大，无疑就是眼前此妖了。

但裴云舒的话还未说完，袖中的烛尤就钻出了一个头。

他这会儿虽小，但蛟龙角、蛟龙爪俱全，狐妖看看这从裴云舒衣袖中钻出来的小蛟，面露讶色，他抬眸去看裴云舒，眸子里一半是惊喜，另一半是不敢置信："原有如此大能！"

裴云舒一时不知道该说什么。

蛟龙从裴云舒的袖中爬了出来，转眼化成了人形，俊美高大。

狐妖饶有兴趣地看着，他束发高高，一副英姿飒爽的模样。

花月这时才反应过来，他脸色一变，跑到裴云舒面前看着这狐狸："你说你叫什么？"

狐妖眼中明亮，他看着这小狐妖，微微一笑，身披战甲，锐意如风："小狐孙，你可听清楚，我名百里戈。"

云城独自踏剑而来时，妖鬼集市已经到了黄昏之时。他下了剑，步伐轻松地进了鬼医的门，进门便往周遭看去："我的师弟呢？"

鬼医还在熬着药，他泛着青色的手抓着药材，慢吞吞道："急什么，我昨日让你师弟黄昏时分过来，应当快来了。"

云城便整理了一下衣袖，他今日着一身青衣，瞧起来如风月般清爽，待整理好了自己，云城才坐在一旁，面带笑意："许久未曾见到师弟了，现在一想，倒觉得有些紧张。"

鬼医道："等那人来了，我倒要看看你还怎么紧张。要么是他遮住了容貌，要么就是你眼睛瞎了。"

云城笑而不语，半响后，他才开口说道："我那师弟身边可还跟着一条蛟？"

"蛟？"鬼医眼睛一亮，转身看着云城，终于停下了手中熬的药，"你说的可是一条蛟龙？"

"可不是。"云城眼中暗了下来，"是一条浑身是宝的蛟龙呢。"

云城坐在桌旁等着,但是直到入了夜,裴云舒也未曾来到鬼医这里。

他脸上带着的笑逐渐收敛,背部挺拔,周身的温度一降再降,直到黑暗彻底笼罩,他才轻声道:"你说我师弟今日来,人呢?"

鬼医皱起了细长的眉,原淡然的脸上此刻也是意想不到的表情,他从药柜旁端出一盆水,往其中放了几样东西,再加入一根细长的发丝,水面一荡,上面就映出了一幅画面。

那发丝正是鬼医从裴云舒身上得来的。

云城抬眸,往水面看去。

狐族秘境中的老祖名字就是百里戈。

裴云舒一行人跟着百里戈来到他的住处,这一路花月总是恍恍惚惚。

他成了云舒的小狐孙?

"烛尤大人,"花月不想做云舒的狐孙,想了想,他小心翼翼走到烛尤身边,试探道,"老祖这么对云舒,你不生气吗?"

烛尤蹙眉。

花月懂了,他瞅瞅一旁的两人,压低声音跟烛尤解释:"老祖第一次见面就对云舒这么热情,他必定——"

他话音还未落,烛尤的神色已经冷了下来。

杀意弥漫,一旁说笑的裴云舒和百里戈停下,两人都抬头看他。

狐狸心里给烛尤鼓气,最好一拳就把这个老祖给打到八千里之外。

讲什么祖孙情?这么老的狐还想要占云舒的便宜。

"烛尤,"裴云舒不解地看着蛟龙,"你怎么了?"

烛尤看着他,眼中情绪翻滚,气势高涨,周围的风滚滚而起,蛟龙的怒火如此之盛,百里戈忽然从裴云舒的身旁退开了几步,朝着烛尤奇怪道:"我还未曾追究你们的过错,你现在就想先下手为强,将我给杀了不成?"

烛尤冷哼一声,眸中血性浮动。

百里戈神情一肃,忽地朝着裴云舒深深作了一揖:"老弟,你能收服一条蛟龙,是我眼拙,之前竟未曾发现。

"请云舒莫要追究。但我毕竟比你年长许多,你将我当作兄长实不为过。"

裴云舒愕然回神，说了声"是"。

因百里戈懂得解蛊之法，便盛情邀约裴云舒一行人前往府中解蛊，百里戈说鬼医虽好，但并无医德，治病好坏也只看心情，不若先让他看看，若是没有法子，便由他陪同着再去找鬼医也行。

裴云舒只想了一瞬，便同意了。

到了百里戈的府后，他就将丑鬼面具摘了下来。

烛尤原本将杀意对准了百里戈，但看到裴云舒后，便凑了上来。

裴云舒轻声道："我正在感谢百里兄在狐妖秘境相救一事。"

烛尤道："我救了你好几次。"

"好多次，"烛尤皱起眉，眉眼中的不悦让这一片地上的生物都不敢发出丁点的响声，他重复一遍，"好多次。"

裴云舒在大庭广众之下没法再去接他的话了，他最后小声道："我知道。"

烛尤只觉鼻间有一股奇异的香气。

这香味悠然飘在鼻端，烛尤低头去看裴云舒时，果然，裴云舒已经眼角绯红，神志不清了。

竟让裴云舒直接失了心神。

母蛊的主人已经离他太近了，近得仿若就在身边。

第30章

裴云舒的模样跟着水纹荡在了水盆之中。

他乌发披落在肩头，侧肩露出的那一小半张脸上，眼角泛着由浅转浓的绯红，眼中却是失了神志般的迷茫。

蛊虫第二次发作，比第一次还要磨人，据说还有香味萦绕，越是发作得厉害，香味就越是浓郁，如花汁迸开，仿佛能凝成水流到鼻端。

鬼医这时才知，原来不是云城瞎了眼，而是他这师弟确实长了一副光风霁月的好样貌。他嗓音充满嘲弄："你给下的蛊，也不知是福还是祸。"

云城垂眸看着水面。

水镜中,四师弟鼻息渐重,他开始觉得浑身发热,烛尤让他抬手,他便抬起手。

无止峰上,云城未曾见过裴云舒还有这样的一面。

猝然一声巨响,水洒了一地,铜盆颤了好多下,才停止声声的刺耳颤鸣。云城身上滴水不沾,他从袖中掏出手帕擦手,黑发从脸侧滑落,笑道:"一时情急打翻了你的盆,还望你多多谅解。"

鬼医冷哼一声。

"世间如此险恶,师弟却如此轻信他人。"云城起身,手中长剑缓缓在他手中显形,他迎着红月往外走去,嘴中轻声道,"该罚。带坏四师弟的那些人,更应该狠罚。"

云城先一步而来,只因小师弟云忘在半路筑基了。

筑基是踏上修仙之路的开端,小师弟的天赋实在是高,进入宗门没有多久,也未曾下过多大功夫,但还是筑基了,且筑基之势不小,甚至称得上是有些惊人了。

云城本就担忧蛊虫会发作,才会先行一步来到妖鬼集市,谁曾想到,他还是来得晚了。

裴云舒身上的香味随风吹散开,又被风卷在这一片空间内。

定力不够的花月已经被百里戈点成了石头,扔在了一旁,而面对烛尤,百里戈却是没有办法。身着一身战甲的狐妖将军只能同他好好说话:"府后就有一方天然水池,你带云舒随我来。"

烛尤抬眼看百里戈一眼,他此时的脸上已经布满了妖纹,眼中波涛汹涌、地动山摇。

蛟龙乃万兽之长,百里戈笑着退后两步,率先朝着水池的方向而去。

裴云舒炙热的呼吸喷洒而出,声音低弱:"难受……"

烛尤抿直唇,背起他追着百里戈而去。

府后的池水旁空无一人,百里戈在这一处布下了结界,又为裴云舒找能将蛊虫引出来的药材。

水池弥漫着冷气，裴云舒刚触到水，便猛然打了个寒战，他从茫然中回了一瞬神，就见烛尤也踏入了水中。

他作甚？

冷气从四肢往体内冲去，刚把燥热压下，下一刻燥热又猛地冒起。裴云舒弯下腰，全身沉在水中，还是觉得内里发烫得难受。

好不容易恢复理智，黑眸又失了神。烛尤走近他，裴云舒茫然无措地看着烛尤。但烛尤再靠近他一步时，他又战战兢兢，害怕地踩着水退后了一步。

烛尤皱起了眉："怕我？"

裴云舒还是后退着，纵使体内如火烧般难受，又纵使香味萦绕在鼻端，他还是害怕地后退着。那双眼已经认不出来眼前人是谁了，全随着本能，不敢让人靠近，远离任何离他近的人。

"莫怕。"烛尤不上前，只是让水波推着裴云舒，等人到了面前时，他覆上裴云舒的双眼。

裴云舒未听懂烛尤的话，但双手却抬起，让烛尤继续捂住他的眼睛。

百里戈从房内走出来后就瞧见了这一幕，他看了一会儿就走上前去："这蛊虫需要用大妖的内丹引出来，若是你不肯，那便由我来引。你在一旁看着，若是蛊虫跑了出来，你便用这东西将蛊虫捉住。"

他将一个小木盒放在了岸边，烛尤看了这木盒一眼，抬眸看着百里戈："我来。"

百里戈挑了挑眉："你不怕我趁机夺取你的内丹？"

世间皆知龙不可杀，但蛟龙却可杀，还一身是宝。

烛尤嗤笑一声，百里戈就不再说这玩笑话了，他对着天道发了誓，断不会在这时去伤害烛尤和裴云舒二人。等做完这一切，百里戈就让烛尤喂裴云舒吃了一颗丹药，严肃道："来吧。"

烛尤化作蛟身，大蛟一出，溢满的水就往外冲出了水池，裴云舒失了蒙住眼的东西，肤色泛着粉意，愣愣地看着这条漆黑的大蛟。

蛟低着头，一颗通体闪着金光的内丹从它嘴中跑出，径自来到了裴云舒面前。

裴云舒的目光瞬间放在了这颗内丹上,这东西让他有想要吃下的欲望,他不由得张开嘴,想要去含这颗内丹。

水波划伤了裴云舒的指尖,内丹在裴云舒的唇前晃悠几下,便朝着他的伤口而去,裴云舒越发焦急起来,过了片刻,他的唇内竟然也飞出了一颗莹白的内丹,这内丹伸出绿色的枝条,想要去够飞来飞去的金丹。

百里戈来不及诧异,就见蛊虫已被金丹给引了出来,他当下拿着木盒,将这小小蛊虫抓在了盒中。

他再回头一看,愕然。

只见那莹白内丹已经用枝条抓住了金光闪闪的蛟龙丹,金丹也不反抗,两颗内丹离得越来越近,白光和金光闪烁,最后竟然交融在了一起!

裴云舒神志逐渐恢复,在他清醒的一瞬,交融的两颗内丹分离,染上一层金光的四月雪树内丹餍足地回到裴云舒体内,在树妖内丹归位的一瞬,裴云舒便觉得手脚发软,摔倒在了重新化成人形的烛尤身边。

而在前府,被点成石头的花月惊恐地看着云城进了府中。

这个人类修士提着剑,身后也飞着数十柄细而薄的长剑,他应当是用了某种阵法,因为花月刚刚还是看不到他的,但下一刻这人就现身在了花月面前。

花月被百里戈点成了石头,没有半点抵抗之力,他不知云舒的师兄为何会在他面前显形,但总归是没安好心。

云城闻着空中弥留的蛊的香味,对着花月轻轻一笑,一句话未说,利剑就覆上了灵力,从花月的心口穿过。

花月瞪着眼睛,人形石头重重摔倒在地。

"若是那日在狐族秘境外就杀了你,"云城看着这狐狸,道,"想必也不会发生这么多事了。"

他说完这句话,就顺着香味而去,身后的细剑换了阵法,这一下,又没人能看到他了。但走至半路,云城突然停住了脚步,下一刻,他的嘴角便流下了鲜红的血。

五脏六腑遭到了反噬——母蛊死了。

云城咳出了几口血,他握着利剑的手已经生起浓重的杀意,但手指颤抖,他如今这副模样,是怎么也杀不了那条带坏师弟的蛟龙的。

他从衣中掏出一块木牌,压下血腥味,将灵气灌注其中,道:"弟子有难,还请师父速来。"

第 31 章

裴云舒只觉得全身上下无一丝力气,他的神志虽然清醒,却只能瘫在烛尤身旁。

百里戈将装着子蛊尸体的木盒放在一旁,俊眉忽地一蹙,察觉到了有人闯入府中。

"怪事,"百里戈饶有兴趣地笑道,"百年以来,这倒是第一次有人敢闯我的府。"

裴云舒问得费力:"是谁?"

"一个小小修士。"百里戈不知看到了什么,神情倏地一冷,"糟糕,小狐孙!"

他转瞬就朝外飞去,裴云舒一听这话,心中就生起了不好的预感,他扯着烛尤的衣服:"烛尤……跟上去……"

烛尤带着他飞起,快速追着百里戈而去。

凛冽的风吹过脸颊,寒风勾起心底的不安,他手脚发冷,心沉大海。

裴云舒被烛尤遮住了视线,黑暗没有之前那般令人安心,反而让人不断地去想会发生什么样的糟糕事情。但等看到摔倒在地、心口涌血的花月时,裴云舒还是犹坠深渊。

他愣愣地看着花月,想要凑到对方身旁去看一看,烛尤却抱着他猛地朝后退开了。水流分成股去攻击刚刚站的那一片地,只听清脆剑声一响,那里就出现了一个人。

云城身后的数十柄利剑被水流冲乱,自己却并不在意,只是转身看了一眼剑阵,就继续去看裴云舒了。

"师弟，"他长身玉立，一手负在身后，黑眸迎着残月，笑道，"许久未见了。"

裴云舒寒意从心底生起，他死死盯着云城，双手紧握发着抖："你杀了花月。"他浑身控制不住地颤抖，双眸转也不转，眼中情绪万千，不自觉地红了眼眶。

花月，一路为他流了两次泪的花月。

云城挑挑眉，还未说话，身后的细剑就挡在他的身前，替他挡去百里戈的一击。

百里戈手握长枪，高发无风自动，眉眼寒肃而凌厉，白银盔甲威风凛凛，见这一击被云城挡去，他二话不说，再次携着长枪上前。

只是这一击被一个袖子挡住，百里戈手中长枪被一柄青剑反击，这剑逼至百里戈胸口，尖端裹着符咒，勉强碰到了百里戈时被他闪过。

"阁下为何伤我徒儿？"凌清真人的声音淡淡传来，"给个缘由来。"

凌清真人站在高处，刚刚那裹着风雨之势的一剑，正是由他凝神挥出的。他衣袂飘飘，眉目冷而淡，沉稳的模样当真是仙风道骨。凌清真人的目光在下方这群人身上一一扫过，看到在妖兽怀中的四弟子时，才微微皱起了眉。

"云舒，"凌清不悦，"起身。"

裴云舒下意识推开烛尤，撑着无力的腿站直，但站直之后，他就因自己这下意识的反应愣怔住了。

"我为何要杀你徒儿？谁让你徒儿在我府中杀了我小狐孙。"百里戈长枪撞地，地面猛地颤了颤，花草倒地，地龙咆哮，直冲对方而去，他的脸上连同身上逐渐显出数道剑痕，这剑痕剑剑深入骨髓，但百里戈如同感觉不到疼痛一般，即便俊美的脸上如此可怖，他也英姿勃发，"一命赔上一命，你这小道，还不快快滚远些！"

白银盔甲随风而动，战意被长枪引起，同风声一起低鸣。

烛尤护着裴云舒，眼中蠢蠢欲动，也低低吼了一声。

隐隐具有龙吟气势的吼声加强了山摇地动的威势，百里戈哈哈大笑，终于放下了心中最后的别扭："多谢助阵，戈要上前了。"

凌清真人眼中一沉，他未使剑，而是凭空画着符，最后一笔落下的时候，长枪已经冲到眼前，但符已亮，闪着金光朝着百里戈而去。

这符如有千斤之重，百里戈竟被生生压回地面，地面凹陷，符还在压着他不断往下。

"你莫非是忘了自己乃妖魂。"凌清真人道，"罢了，如若真如你所说，是我徒儿害了你狐孙之命，我也无意伤害你性命。你修为高深，生前乃是妖中大将，若是入了正道，百年后便可重化为妖，此番为了偿还你狐孙一命，我可赠你化妖之法。"

百里戈嗤笑一声，手上用力，但妖魂之身却是生生受了符的不少限制，他身上有诸多伤痕，那些剑痕宛若酷刑。怪不得一滴血也未流出，原来百里戈已是妖魂。

烛尤化作蛟龙，仰天怒吼一声，尾巴一扫，压在百里戈身上的符咒被它打碎，金光飘散在空气之中，转眼就不见。

百里戈高声道："谢过弟弟。"

凌清真人眉间皱得更深，他忽然看向府外大门处，袖袍在空中一挥，裴云舒的两位师兄和小师弟便已经移到了这里。

裴云舒看着师父，再看了看师兄弟们，他慢慢往后退，退到了花月身边。花月的肉身逐渐从石头变得柔软，他琥珀色的双眼瞪大，里面含着惊恐和盈盈水光。

裴云舒未曾哭的时候，花月替他哭了。现在花月没哭出来，裴云舒替他将泪水流了。

他哭得无声，泪水顺着下颌滴落在花月身上，但哭得却格外艰难，好似压下去的哭声里藏着野兽，需要弓着背、弯着腰，手指死死地抠着掌心的肉，才能压下这哭声。

云城看着他，被一道风卷至府内的其余师兄弟们也看着他。

"四师弟哭什么？"三师兄问。

云城看了眼地上死去的那狐狸，轻声："哭我杀了那狐。"

其余师兄弟们就不说话了。

云忘刚刚筑了基，他被大师兄护在身后，静静看着对面的裴云舒。

从他的发丝看到他握紧的拳头，再从他弓起来的背看到他的鞋尖。

云舒师兄如此伤心，伤心得仿若全身都在颤抖，黑发遮住了他的侧脸，云忘无法看清他面上的表情，却能看到一滴滴泪珠，落在死去的那狐狸的身上。

一滴又一滴，全都给了这狐。

"二师兄，"云忘道，"你不该杀了那狐。"他声音好似被风一吹就散，"你杀了他，云舒师兄就彻底记住这狐了。"

这下好了，时光都磨不去师兄对这狐的记忆了。

云城听他这么一说，也不禁皱起了眉。

裴云舒一哭，烛尤就怒气汹涌，他盘旋在空中，蛟身狰狞，竖瞳漆黑无比，虎视眈眈，煞气如锐剑逼人。

风围在他的周身，蛟威骇人，还好府内有结界隔开，不然恐怕整个集市都要被这蛟龙从头撕开。树木草植倒了一地，土地上翻，池中水凭空而起，在空中晃荡时，如海水般波涛汹涌。红月已被黑云遮住，凌清真人给弟子们护上一层结界，却朝着蛟龙和百里戈身后的裴云舒看去。

"云舒，"他命令道，"到你师兄弟身边去。"

裴云舒跪在花月身边，他的黑发遮住了脸，好似没有听到凌清真人的这句话。

百里戈道："云舒在此待着便好，看我和老弟如何把这些道貌岸然的小道全给打出去。"

烛尤尾巴凶狠扫过，百里戈一闪，苦笑道："好吧好吧，你是兄长。"

凌清真人声音更冷，已经动了真气："云舒。"

大师兄等人被困在师父的结界之中，别人无法攻击，他们也无法出去。

云忘盯着裴云舒，忽觉心怦怦剧烈跳动起来，太阳穴一跳一跳，扯得脑袋生疼。他死死盯着远处的师兄，心中只觉不妙，呼吸紧张。

场面一时就这么静了下来，烛尤和百里戈挡在裴云舒和花月身前，长枪和坚石竖在空中，对准单水宗人，凌清真人却越过他们单独去看自己的四弟子。

四弟子恍若没听到他的话，凌清真人眼中一沉再沉，他最后叫了一声:"云舒。"手已抬起,若是裴云舒不动,他挥一挥袖,风就会卷起裴云舒送至他身后结界中。

之前那般乖巧听话的人,现如今却是怎么回事?下山历练后当真是跟着这群妖学坏了,师门就在一旁,他却躲在妖的身后,是非不分。

凌清真人的手还未动,裴云舒却动了。他从花月身边站起,动作缓慢,等直面众人时,双眼已经压下去了泪意。

裴云舒站在原地看着对面的人。

师父、师兄、师弟,他一一看过。

上辈子至如今,他熟识的不过眼前几人。痛苦与欢喜的回忆,也总是与他们相关。

师父将他关在无止峰上的一个小小院落里,指责他贪心不足。

裴云舒还记得院中一草一木、一桌一石,他坐在石桌旁,躺在草地上看着无比熟悉的那片天空。

空中的云最有意思,因为那是结界外的云,也因为每片云都不尽相同。

那是自由。他一看就能看上一整天。

师父说他是白眼狼,那他便是了。

师父将他关在小院中,裴云舒便惶惶不可终日。

那日睡醒,云城站在床头,手里举着青越剑的剑鞘。青越剑被封在泥土之中,一柄利剑活得不像是剑的样子。剑有灵气,剑鞘虽没灵气,但与青越剑心意相通。

裴云舒从床上滚落在地,他修为被封,被云城吓得双腿无力,只能朝外爬去,躲开二师兄。

青越剑的剑鞘被云城举在手中,它抗拒着,被封住的青越剑发出悲鸣。

裴云舒衣衫沾满地上的尘土,他的发丝掉落在地,他往外面爬,泪水从眼中滑落。但无论怎样恳求,云城还是笑着用青越剑的剑鞘打断了他的双腿。

从此便连院中的一草一木、一片云都见不到了。

青越剑也彻底无灵了。

裴云舒的目光从他们身上一一滑过,他的眼中情绪无可言喻,被他这么——看过的人,好似有只手猛地攥住了心脏。

"四师弟……"师兄们不自觉地叫了一声。

恨吗?自然是无法不恨的,但裴云舒不敢去招惹他们。后半生的记忆越是深刻,就越是如附骨之疽。他想平静以待,他也确实冷静了下来,如若井水不犯河水,或师门不去在意他这小小的弟子那该有多好。

原来海再阔,也有鱼跃不过去;原来天再空,也有鸟飞不上去。

裴云舒从怀中掏出了木牌,那木牌上写有"云舒"二字。

这是宗门内弟子的木牌,只要是单水宗的弟子,就会有一块。天下多少修士为了这块木牌耗费心机,多少人想要进入单水宗就是为了得到这块木牌,成为单水宗的一分子。

"云舒向师父告罪,"裴云舒扯起唇角,"愧对师父养育之恩。"

他捏碎了木牌。"云舒"二字猛然亮起,又随着碎了的木块暗了下去。木牌碎得四分五裂,从裴云舒的手中被风带起,烟消云散。

"我自此不是单水宗的弟子。"

卷二

下 山

木牌碑得四分五裂，从裴云舒的手中被风带起，烟消云散。

「我自此不是单水宗的弟子。」

第1章

眼睁睁地看着裴云舒捏碎木牌，云忘只觉得有什么东西从眼中深深刺入了脑里，识海一片翻滚，疼得他恨不得就地翻滚，犹如天灵盖被生生掀开。单水宗的木牌在裴云舒手中就这样烟消云散，云忘忍着四肢抽搐的疼，忍得双眼猩红，他视野模糊，却死死盯着裴云舒，越看越觉得有一股气直冲识海而来。

裴云舒却没看他，不只没看他，也没有看师兄中的任何一人。他只是朝着凌清真人深深弯了腰，再起身，转身准备抱起花月。

花月的肉身看起来已如常人一般，面容靡丽，好似他还未死一般。他总是说自己有三条尾巴，但裴云舒害怕，生怕花月记错了数，也生怕这尾巴不是命数。但裴云舒还未靠近花月一步，脚尖前就插入了一把利剑。

"云舒，"凌清真人的怒火已经压抑不住了，他的声音沉如崖下深渊，"你知不知道自己在做什么！"

只是一只狐狸！只是一只狐狸！

凌清真人气得袖袍下的手指都在颤抖，他周围的威势更重，空气都仿佛静止，凝成一簇簇雷霆般的怒火。

裴云舒看着插入鞋尖前的这把剑，面色平静地绕过，来到花月的面前，将花月的双目合上，动作轻柔地将他抱了起来。

"四师弟，"云城不敢置信地喃喃道，"我只是杀了一只狐狸，你便要离开师门？"

裴云舒抬眸看着云城，他的目光如此平淡，眼角的那片红意非但没有淡化冷漠，反而看起来更加伤人："你答应过我的话，未曾作数。"

云城面无表情地捏紧了拳，内伤还未好，当下更是犹如被一击打入肺腑之中，口腔满是血腥味，他眼中隐晦不明，面容可怖。

裴云舒的脚底下忽然生起一股飓风，这风将他怀中的花月扯下，裹着他往凌清真人的身后而去，凌清真人甩一甩袖，滔天的怒火朝着蛟龙和百里戈而去。

究竟是什么样的人，值得让他的徒儿脱离师门！

水流冲断凌清真人使过来的风，裴云舒脱身后就去追花月，待驱散了花月周身的飓风之后，烛尤同百里戈朝着凌清真人袭去。

三人皆修为高深，打起来山崩地裂，地面都在剧烈晃动。裴云舒抱着花月躲过一棵棵摔落在地的古树和一块块巨石，不到片刻，这府中已是断壁残垣，满目疮痍。

凌清真人修为如此高深，在蛟龙和百里戈的合击下也渐感吃力，甚至因为疏忽而被烛尤狠狠抽了一尾，狼狈地吐出一口血污。

裴云舒抱着花月的双手不由得用力，他道："师父，你回去吧，我们就此别过。"

"妄想！"凌清真人衣袖鼓起，怒意翻涌，他再度冲上前，剑端变化渐快，拦住了百里戈的长枪，却没挡住烛尤的利爪。

烛尤利爪就要穿过凌清真人胸膛，裴云舒呼吸一滞，就在这时，一道白光在眼前闪过，后颈被重击，他就此失去了意识。

地面上的一片绿叶瞬息间化大，接住了往后仰倒的裴云舒。

红月隐下，天边已经泛起昏黄，妖鬼集市中突然响起一声惊天巨响。惊雷从天边划过，空中厚云倏地凝成一把重剑，猛然朝着蛟龙和百里戈压下。

烛尤和百里戈被这重云压在身下，凌清真人面容一肃，转身落地朝着身后行了一礼："师父。"

霞光乍开，染遍天际。

一种压得人喘不过气的威严在这一片蔓延开来，大师兄等人随着凌清真人的目光转身一看，被生生惊在原地。

云忘已经变了一副样子，他好似在短短时间内长了数百岁，眉眼冷淡,身量拔高,上挑的眼角冷如雪山之巅的冰霜,周身剑意浓重,昳丽容貌上已不见半分青涩,也失去了所有的红尘味道。

"嗯。"无忘尊者淡淡颔首,他指尖轻点,一座锁妖塔出现在众人面前,他的目光投在蛟龙身上,在云雾中挣扎不断的烛尤和百里戈便被吸入了塔内。

云雾俱散,又轻飘飘地飞到空中。

绿叶载着裴云舒来到他的面前,无忘尊者垂眸看着晕过去的裴云舒,眼中无一丝波动。他看了片刻,便抬头去看凌清真人。

凌清真人道:"云景,带着你的师弟们来见过师祖。"

大师兄压下面上惊愕,三人正神,一同冲着无忘尊者行了一礼。

他们知道单水宗有位师祖,但怎么也没有想到这位师祖竟然是他们的小师弟,但事实摆在眼前,即便再怎么难以置信,也只能好好接受。

他们刚刚行完礼,锁妖塔就剧烈颤了两下,无忘尊者抬眸看去,沉思片刻,锁妖塔在他手中凭空消失不见。他一举一动间情绪都淡得很,哪怕对着昔日弟子也仿若是对陌生人一般。

云城却开口道:"师父,云舒师弟可怎么办?"

凌清真人闻言,沉着脸道:"关去后山禁闭。"

无忘尊者长睫微动,却看向了远处霞光,在暖光下如仙人般出尘,他一言不发。

三师兄沉默良久,此时才突然开口:"若是四师弟醒来后还是想走呢?"

这话一出,场面一时静了下来。

谁都看到了裴云舒刚刚那副样子,他之前那般乖巧听话,如今却硬生生地将木牌捏碎,他下定了决心,难道被关在后山就会断了离开师门的念头吗?

凌清真人看着绿叶上的裴云舒,却忽地恍惚一瞬,眼前闪过裴云舒红着眼睛捏碎木牌的画面。

云舒上山后已从小儿变得这般大了,今日却是头一次不听凌清真人的话。往日那般黏人,也好似成了许久之前的事了。黏他的时候着实扰人清闲,但云舒捏碎师门木牌要离开单水宗时,凌清真人却只觉得百感交集。

片刻后,他累了一般,道:"罢了罢了,他不是想下山历练吗,待他醒了之后,就让他历练去吧。"

大师兄在一旁不说话,待听到师父这句话后,他出声道:"师父,以云舒师弟的性子,他不会这般放下的。"

凌清真人:"那该如何?"他的语气已经冷了下来。

大师兄这次沉默的时间更久了,待到一根枯枝从身侧一古树上掉落,他才轻声道:"封住师弟的记忆吧。"

凌清真人正要进入裴云舒的识海,却被无忘尊者叫停,无忘尊者面容冷漠,道:"我来。"

他从袖中掏出一方丝帕放在裴云舒的额上,一只手便隔着丝帕放了上去,裴云舒面上沾了些断壁残垣带来的灰尘,眼角带着红意,如墨般的眉头蹙起,一副极为不安的模样。

无忘尊者垂眸看他一眼,尾指轻轻颤动了一下,便闭上眼睛不愿去看他,灵力从掌心中进了裴云舒的识海。

万千记忆一一在眼前闪过,不知看到了什么,无忘尊者放在裴云舒额前的手猛地抖了抖,差点从身下人的额前滑落。

裴云舒的面色越来越痛苦,细细密密的汗珠从鬓角滑落,他蜷缩起了手脚,手却不经意地抓住了身边人的衣衫。

这一抓,无忘尊者却面露痛苦,他一只手想去拽下裴云舒的手腕,指尖快要碰到裴云舒时,却猛地停下。

裴云舒对他而言好似什么恐怖的野兽,一沾就会被拉入深渊,尸骨无存,所以不可碰、不可沾。

裴云舒还未醒来,耳边便听见了清脆的鸟鸣声。

他缓缓睁开了眼,外面小童清亮的声音响起:"师兄,快快起来,今日师祖出关,要见弟子们呢。"

裴云舒愣了一下,他穿好衣物出了门,打开房门一看,小童就站在侧边等待着他,裴云舒觉得自己好似没有睡醒,问道:"你说谁出关?"

"师祖啊,"小童理所当然道,"无忘尊者。师祖他老人家昨日破了分神期,今日诸多宗门前来道贺,师兄快快整理好自己,好赶往大殿去。"

裴云舒关上了门,他站在原地,目露茫然。

师门中竟还有一位师祖吗?

他如在梦中,重重掐了下自己,手臂被掐红了,疼痛袭来,裴云舒才知晓这不是梦,转身一看,才发觉床头有一身叠放整齐的衣服。他低头一看,那衣服同身上这身也无甚不同,都是单水宗弟子们所穿的道袍。

裴云舒看了这衣服一眼,并未换上衣服,而是走到桌旁坐了下来。

壶中还有水,裴云舒就给自己倒了一杯,这水应当放的时间长了,已没了温度,冰冰凉凉。他一口饮尽,凉水顺着喉咙滑下,窗口的阳光正好投在桌前,明亮洁净,裴云舒眨眨眼,却觉得自己如同吃了一个酸涩的果子似的,从里到外都酸极了。

第2章

虽然不知这师祖是从何而来的,但裴云舒还是御剑往大殿中飞去。在飞过无止峰的山头时,心中却莫名漫上了一股寒意,裴云舒不由自主御剑离峰头远点,等离得远了,他却不明白自己为何要这样做。如在梦中一般的感觉,可分明处处是现实,裴云舒想着想着,唇就抿了起来。

小童说师祖破了分神期,分神期下一步就是合体期,这修为已然不低,但裴云舒总觉得有些不对,似乎应当要更高一些。

裴云舒呼出一口浊气,压下莫名其妙的各样想法。

离大殿近了,空中也多了许多御剑前行的人,裴云舒不想跟任何人说话,便加快了速度,转眼就落在了殿外。

殿中已经有许多宗门的人在等待,他们三三两两地低声说着话,裴云舒从中走过去,远远地就看到了凌清真人与各峰长老。

师祖只是破了分神期就有这样大的阵势,自己怎么从未有过印象?

身旁有无奇峰的弟子走过,看到他停在这里便奇道:"师弟,你怎么不往前走了？"

裴云舒顿了一下，却转身往大殿外走去："想起还有东西未带，师兄，你帮我同师父说一句，我晚些再来。"

他走出大殿，手里握着青越剑，但还未走远，身后就有人追了上来，遥遥喊着："师弟！"

裴云舒转身一看，正是大师兄云景。

云景是跑着过来的，他身为无止峰凌清真人席下的大弟子，举止一向沉稳，如今这一跑却和往常的稳重举动一点儿也不相似了。

大师兄看着裴云舒，眼中好像藏了些试探："师弟，你怎么不进去？"

只是这一句说完，他就见四师弟直接退后两步，离他远了才抱剑淡淡道："一些东西忘了拿。"

大师兄沉默了半晌，才笑了："那便早去早回吧。"

裴云舒转身就走，却听身后有脚步声传来，他的心忽然猛地剧烈跳动了起来，一股从内心深处涌来的排斥感冲上了脑袋，青越剑出鞘，锋利的剑身在大师兄手心割出一道血痕。他眉目冷淡，目光也冷漠如霜："大师兄想做什么？"

手心被划出一道口子，血从伤口中缓缓流出，大师兄愣愣地看着自己的手心，半晌后才收回了手："师弟，你发带松了。"

裴云舒眉心微皱，他收起了青越剑，扔给云景一瓶丹药："师兄，这等小事直说就是，动什么手？"

他顿了顿，直言："我不喜外人接近我。"

"外人。"大师兄喃喃道，黑眸看着四师弟，眼中闪过苦意，"罢了，师弟，快快去吧。"

裴云舒自然没什么东西是忘了拿的。

他一走进那大殿便压抑得喘不过来气，索性直接走了，他在单水宗上到处飞着，却不知自己该去哪里。

奇怪得很，自己那个小院他竟然也万分不想回去。

最后，裴云舒还是让青越剑自个儿选地方："我们去散散步。"

青越剑便载着裴云舒来到了后山。

山中格外寂静,只有远处的鸟鸣入耳,裴云舒在两棵古树间扯上了一根绳,便坐在绳上,让青越剑推着他前后晃荡。

他小时候便喜欢这么玩,刚来单水宗时总是步步皆胆怯,熟了后,便上天下水,无所不能了。

在师父、师兄们面前,他是乖巧的师弟;在将他带大的老童眼里,他就是个混世小魔王。只是这小魔王惯会装乖,又长得周身仿佛仙气缥缈,仿若观音座下童子,便几乎无人得知裴云舒的本性了。

可老童到底是凡夫俗子,在无止峰上硬生生从小童熬到了老童也未曾修得大道,终究还是面临生老病死。老童死了之后,裴云舒便做了好几日的噩梦,最后只能去缠着凌清真人才敢在夜中睡去。在那以后,他不怎么顽皮了,也更黏师父了。

绳子被高高扬起,再重重落下,裴云舒闭上眼睛,风从脑后吹过,本已经松了的发带被风吹落了,飘向远处。黑发没了约束,就放肆地飞扬了起来,裴云舒正想将发带招回来,就见那发带落入了一个人的手中。

那人站在不远处,周身仿若有云雾遮挡,看不清他的面容,但能感觉到一股低沉的剑意。

"你怎么不去大殿?"

声音百般好听,淡而轻,如泉水落玉盘,也好似是无情寒冰。

裴云舒不知这是谁,便问:"你是谁?"

不知是真有云雾在这人身边陪伴,还是被发丝遮住了眼睛,裴云舒看这人如雾里看花一般,怎么也看不清。

这人不答话,只是道:"小心些,莫要摔着。"

实在奇怪,裴云舒索性不再理他,又从袖中掏出一条白色发带,但一看这白色发带,便愣住了。

他双手没攥住绳子,但还是稳稳当当地坐着,只是在别人眼中看来,晃得如此剧烈的绳索实在太过吓人,旁边树上柔软的树枝忽然沿着绳索攀过来,枝条生长着,在裴云舒的背后形成了一个靠背。

裴云舒回过神,他看了看身后靠背,跳下了绳子,随意将头发束起,再次看向那人。那人脸部被云雾挡住了，全然看不清是什么样子。

"你手中还拿着我的发带。"裴云舒道。

那人手猛地一抖，好似裴云舒的发带上藏着剧毒一般，慌乱地想扔下，可一团火失控地蹿了上来，将这发带烧得连灰都不剩了。那人好似也没想到，他的手还维持着拿发带的姿势，半响后，才说道："抱歉。"

裴云舒不甚在意，一条发带而已，他侧耳听了一会儿，朝着一处水源的方向走去。

"你不去大殿？"看不清面容的人又问。

裴云舒道："不去。"

他不欲再和不认识的人说下去，索性御剑飞离。

留在原地的人看了一眼树间缠起的那根绳，情不自禁地走近一步，又脸色一变，猛地停住脚步。

直到大殿中的人即将散了，裴云舒才来到大殿。

他从角落进去，也只是站在角落里，淡淡看着大殿中的所有人。

这些人态度恭敬，对着高高坐在上位的单水宗师祖好似是对着自己师门中的师祖一般，那副态度简直稀奇。

裴云舒对这师祖没有一星半点的好奇，甚至只要想起"师祖"两个字就觉得心中累极了，有沉重的东西压着，连抬眼去看一看都犯懒。

等到其他宗门的人都走了，如今的单水宗宗主凌野真人才叫亲传弟子和内门弟子上前行礼，裴云舒混在内门弟子之中，站在后侧行礼。但等到内门弟子走了后，只剩下了十几个亲传弟子，他就躲不过了。

"来吧。"师祖说。

这声音万分好听，真如仙人一般冷淡，裴云舒抬眼，就见着师祖长了一副昳丽而淡漠的好样貌，正波澜不惊地看着他们。

裴云舒怔怔看着，面色逐渐变得苍白，其他弟子行了礼，只他一人还直直看着。

师祖抬眼看他，眼中如深潭一般幽暗深邃，但只短短看他一眼，就长睫微颤，转开了目光。

"云舒，"一旁站着的凌清真人道，"行礼。"

裴云舒脑中一片空白，随着师兄弟一起行了一礼。

师祖招手，让人挨个上前，一个个赠回礼。轮到裴云舒时，裴云舒却好似扎在原地，脚一步也不愿朝着师祖走近。

身后排队等着的师兄弟急了，也不知是哪个峰的，手力大得很，在裴云舒背后一推，就将他朝着师祖的方向推去："师弟，别愣了。有便宜不占就是蠢蛋啊！"

裴云舒猝不及防，师祖猛地站起，急急上前扶住了裴云舒，但刚刚碰到他，师祖的表情就忽然一变，变得无比痛苦了起来。

他扶着裴云舒的手指在发抖，待到裴云舒站稳了，他便瞬间退开，将仍然还发颤的手背在身后，不敢看裴云舒，只是淡淡道："慢些。"

裴云舒也退开两步："弟子失礼，请师祖见谅。"

无忘尊者应了一声。

他们二人都离对方有段距离，相比之前那些上前的弟子，他们之间实在过于疏离。

静默片刻，师祖从袖中掏出一件法宝，这是一件天品级的攻击法宝，外形如绳子一般，却可变化成万千武器。

裴云舒抬手接过，心中却并不喜欢，平淡无波地道："谢过师祖。"

这是所有弟子拿到手的法宝中最珍贵的一件，但裴云舒却反应平平地将这绳子放进储物袋中，移步站在师父身后。

身后站在一侧的二师兄道："师弟，今早可睡得还好？"

裴云舒垂眸看着大殿中的地面，微微点头，却并不说话。

二师兄微微一笑："过几日宗门就要开山收徒，待收完徒后便是修真大会，这一次正是在我们单水宗举办。师弟，我们都是要参加的，你可要好好准备准备。"

裴云舒也不知听没听到他的话，只双目看着地面出神。

端坐在上方的师祖余光一瞥，就瞥到了这一幕，他抿起唇："凌清。"

凌清真人上前，恭敬道："师父有何事？"

"让云舒搬至我的峰上，"说完这句话，他又攥紧了手，"搬得离我远些，去半山腰上。"

师祖的住处在单水宗的最远处，那处叫作三天峰，若是没有他的同意，谁都不能进入其中。若是裴云舒搬离了无止峰，那就可以离他的师兄弟们远些了。

他应当能过得安心些。

无忘尊者手心被自己攥得生疼，这疼却比不过内里的疼。

但裴云舒离他太近了。半山腰上，也太近了。

凌清真人迟疑了一下，才说了一声"是"。

师祖又道："不用让他上山来找我。"

他的余光不由自主地想往身旁看，却硬生生转回了视线。

第3章

待大殿的人散了后，裴云舒还未回到自己的小院就接到了小童的消息，说是将他的住处搬到了师祖住的三天峰上。

三天峰在单水宗之边，没有无止峰高，却奇大、奇远，灵力也分外纯净充足。

小童说他的住处在三天峰的半山腰上，离师祖远得很，搬过去后也不必去向师祖行礼。裴云舒虽觉得不如意，但相比于他的小院，三天峰处确实无人打扰，更加安静，于是裴云舒回到院中就收拾东西。他的东西不多，衣物和书，再有几样小东西，这就是全部了。

但收拾着收拾着，裴云舒便在房中找出了一块通体血红的暖玉。

这玉如同被血液浸泡而成一般，其中好似还有红光流转，无半分杂质，入手便觉温热。裴云舒看到这玉的下一刻，就下意识将手探入腰间，却什么都没摸到。

他看了看空无一物的腰间，又看了看这块被放在房中的红玉，眉头微蹙。

待他收拾完东西出门一看，小童正在挖着灵植，裴云舒道："你挖它们作甚？"

小童道："师兄你平日最喜欢看这些灵植了，现下要搬走，我把这些灵植也给移走，如果你想看了，就不用再回来看了。"

裴云舒看着这满院的灵植，走到石桌旁坐下，他轻抚着桌上的雕刻，缓缓垂下了眼。

外面有人走了进来，裴云舒抬眸一看，正是三位师兄。

二师兄走到他身旁刚坐下，裴云舒就站了起来，他眉目淡淡："师兄可有事？"

二师兄不说话，只定定地看着他，黑眸映着阳光的暖意，一身白袍干净整洁，身上还有一股无止峰上的檀香味道。若要将他放在话本里和戏台上，就是翩翩贵公子。

"师弟，"云城笑着道，"你之前生了病，师兄来为你把把脉。"

裴云舒躲开了他伸出来的手，眼中平静无波，只是说道："若是没什么事，我就先走了。"他心底对面前的人生起一股不喜之意。

这不喜之意来得猛烈，却又没有缘由。记忆中二师兄君子如玉，与他也并无矛盾，但裴云舒遵从心底的想法，面上的疏离也不愿遮掩。

不喜那便是不喜，还要什么缘由？

小童已经收拾好了东西，裴云舒便拎着小童，带着他御剑飞起，把三位师兄抛在小院之中。毫不留恋，也毫不亲近。

云城看着自己的手，干干净净，手指修长，骨节分明，看不出一丁点血迹，也看不出曾握着剑去杀了那只狐狸。

什么都忘了，却还是不想亲近他吗？

云城垂着眼，收敛了唇角的笑。

三天峰长得格外奇异，因有三处陡峭才有这个名字，平缓之地可当作住处。裴云舒的住处离山顶最远。

他刚一走进房中便瞧见桌上堆满了发带，走近一看，各种颜色、布料的都有，随意拿起一条便是丝滑细腻的绸缎做的。

裴云舒抬眸去看等在房门处的小童。

门处的小童也不知："先前整理房间时还是没有的。"

裴云舒挥一挥袖，桌上的这些布条就被送到小童面前："那就拿去扔了。"

小童不舍得："师兄，里面有好多珍贵料子的发带。你看这条，还是东海鲛人手织的发带，火都点不燃呢。"

"那就给你了，"裴云舒道，"出去吧。"

小童还想说话，门却被关上了。他抱着满怀的发带，觉得师兄今日实在奇怪，好像整个人都冷下来了一般，瞧着不好接近。

天边已有残阳，屋内光线暗淡，裴云舒将储物袋的东西一个个整理好，解开发带时，看着这白色布条又出了神，最后也不知怎的，走到屏风之后解开外衫，脱去亵裤，可低头一看，皮肤上白白净净，什么都没有。

他在原地站了一会儿，又穿上衣服，从屏风后走了出来。

裴云舒倒了杯凉茶喝了，喝完之后却坐在桌边发呆，好似心中空了一块，无事能干了。

杯中茶叶上浮又下沉，裴云舒垂眸去看茶叶的起起伏伏。

水镜中倒映的正是裴云舒的面容。

他未束发，黑发披在肩侧，更衬得脸白如玉，长睫垂落。有道视线好似也在透过水镜望着他一般，格外专注有神。

无忘尊者看着水镜，心中波澜甚大，水镜也跟着抖了抖，画面随即消失不见。

无忘尊者沉默一会儿，闭眼，念起了清心咒。他足足念了一个时辰才正神，挥袖招出了水镜。

水镜映出了裴云舒，猛地一颤，这次连收回都没来得及，就化成了普通的水，重重洒落在了地上。

无忘尊者闭上眼睛，痛苦地弓起了背。

裴云舒警惕道："谁？"

青越剑从池边一跃而起，蠢蠢欲动地拔出半截。利剑闪着青光，可周围却无声。

裴云舒踩着水上了池边，披上衣服，拔出青越剑走出了房门。

外面已经黑了下来，有虫叫鸟鸣，树旁突然有些动静，裴云舒走近一看，竟是一条手指粗细的小蛇从树枝上掉了下来。

裴云舒呼吸一滞，他本能地往后退了数十步，直到背部抵住了房门，才反应过来那不过是条蛇。

可他应当是不怕蛇的，而现在……

他抬起手，无声地看着自己的手心，刚刚一阵刺痛，应当是太过紧张，指甲刺破了掌心。但现在迎着屋内烛光看向手心时，只见一缕乳白色的灵力在伤口处缠绕，下一瞬，那细小的伤口就不见了。

裴云舒怔怔地看了手心半晌，他握紧了手，面色沉了下来，指尖轻轻一弹，屋内的烛光便瞬息灭了，院中只有月光洒下，泛起一片惨白的光。

裴云舒从储物袋中掏出一把匕首凭空扔出，下一刻就传来了锐器刺入血肉的声音。那只小蛇被钉在了地上，抖动几下后就死透了。

又过了一会儿，裴云舒才走上前，抖着手去碰这小蛇。

把蛇握在手里，再逼着自己起身，细长的蛇随着裴云舒的举动抖了几下，仿佛还活着。滑腻而冰冷，蛇头仿若下一刻便能折过来，再狠狠咬上手腕。

裴云舒静静看着这小蛇，待到手停下颤抖后，他就将蛇扔在一旁，重新回到房中。

第二天一早，小童就发现了院内死了的那条蛇。

他将蛇给扔了，又在裴云舒门前等着，半晌没听见里面有动静，喊了片刻，才知道师兄原来已经出门了。

裴云舒御剑慢慢飞着，他在三天峰的丛林中去找蛇，大蛇、小蛇，并不杀死，只是将这些蛇定住，再去碰一碰。

从天边微黑到太阳升起，他的唇色越来越白，神志却越来越清醒。

等到出了丛林时，才恍然发现，他竟一路向上，来到了师祖的住处。

他刚刚要走，青越剑却好似看到了什么，载着他朝上飞，一路横冲直撞，飞进了一个房间。

这房间如处云端，窗外就是高峰云雾，这些云雾好似从窗口飘进了房内，墙上还挂着几幅淡雅的画，真如仙人住处一般。

裴云舒却没看到这些东西，他只看到面前的桌上有一座黑、金两色的小塔。

虽说这塔小，但放在桌上却显得高大。丹田处好似有什么东西跳了跳，裴云舒觉得茫然，他扫过体内，竟有一颗裹着金光的莹白内丹从他金丹中跑了出来，正在上下蹿跳着。

裴云舒此时应当好好去查看这莹白内丹是何东西，但他此时分不出多余的心神，眼睛只盯着黑金色的宝塔，伸出指尖，去碰了一下这座塔。

塔猛地动了一下。

裴云舒眨眨眼，他凑近塔紧闭的门，轻声道："里面有人吗？"

说完这句话，裴云舒便攥紧了手。胸口先前空出来的那一块，现在又觉得不一样了。只是他还未看到塔内的动静，塔却忽然不见了。

裴云舒缓缓转身，师祖就站在门处，穿着一身白衣，正表情淡漠地看着他。

"师祖，"他道，"那塔是什么？"

师祖垂下眼，躲开裴云舒的视线，声音冷漠："你不应当在此处。"

裴云舒一心只想知道那塔去了哪里，他朝着师祖走近，可他走近一步，无忘尊者就退后一步。

两人从房内退到外侧。这处就是峰顶，云雾缥缈，再往外就是陡峭悬崖。无忘尊者就这样一直退着，退到了院中，再退到了万丈悬崖边。

裴云舒终于停下了脚步，他将探究的目光放在师祖的身上，声音仿若被风一吹就散："师祖，你莫不是在怕我？"

师祖表情波澜不惊，语气冷如冰碴："满口胡言。"

"那师祖为何不看我？"裴云舒道。

无忘尊者眼中闪过挣扎，他终抬起眼，看向裴云舒。

屋外的阳光正好，照在裴云舒的身上时更是将他的发丝染上金光，眉清目朗，唇红齿白，那双清亮的眼睛，正一动不动地定在无忘尊者的身上。

无望尊者的识海剧烈疼痛,开始翻滚,分神期的修为反而成了折磨。他痛苦地闭上眼,口中不断念着清心咒。

第4章

师祖就站在崖边,他闭着眼睛,好似宁愿跌下悬崖也不愿意看裴云舒一眼。

他面若桃花,却有古佛般的冷漠。天上之人对着裴云舒露出这副痛苦无言的表情,口中还念着清心咒,裴云舒反觉得格外荒诞。

他的目光从师祖身上移到对方身后的悬崖处。

万丈悬崖,对修士来说不算什么,更何况是分神期的师祖。

"师祖,"他垂下眸,眼睫在下眼睑上投出一片阴影,"弟子想知道那塔是什么。"

无忘尊者还在念着清心咒。他念咒的声音如冰,表情如雪,好像连裴云舒的声音都被清心咒隔绝在了外侧。

裴云舒终究还是走了。

待他走了之后,无忘尊者才敢睁开眼,下意识地看向裴云舒之前所站的位置,但看了这一眼后便再也不敢去看第二眼。

裴云舒御剑去了藏书阁。

单水宗的藏书阁书籍众多,各种心法、道法也多,楼越是高,书籍就越是珍贵,也越是难以被翻阅,但裴云舒这次去的是杂书处,这处就简单多了。

他一本本地在杂书中找着法宝详解,不知道翻遍了多少本书,直至太阳落山,他才在书中找到了那黑、金两色塔的详解。

原来是一座镇妖塔。

裴云舒的手指滑过"镇妖塔"这三个字,定定地看着,只觉得眼睛又开始莫名发涩。

身侧有同门走过,裴云舒合上书,带着这本书出了藏书阁。外面已是云霞漫天，他愣愣看了半晌，直到被一旁长老唤醒才回过神，往三天峰处飞去。

可真是奇怪。裴云舒将手放在丹田处。

那塔与他是何关系？为何他的本命剑如此着急，又为何那莹白内丹如此迫不及待？

虽不知那莹白内丹从何而来，但视察一番后发现它百利而无一弊。也是，若是有恶意，它早就将他的金丹毁了，又怎么还会给他疗伤？

许许多多的事物，在记忆中如同断了线的珠子，总是这儿缺一块，那儿又少了一块。

二师兄那日要来给他把脉。生病？他怎么不记得自己生过病。

他慢慢想着，一路飞至三天峰，回到房中就点了灯，继续看着那本书。可翻来覆去，书中只写了这塔是镇妖塔，怎么用、怎么解，却是一个字未提。

裴云舒合上了书，他走出房中，去看遥不可见的山顶。

他想再见一见那塔。该怎么做，才能再见到那塔？

次日一早，裴云舒便迎着寒露站在了师祖门前。他发丝上皆是露珠，长睫也被露水沾湿了，天边从黑重新变亮，房中却不见有人走出来。

裴云舒静静等着，但直到日已中天，房中也不见有人走出。

他上前，轻声唤道："师祖。"

房中无人回应，裴云舒推开门，房中无一人，那张桌上，也无那座镇妖塔。

接连三日，裴云舒都没有在山顶见到师祖。若是师祖不想见他，布下结界便可，裴云舒一个小小金丹期，还能硬来闯结界吗？

分明没有一个结界能阻止裴云舒上前，但无忘尊者好似没在三天峰一般，他的住处连小童也没有，裴云舒从黑夜等到下一个黑夜，也未曾见到他。

等再一次空手而归时，裴云舒在下山路上抓了一条五彩斑斓的蛇。那蛇长得实在花哨，短得不过一桌的长度，被关在水球中，同裴云舒一同回了住处。

等在院中落座之后，裴云舒便盯着这花蛇，神色难辨，他饮了一杯又一杯的凉茶，才将小童唤出："你可知道这蛇有没有毒？"

小童细细看了这蛇一遍："师兄，这蛇有毒。"

裴云舒沉默了一会儿，他的目光放在这花蛇身上，直到天边暗了下来，他才闭了闭眼，走近水球，抖着手将指尖插入了水球中。

花蛇迫不及待地扑来，一口咬下，疼痛便从指尖蔓延到了心口。

裴云舒睫毛颤了颤，脸上的神色越发冷了。

什么办法都用过了，裴云舒想起那日师祖面对着他时的古怪神情，想起对方口中念个不停的清心咒。

除了那个塔，其他的他都不想要。

你不出来，那就逼你出来好了。

无忘尊者打坐结束，他睁开眼，出了片刻神后，便想闭上眼继续打坐，可总是无法静心。终究，他长叹一声，挥出一面水镜，照常想要看看裴云舒是否还等在他的门外。

夜中冷气如此之重，更何况三天峰顶上，裴云舒如此倔强，若是出了些什么事，他也不好……不好和凌清交代。

可水镜一出，无忘尊者就呼吸一滞。

床上的轻纱晃荡，裴云舒卧躺在床上，被子被抓起层层皱痕。他蹭着床铺，表情痛苦，忽然睁开了眼。

会来吗？

裴云舒表情越发痛苦，他紧紧咬着嘴里的肉，忍住想要出口的闷哼，鼻息越来越重，皮肤越来越烫，而神志却越来越清醒。

终于在一声巨响后，门被人狠狠推开，有人背起了裴云舒，带着他往外飞去。

凛冽的寒风吹去皮肤上的烫意，丛中树木给无忘尊者让着路，裴云舒尽力睁开眼，就见到无忘尊者冷如冰霜的脸，但是他的手，分明已经发抖到无法忽视的地步。

裴云舒闭上了眼。

寒潭就在眼前，在月光下波光粼粼，无忘尊者看见水光之后，剧烈颤动的心总算得以松了一下，他毫不停歇，背着裴云舒落入了水中。

入水后，无忘尊者就将裴云舒推得远远的，给他施了一个法术，确保他不会沉入水中。

寒潭极冷，水中还结着冰，冰水包围躯体，无忘尊者识海一片翻滚，他袖中的手颤抖的幅度越来越大。

痛如刮骨，有如刀割。

裴云舒的黑发随着潭水荡漾，他脸上的水从额头滑落到下巴，再一滴滴落入水潭之中。唇瓣出了血，血染红了唇瓣。

"师祖，"裴云舒表情痛苦，喊着，"我好难受。"轻得像风一样的话，却如山崩地裂一般重。

无忘尊者朝着裴云舒游去。

水开始剧烈浮动，一波推着一波，想将两人推上岸。

裴云舒背部抵着岸边，水草粘在了他的衣上、发上，他垂眸看着面前的师祖，看着师祖脸上无比痛苦和快要崩溃的表情，心中冷得连自己都惊讶。

裴云舒垂下了眼。

他觉得自己很坏，但即便如此，他也不想停手。

脑子里只想着那个塔。

师祖的唇不停地抖着，他脸色苍白，冷汗涔涔，抬头看向裴云舒。

谁知裴云舒竟会成那偏执样子。

裴云舒低声说道："师祖。

"师祖，能不能告诉弟子，那塔里关的是什么东西？

"能不能把那塔赠给弟子？"

无忘尊者浑身皆冷，心坠寒潭。

第5章

"师祖，"裴云舒睫上的水滴落，"把它给弟子可好？"

无忘尊者只觉得全身冰冷，仿若寒风在体内呼啸，手指都被冻得僵硬起来，他好似在生死边缘，从生转死，再从死转生。

他逐渐恢复了清醒神志，眼中漠然，只是看着裴云舒的眼神中还有被深埋在浮冰之下的痛苦。

"那塔里关着许多妖。"无忘尊者哑声道，"最近关进去的，是一条蛟，还有一只狐。"

裴云舒的手颤了颤，他还想要说话，下一刻却被师祖带到了岸上，师祖浑身浴水，黑发狼狈地披散在身后，只一张冷如冰霜的脸如仙人一般出尘。

发丝上的水滑落，身上的水被衣衫吸去，林中寒风料峭，裴云舒的面上却透着异常的红。只那一点点红意，便从脸侧染到眼角，连同耳尖都染上。

师祖泡在冰水中看着岸边的他，突地从唇边溢出一缕鲜血。他闭上了眼，对着裴云舒说："若你想要这塔，便拿其他东西来换。"

这血从他下颌滑下，裴云舒从袖中拿出湿透了的手帕，替他一点点擦去："师祖想要什么？"

师祖冰冷的唇翕张几下，他深深看了裴云舒一眼，说："由你定夺。"

裴云舒被师祖送回了房中。

他烫意已消，身上的水渍被驱走，师祖去时还在颤抖的手，现在却已稳得如同铁掌一般。

待他走了之后，房中重归寂静，裴云舒从床上起身，去浴房沐浴。这水比寒潭之水可舒适了不止一星半点，裴云舒衣衫也未脱，就全身沉在池中，眼睛闭上，不知在想什么。

待到青越剑忍不住来水中杵他，他才回过神，从水中起了身。

师祖想要什么？

天材地宝，那日赠给他们这些亲传弟子的法宝个个都让人欣喜若狂，师祖还会缺什么天材地宝？

青越剑在身后推着裴云舒到了床边，无声催促他快快睡觉，裴云舒思路被打断,他觉得好笑,上了床却未睡,而是盘腿打坐。

一夜过去,第二日,他还是从睡梦中醒了过来。他已经躺在了床上,身子蜷缩着,身上还盖着薄薄的被子。黑发一部分已经垂落在地上,裴云舒起身,被子就滑落了下去。

他何时变得这般爱睡觉了?

但睡饱后的舒适让精气神也跟着好了起来,屋外朝阳已升起,小童正在给灵植浇着水,裴云舒出了房门,静静看了半晌,就上前接过他手中水桶:"这花不能多浇水。"

小童"呀"了一声,不好意思道:"师兄,我看错了。"

"我来。"裴云舒舀了一勺水,细细给院中灵植浇着,这些花草颇有灵性,水洒下之后,它们便舒展着身姿,变得格外活泼起来。

待给这些灵植浇完了水后,裴云舒抬头,便见到一道传音符飞到了面前,他伸手接住,里面就传来了师兄的声音:"师弟,你下山一趟,师兄有东西要送给你。"

裴云舒御剑飞至山下,还未靠近,便看到了站在山脚下的云城。

云城脚边还有一个金色笼子,裴云舒下了剑:"师兄。"

二师兄抬眸,黑眸中溢出了笑意:"师弟。"

离得近了,裴云舒才看清他脚边笼中装的是什么,竟是一只棕黄色的狐狸,只是这狐狸看上去不太聪明的样子,自看到了裴云舒之后,那双琥珀色的眼睛就直愣愣的,瞧着十足的呆呆傻傻。

二师兄见他的目光放在了笼中的狐狸上,嘴角的笑意加深,温声道:"我怕师弟在三天峰上太过寂寞,便抓来一只狐狸为师弟解闷。"这只狐狸同被他杀死的那只狐狸十分相像,若是师弟见了应当会喜欢才是。

裴云舒走上前蹲在笼子跟前,他上手去抚弄这黄毛狐狸的耳朵,只是这狐狸的眼睛还在一眨不眨地看着他,裴云舒笑了:"瞧着没半分灵动的样子,倒是有些可爱。"

他抬眸看着云城:"谢谢二师兄。"

这几日以来,这是他第一次对着云城展开笑颜,云城心中微动,眸中柔了下来，伸手去抚裴云舒的发。

黑发柔软顺滑，裴云舒一动不动，看向笼中狐狸。狐狸反倒是目露惊愕，这人性化的情绪一出来，便把它和其他的狐狸一下子区分开来。

裴云舒伸出手，捂住了这狐狸一双干干净净的眼。

他发上的手终于拿走了，裴云舒垂着眸，轻声问："师兄，你可知师祖喜欢什么吗？"

二师兄一怔："师祖？"

"我住在师祖这处，师祖对我很是照顾，"裴云舒道，"上次还给了我一件天品级的法宝。师弟心中不安，也想回赠师祖一些东西。"

云城拧起了眉，他细细思索着。

师祖修的是无情道，如此照顾云舒，怕是看在曾经是师兄弟的情分上。师祖喜欢什么他不知，但他知云忘喜欢凡尘东西。想来也是有趣，云忘喜欢红尘世俗，浑身沾满了人气，师祖却是一尘不染，仿若没有七情六欲。

"师祖见多识广，你不如去凡间看看。"云城道，"若是有一些新奇玩意儿，师祖约莫会喜欢。

"师弟若是想要去山下，师兄陪你一起。"

裴云舒站起身，拎起笼子放在青越剑上，让青越剑将笼子送去山上，便朝着云城轻轻颔首："那便和师兄一起下山一趟吧。师兄今日可有空？"

狐狸被载着飞远，忽然开始嚎叫了起来，一声比一声尖厉刺耳。

云城皱起了眉，朝着那狐狸的方向看去。

只是还未思索，裴云舒便捂起了他的耳朵。

这轻轻一捂，自然是什么都隔不住的，云城却被打断了思路，视线从狐狸身上移开，转回了裴云舒的身上。

裴云舒表情淡淡，似是做了一件寻常事，但捂在脸侧的手却是温热的。

"师兄，"他缓声道，"莫要与狐狸计较。"

这一臂的距离，云舒师弟从未主动离他这么近。云城抬手抓住了师弟脸侧的手，低声道："师弟说什么便是什么。"哪里还有空去计较什么狐狸？

裴云舒笑着抽回了手，青越剑正好也飞了回来，他便率先踩上了剑，朝着山下而去。云城跟在他的身后，黑眸越来越亮，看着裴云舒背影的眼睛不错开一瞬。

裴云舒站了一会儿，似乎是累了，便盘腿坐在了剑上，背脊挺直，但谁都看不到的面色却苍白极了。放在腿上的手在袖中发着抖，他垂眸看了发颤的手一眼，不禁哂笑。

原来不仅怕蛇，还怕师兄啊。

原以为只是不喜，现在才分清楚了，不是不喜，是害怕。

但他装得好。如今自己的模样也让自己觉得陌生，但又有什么不好？周围人不一样让他也觉得陌生吗？

裴云舒从袖中掏出手帕，一遍遍擦着手，待到手心泛红才将手帕装好，等到了山下时，手心已经恢复原状了。

他同二师兄走在街市之中，街市热闹，人流如织。但是需要些什么，才能从师祖那里换来镇妖塔呢？

日落西山，裴云舒才回到了三天峰上。

小童接过他手中的东西："师兄，之前被青越剑送上来的那只狐狸被放在了房中，可是它不吃不喝，就一直叫着，这可怎么办啊？"

裴云舒动作一停："可是在我的房中？"

见小童点头后，裴云舒便拿起了一份被荷叶包裹住的烧鸡给他："自己去吃吧。"又拿起另一份进了房中。

他甫一进门，那只被关起来的狐狸就抓紧了笼子，朝他殷切地看了过来。它应当是哭过，琥珀色眼睛周围的毛发已经湿透了，眼中还有水光，真是只爱哭的狐狸。

裴云舒走到笼子旁，索性直接坐在了地上，他将衣摆撩起，烤鸡放在一旁，打开了金色笼子。

笼子打开的一瞬，这狐狸就猛地扑了出来，裴云舒原先还以为它是要逃跑，谁知它却扑进了他的怀中，又呜咽了起来。

171

裴云舒讶然，随后就感到好笑："怎么这般能哭？"

他轻抚着狐狸的毛发，应当是被他抚摸得舒服了，狐狸喉咙中发出舒适的咕噜声，摸到尾巴时，先前普普通通的一根尾巴却在这会儿变成了两根。

裴云舒略显惊讶地去摸它的两根尾巴，眼中含笑："倒还是只不简单的狐狸。"

狐狸看着他的笑颜，还含着金豆豆的眼睛又变得愣愣的了，半响，它抬起爪子捂住了脸，两根灵活的尾巴却轻轻缠在了裴云舒的手腕上。

裴云舒将它抱在怀中，将烧鸡上的荷叶撕去，肉香味便弥漫了出来。在香味中，狐狸狼吞虎咽。裴云舒背靠着床沿，闭上了眼，神情舒缓。

待到狐狸吃完了烧鸡，用爪子钩着裴云舒的衣角时，裴云舒才睁开眼。他眨眼将疲惫隐去，用帕子沾了水给狐狸擦了爪和嘴，等把狐狸弄干净后，便摸着它的耳朵："既然在这儿住下了，那便给你起个名字吧。"

狐狸又开始怔怔地看着他，瞧着竟有些悲伤意味。

裴云舒觉得是自己看错了，他抱着狐狸起身，外面天色微暗，但明月已经升起。他心中一动："那便叫你'重月'可好？"

狐狸摇着脑袋。

裴云舒又沉吟一会儿："月黑风高，那便叫你'风高'吧。"

他说着说着，自己先笑了起来。

狐狸忽地从他怀中跳下去，指着一朵花，焦急地转着。

裴云舒看着它，又去看那朵花。他心口忽然漫上一股悲意，眼中酸涩，一瞬漫起了水光，又被硬生生压下。

"好吧，"他说，"那就叫你'花月'了。"

第6章

月光皎洁，那只狐狸听了"花月"二字之后格外高兴，朝着裴云舒扑来。

裴云舒将它抱起，这小小的、毛茸茸的一团抱在怀中实在舒适，他压下心中莫名的情绪，刚刚要说话，脸侧却感到一片温热。

他讶然低头，就见狐狸羞涩地埋在了他的怀中，黄毛狐狸都要羞成红毛狐狸了。

裴云舒觉得它如同小儿撒娇，倒是哭笑不得。他抬头望了望天色，已然不早了，就将花月抱进了房中，给它找了张小床："花月先睡吧。"

他转身欲走，花月却钩住了他的衣衫，眼中着急，好似要知道裴云舒去哪里一般。裴云舒一愣，轻轻抚过它的耳朵，放下它的爪子，还是拿着青越剑往外飞去。

白日与二师兄去了凡间，已经买来了东西，不管师祖会不会欢喜，裴云舒总要去试一试。

即便天色已晚，他也不想浪费时间。

裴云舒到了山顶时，无忘尊者还在打坐，静室内覆上一层层的白霜，恍若极冰之地。

师祖穿得极少，身上、睫上也有冰霜，气息淡淡，仿若已经没有呼吸一般。他长得好看，只是剑意太冷，裴云舒歪头看了一会儿，黑发从肩上滑落，不知道等了多久，他才受不住这室内寒意，喊了一声："师祖。"

师祖睁开眼，眼中没映出一物，抬眸看到裴云舒时，眼中才闪烁一下，室内寒冰一瞬退去，宛若春回大地。他起身朝着裴云舒走来，裴云舒往后一退，两人就出了静室来到了外面。

三天峰更深露重，裴云舒的发上有些水珠，师祖看着他发上的露珠，忽然抬手朝他伸去。

裴云舒站着不动，睫毛微颤："师祖？"

无忘尊者掩去漫上喉间的腥气，手很稳地擦去他发上水露，低低应了一声。

裴云舒偏过头，过了一会儿，他突然笑了，笑意浅浅，抬眸看着无忘尊者："师祖，弟子从凡间寻了个东西给你。"

师祖声音冷漠，站在裴云舒跟前的脚却半步也不往后退："何物？"

那日的狼狈好似从他身上彻底退去，他容颜浓得很，表情却如冰、如雪，裴云舒昨日还逼着他崩溃，今日他就好像又建起了一层坚硬屏障，已经坚不可摧了一般。

裴云舒垂眸，从袖中掏出一个精致木盒。这木盒上面刻有一个正在摇扇的仕女，仕女身段婀娜，师祖只淡淡瞥了一眼，就顿在了原地。

裴云舒打开盒子，里面的胭脂如花般嫣红，好似刚刚凝成的花汁，还带着幽幽清香。

师祖长睫颤了一下，嘴中说道："这是何物？"

"这是胭脂。"裴云舒指尖轻轻擦了一下胭脂，在自己手背上拉出一条红丝，他看着这红丝，道，"师祖，你可喜欢？"

无忘尊者攥紧了手，指甲伤了掌心血肉，才能用一副平淡无波的表情道："尚可。"

他的目光投在裴云舒的手背上，裴云舒的手白皙干净，唯独这一抹红意深深刺入他眼中。

他自然知道这是什么。在他还是云忘的时候，便在山下一眼相中了这个胭脂，只因当时想着：云舒师兄唇色总是苍白，若是染上红意，应当分外鲜活。

裴云舒却不喜欢。

无忘尊者的记忆实在是好，哪怕现在回想，都能想起那日摊位上摆了多少胭脂，他那日送给裴云舒的胭脂盒上雕刻的是高山流水，但他看中的，不是雕刻着高山流水的那盒胭脂，而是另一盒……

师祖往后连退数步。

裴云舒将这盒胭脂放在一旁，又将手背在身后，他直直望着无忘尊者，抿了抿唇，道："师祖，若是你喜欢，那日和弟子说的话可还算数？"

无忘尊者闻言，脸色瞬间冷了下来，他闭了闭眼，将镇妖塔给了裴云舒。

等裴云舒走了之后，无忘尊者便独自在房中站了半晌，他的手中突然现出一块莹白玉佩，玉佩入手温热，冰冷的指尖一触，就有一丝刺痛感传来。

无忘尊者垂眸，握紧了这块玉佩。

心不动，则魔障不生。

他念了几遍清心咒，余光却瞥到桌上胭脂，心中一悸，脑中闪过裴云舒的脸。

裴云舒抱着镇妖塔，被青越剑载着下了山。到了半山腰，他就跃下了剑，独自进了书房之中。

灯光亮起，黑、金两色的镇妖塔被放在桌上，裴云舒细细看着这塔，不放过任何一处。他试着去推了推塔的黑门，可门分毫不动。

这塔看着一点儿也不好看，裴云舒趴在桌子上，盯着门，轻声道："有人在吗？"

塔没有动静，但裴云舒不气馁，他离得更近，袖袍搭在桌子两侧："可有人在？"

话音未落，塔尖就轻轻颤了一下。好像有东西正在里面往外冲撞一般。

裴云舒清楚，塔中关的分明是各种妖怪，说不定还有不少作恶多端、穷凶极恶的大妖，谁知道撞着门的是好是坏？但他却不惧怕，非但不怕，还有一股雀跃之情油然而生。

他想起那日在水潭师祖曾说过的话，便站起身，凑近塔尖，仿若询问一般，语气却软得如同说着醉后梦话："蛟龙？"

塔静了一瞬，随即就剧烈晃荡起来，只听见一道"咔嚓"的细弱响声，裴云舒一怔，他跟着声音找来找去，半晌，才终于在塔尖找到一条微不可察的小小裂缝。

这裂缝小到肉眼几乎不可见，裴云舒手抚在裂缝上，眼中越来越亮，最后也不知为何，就这么笑了起来。

第二日一早，裴云舒将镇妖塔放在了储物袋中，赶去了藏书阁。他在藏书阁待了一天，知晓这塔是师祖自己炼成的，除师祖之外，无人得知怎么收妖、怎么放妖。

杂书处的法宝详解已经被翻了个遍，裴云舒坐在书堆之中，一时之间，一股极大的委屈从心底涌上，瞬间逼红了眼，他藏在书后，咬着牙把眼中水光给逼了回去。情绪激动之下，他体内的那颗莹白内丹却忽地动了起来。

裴云舒从膝中抬起头,他擦过眼角,掩下这突如其来的崩溃,面色更冷,径自出了藏书阁。

一盒胭脂换来了镇妖塔。还能拿什么换来放妖之法呢?

他回了三天峰就往书房中走,一进门就见到花月趴在桌上,花月见到他,两根尾巴就欢快地摇了起来。但见到裴云舒眼角后,又担忧焦急地叫了两声。

花月应当是受过重伤,它如今连化形都无法化,精气神也总是不足,裴云舒今日给它服用了丹药,现下看来,总是比先前好上了些许。

裴云舒低低道:"我没事。"

他将镇妖塔放在桌上,再去看镇妖塔的塔尖,只见那条裂缝还是昨晚那般模样,他伸手抚过这裂缝,心中又生起一股无可奈何的无力感。

若他再强些……若他再强些……

裴云舒突然撑着塔咳嗽了起来,等停了咳嗽,发丝已经凌乱,花月在一旁钩着他的衣角,琥珀色的眼睛担忧地看过来,裴云舒弯着腰,半晌才直起身。

他抓紧了塔尖,手指用力到微微发白。忽然,蒙着一层金光的莹白内丹开始急躁地跳动,裴云舒只觉得手心溢出一缕乳白色的灵气,这白色灵气溢出来的下一刻,他就闻到了一股淡淡的妖气。

裴云舒面露惊讶,下一刻,他整个人就从塔尖的缝隙中钻了进去,消失在了书房之中。

花月被吓了一跳,随即就开始大声嚎叫了起来。

正在打坐的无忘尊者倏地睁开了眼,他如古潭般深不见底的眼中此时已泛起滔天波澜,下一刻,他已经从山顶到了半山腰。

书房中只有一只狐狸在用爪子不断拍打着镇妖塔,无忘尊者脸色一变,却连想都没想,化成一缕飞烟就钻进了镇妖塔中。

花月眼睁睁地看着又一个人消失在了房间中,它浑身的毛发支起,尖牙龇着对准镇妖塔吼叫几声,却只能在外面急得乱转。

镇妖塔乃是镇妖之物,人自然是进不去的。

无忘尊者却没想到裴云舒竟进了镇妖塔中。

镇妖宝塔共有九层,第一层便是心魔幻境,他匆忙之间便冲进了第一层,但进去之后,里面却无裴云舒的影子。

无忘尊者走了几步,眼前画面一转,有潺潺流水之声响起,氤氲热气缓缓升起,水汽袭来,凝于发上。

数百年来,无忘尊者不知进了这镇妖塔多少次,却是头一次出现了幻境。他长睫颤着,抬眸,朝着水声处一看。

一道人影在水雾之间,他身着薄纱,在热水中洗着如瀑的长发,黑发被水流冲洗得顺滑,热气蒸腾,好似有皂角清香从那方向传来。

那人好似也发觉了无忘尊者,于是转过身来,笑意盈盈地看着他,眉如墨画,唇上好似涂了胭脂,声音带笑:"师祖。"

这是幻境。

无忘尊者脚下动不了了,他闭着眼。

那道人影缓步朝着无忘尊者走来,无忘下定决心,若是这幻境之人再往前走一步,他便杀了对方。

可那人影停住了脚步。热气忽然也散开了,鼻尖香味一变,一道清香中夹杂着檀香的味道从身侧传来。

无忘睁开眼,就见他坐在裴云舒那院中石桌旁,风声微弱,绿叶飘动,他侧头一看,凌清的三弟子云蛮将他的洁白道袍扔在了云忘的身上。

无忘呼吸一滞,他屏息收好道袍,正要站起身破了幻境,只着一身里衣的裴云舒却叫住了他:"小师弟。"

无忘尊者控制不住地回了头。

裴云舒眼角已经红了,他看着无忘,好似藏着无尽的委屈和期盼:"小师弟。"

无忘尊者哑然,他沉默良久,攥紧了手中衣袍,才哑声道:"四师兄。"

裴云舒被这一道裂缝吸入了塔内,他重重下坠着,想要御剑,却发现即便体内灵气充足,也无法飞起。高处往下摔落的感觉令他心惊胆战,难道这镇妖塔内只能让妖飞起来吗?

裴云舒拿出一道符,可是还未用出,就有东西朝他飞来,他只觉得腿部一紧。裴云舒心中一惊,低头看去,竟是一条蛇尾缠住了他的双腿!

鳞片漆黑,非常坚硬,裴云舒还未再看,眼中便映出一张俊美十足的脸,这脸不断放大……

哪儿来的……哪儿来的泼皮无赖!

第7章

裴云舒只觉得手脚开始无力,他被这种感觉吓到,一急,就狠狠地去踢这个妖的尾巴。

烛尤猝不及防,他垂眸看着裴云舒,黑眸困惑:"你踩我。"

裴云舒:"你——"

裴云舒只说出来了一个字,他体内的莹白内丹竟乖乖地溢出一缕灵气,去医治这泼皮无赖的伤口。

直到落了地,那尾巴才化成人腿,但双手还不放开裴云舒,衣衫被他都弄出了一条条皱痕。

裴云舒推开他,脸板着,看了周围一圈,这才看清周围不只是这一个妖,十几双在黑暗中亮起来的眼睛,此时都盯在了裴云舒的身上。

裴云舒心中一凛,他谨慎地倒退两步,却退到那泼皮无赖的身边。

裴云舒表情一顿,心中掀起巨波。

一旁传来一道清朗的声音,有人缓步走来。

这人终于从黑暗中走上前来,原来是一个身披战甲的俊美妖将,这人朝着裴云舒弯了弯腰,嘴角含笑,彬彬有礼道:"想必云舒心中担忧得很,但是不必心急,戈同老弟都并未受伤。"

缠在他身上的想必就是那条蛟龙,那这人应当就是那只狐狸了。

裴云舒说不出来话了,他只觉得天旋地转,神魂恍惚。

他不认识这一蛟一狐,却记得之前那千丝万缕的复杂心情,原来如此着急地想得到镇妖塔,是因为他认识其中的两个妖怪吗?

裴云舒脸上变化不断，烛尤听到百里戈这句话后，不悦地朝他看去。

百里戈却不惧怕，但周围看着的十几个妖怪却帮烛尤。

百里戈沉吟一瞬："难不成你们是认真的？"

烛尤和百里戈二妖被关进塔内后就一路打到了顶层，恶贯满盈、杀戮缠身的妖都在百里戈的长枪下丧命，其余实力强劲又本性不坏的大妖，都跟着他二人一路上了顶层。但谁想，上了顶层之后还是没有出路。这一群被关了不知多久的大妖神志也不清，就地商量着，谁若是能撞开这镇妖塔，他们便认谁为王。

百里戈只以为他们是在说笑，现在看来，难不成还是真的？

六神无主的裴云舒总算稳住了心神，被这十几双眼睛盯着，他只能强撑着面上若无其事："虽我不记得你们是谁，但我……"

百里戈一怔："你不知我们是谁？"

裴云舒点了点头，却不由自主看向了蛟龙。

蛟龙好似没有听到刚刚那句话般，脸上的表情没有丝毫波动，一双黑眸盯在裴云舒的身上，待看到裴云舒扭头看向了他，他才开了口，道："无事。"

裴云舒愣了愣，忽地狼狈地偏过了脸。

烛尤上前，指尖轻轻戳着他脸上的软肉，说道："不哭。"

裴云舒本来没哭的，这人轻描淡写的一句"不哭"，他的眼中却突然酸涩起来。他压下这些软弱："我何时哭了？"

裴云舒长睫微颤，偷偷抬眼去看蛟龙。

蛟龙长相着实俊美，妖纹横肆，龙角短短，好似话本里的邪妖。

裴云舒移开眼眸："我不记得了一些事，所以你也不能这样随便靠近我。"

"好。"蛟龙答应了，又凑了过来。

"你……"裴云舒心中生起一股无可奈何的笑意，他索性退到了一旁，离这条蛟龙远些。

一群被关在塔内几百年的妖怪津津有味地看着："没想到烛尤大人会这般不要脸。"

百里戈叹了几口气，他看向裴云舒："云舒可否让戈来把把脉？"

裴云舒抬起手，百里戈指尖轻轻点在腕上，沉思片刻："倒是没有什么异常。"

他眼神带着安抚之意："云舒莫怕，若是对我放心得下，待我们离开之后便由我进你识海中看上一看，若是识海中出了问题，那就不是小事了。"

裴云舒思索了片刻，轻轻点了下头。

塔内昏暗，上方那道裂缝透不进半分的光，若不是裴云舒凭空掉了下来，只怕是这群妖也不敢相信烛尤真把这塔撞出了一道口子。

既然已经撞出口子了，那还怕出不去吗？

烛尤将裴云舒护在结界之中，化作原形，腾空而起，凶猛地朝着塔尖撞去。他每撞一下，塔内就猛地晃动一下，心中急切的其他妖怪也跟着往那道裂缝处撞去，可没一个能比得过烛尤的威势。

百里戈站在下方，陪在裴云舒身边，他好笑道："若不是你的那一句'蛟龙'，他只怕连那道口子都撞不开。"

裴云舒忍不住道："我在外面说的话，你们都能听见？"

"修为高深的才能听到一两句。难不成云舒还对着宝塔说了什么？"百里戈挑挑眉，面上的笑却突地收敛，他手中银色长枪出现，看着地面，"咦，竟有人破了我留在第一层的结界。"

无忘想要闭眼，想要摒弃五感，却败在裴云舒的一声含着泣音的"小师弟"中。

"小师弟，"裴云舒带着无忘进了房，他坐在镜旁，抬眸看着无忘，眼中含着水光，"他们为何总是欺负我？"

无忘捏紧了手中的衣衫："他们只是……"

只是什么？

眼前画面又是一转，无忘坐在了一个昏暗的房间之中，他面前有一方水镜，镜中的人正是独自在院中枯坐的裴云舒。裴云舒呆呆地坐着，但过了片刻，他忽然从袖中掏出了一块莹白玉佩，格外爱惜地抚摩着。

无忘看着这一幕，只觉得心中莫名有滔天火气生起，这情绪来得莫名，却又格外真实。他想起来了，曾经在裴云舒的记忆中看过这个画面。无忘尊者垂着眼，不敢再看向水镜。

裴云舒的记忆独特，好似有上、下两辈子的回忆，而上一辈子曾发生的事，几乎让无忘尊者呼吸一滞。

"他"会冲进裴云舒的小院之中，将对方手中的那块玉佩夺走，并狠狠地朝裴云舒说："师父厌恶极了你，怎么还会让你拿着他的玉佩？"

云忘当真厌恶极了裴云舒吗？

无忘尊者起身，来到裴云舒院外，他停了片刻，就推开了这小院的门。在石桌旁坐着的裴云舒惊恐交加地看着他，将手背在身后，害怕道："小师弟。"

无忘尊者心中一痛。这痛丝丝密密，却比识海翻滚还要折磨人。他忍下这痛意，缓步走近裴云舒，裴云舒好似从未见过表情如此柔和的小师弟，也愣愣的，手足无措。

无忘尊者让裴云舒坐在石桌旁，看着他的手。

这双手仍是白皙，却柔软不再，他修为被封，被困在这一方天地之间，做了所有凡人须做的事，白嫩的手心也因此被磨出了许多坚硬的茧子。

无忘尊者口中苦涩。

裴云舒不安地坐下，小声道："我没出去过，只待在了院子里，小师弟，我没去你跟前。"

"我知道，"无忘尊者轻声道，"莫怕。"

他将裴云舒手中攥着的白玉拿在了手中，捏碎了这块白玉。

玉碎成了灰，从他指缝中滑落，裴云舒不敢置信地看着，手指抖着，眼中落下了泪来。

"莫哭。"

无忘尊者从袖中掏出了另一块玉佩，轻轻放在了裴云舒手中："这块给你。"

裴云舒看着手中白玉，脸上还有剔透的泪珠，神情茫然，抬头看着无忘尊者。无忘尊者看着裴云舒，裴云舒眼中的情绪也深深映入了无忘尊者的眼中。

原来滔天怒火下，深埋的竟是嫉妒。

他抬手挥散了幻境。空空荡荡的一层现在了眼前。

地动山摇，有妖准备破塔而出了。

无忘尊者深叹口气，缓步朝着顶层而去。

第8章

没等无忘尊者上到二层，只听一阵巨响，镇妖塔中妖气横冲直撞，一缕光亮从塔顶直直照进塔中，这塔竟是要塌了。

裴云舒紧紧盯着烛尤，看着那条威猛的蛟龙一下又一下地撞着塔尖，将那裂缝撞出一道大大的口子。看了一会儿，他奇怪道："既然可以撞坏镇妖塔，为何之前不出去？"

百里戈也是非常惊讶，他瞧着烛尤这势头，缓过了神，打趣道："云舒没进塔内前，他倒是一副浑身上下没有一丝力气的模样，谁想到云舒一进来，他就好像吃了灵丹妙药一般，这个劲头都有些吓人了。"

裴云舒听得似懂非懂："为何？"

百里戈摇头一笑："这就需要云舒自己去探究了。"

裴云舒若有所思。

塔尖的那道口子越来越大，烛尤的攻势也越来越猛，蛟身时不时会遮住那塔顶亮光，待洞口大到可以出去时，它才转过身来，朝着裴云舒直直飞来。

洞口处还飞着十几个妖怪，他们贪婪地看着塔外亮光，却没有一个妖先行出去。裴云舒看着这黑蛟越靠越近，脚定在原地，硬生生止住想要往后退开的念头。

凛风吹起，扬起耳边发丝。裴云舒轻轻一跃，便坐在了蛟龙的身上。

鳞片瞧着冰冷，但触手却是一片温热，烛尤载着他掉转过头，朝着顶上口子而去。骑着一条蛟龙，这滋味神奇极了，裴云舒压低身子，小声道："我可以抓着你的龙角吗？"

烛尤轻飘飘地吼了一声。

裴云舒当它同意了，便小心翼翼地朝着它的两只龙角握去。只是这龙角实在是小，裴云舒抓了几下，总是会从手心脱离，于是只能收回了手，给自己布了道结界。

一旁的百里戈见此，小声笑了起来，裴云舒心知他在笑什么，也不禁抿唇一笑，眉眼愉悦。

烛尤不知他二人正在嘲笑自己的小小龙角，它加快了速度，如一道风一般转瞬接近了那洞口，再从洞口一跃而过。

光亮袭来，花草香味也跟着而来，蛟身瞬息变大，烛尤却没停速，非但没停，它还越来越快，带着裴云舒冲进层层云朵之内。

耳旁就是飕飕风声，裴云舒抱紧了蛟身，侧头看着身边的云雾，过了片刻，他就放开了手，坐直了身体，眼中逐渐亮了起来。

在云中飞了一圈，烛尤一个下冲，就带着裴云舒冲入了河流之中。清凉的水淹没了整个人后，裴云舒破水而出，他抬手抹去了脸上的水渍，忽然轻声笑了起来。

身侧也跟着钻出了一个人，这人看着裴云舒的笑颜，也跟着勾起了淡色的唇。晶莹剔透的水珠顺着脸侧下滑。

"你离远一点。"若是对着其他人，裴云舒已经冷着脸退开，可偏偏此时，偏偏是对着他脑海记忆中不存在的这个人，心中只觉得无力又气恼。

水流在烛尤身后升起，朝烛尤头上浇去。

裴云舒转身朝着岸边游去。烛尤在水中看着他的一举一动，眸中光彩闪了又闪。

裴云舒刚要给自己施一个净身术，天边就有一道白光闪过，他脸色一变，转身又跳入了水中，不待和烛尤解释，便将烛尤压在水下，整个人挡住了他。

刚刚做好这一切，岸边便落下一个白衣身影，这身影一见到水中的裴云舒，脸上一愣。

"师祖，"裴云舒的声音疑惑，"你找弟子有事？"

无忘尊者直直地站在岸边，他声音冰冷："你刚刚是否进了镇妖塔之中?"

"进去了,"裴云舒道,"只是那群妖逃了出去之后,弟子也跟着跑了出来。"水声稀稀拉拉地响着。

无忘尊者不由自主地想起镇妖塔中那个幻境,他顿了顿,哑声道:"那为何我追着妖气而来,却寻到你这儿。"

裴云舒只要一动,水声就跟着响起,周围安安静静,无一声鸟鸣虫叫,烛尤就在这里,妖气也在这里,裴云舒压着烛尤,以防他冒出头来,转而问道:"师祖,若你抓到了这些妖,当如何?"

无忘尊者语中不掺一星半点的情绪:"当杀则杀。"

那不当杀的呢?什么又叫当杀?

裴云舒抿起唇:"师祖跟着妖气而来,或许是因弟子的身上也染了塔中妖物的妖气。"

无忘尊者皱起了眉,他化作了一道白光,匆匆离开这处。

待人走后,裴云舒才松了口气,他沉入水中,去寻水下的蛟龙。烛尤乖乖待在水里,见他过来了,就主动迎了过来,带着裴云舒出了水面,游到了岸边。

虽然师祖修为只有分神期,但裴云舒总觉得他深不可测,一个镇妖塔便能将蛟龙困在里面,若是动起手来,蛟龙怕是输多赢少。他沉思着,待回过神来,他已经被烛尤带着,走进了丛林之中。

裴云舒看着这蛟龙,觉得他实在邪门,和他在一起时,自己的戒心好似都离奇消失了。

烛尤回望,与裴云舒对视,他俩谁也不认输似的,就这样看着彼此,看了好长时间。

待到眼睛累了,裴云舒才眨眨眼,认输:"你叫什么?"

蛟龙也跟着眨眨眼道:"烛尤。"

裴云舒不知师祖是否放弃寻找烛尤了,等两人到了三天峰下时,烛尤便化成了一个手环,被他带上了半山腰。

回到房中,花月从床下偷偷摸摸探出了头,等裴云舒关上门布下结界之后,房中就突然多出了一人。

百里戈盘膝飞在空中,叹息一声:"那人着实厉害,若不是他志不在我,恐怕戈已命丧黄泉。"

裴云舒愣了下:"师祖见到你了?"

百里戈轻轻点了点头,倒是笑了:"怕是戈之风姿着实出众,那大能也不忍取戈之性命。"他又滔滔不绝地夸了自己几句,才看向花月:"多亏有你这狐狸……咦,这不是小狐孙吗?"

花月朝他翻了一个白眼,轻盈地跃进了裴云舒的怀中。

百里戈面露讶色,他从空中落了地,凑到裴云舒身边细细看着花月,笑了:"还真是小狐孙啊,没想到小狐孙竟还有这等本事,不知现在还剩几尾?是不是已经成为一个大妖了?"

花月头埋在云舒的怀里,觉得这老祖说的话真是句句招人厌。

裴云舒抚过花月身上毛发,转头看着烛尤,若是师祖见到了百里戈却并未杀他,那又为何偏偏要来追烛尤呢?

"烛尤,若是师祖在寻你,你还是快快离开好。"

烛尤黏在裴云舒身侧,恨不得化出尾巴将裴云舒整个人盘住:"我同你一起。"

裴云舒心中生起一股暖意,但若是同他一起,总不能让烛尤一直躲在单水宗里。他忽然想起了几日后的开山收徒大会,心中微微一动。

各峰真人收徒,师祖从来不会过问这些事,便是他不愿意,怎么也不会在那时再将烛尤杀了。想到此,他推开烛尤的脑袋,又认真地看着对方:"那你……"

烛尤歪头看着他。

裴云舒低咳了几声:"那你来做我的师弟好不好?"

这话一说出来,他便有些跃跃欲试,裴云舒笑着看他,打趣道:"师兄会好好保护你的,小师弟。"

烛尤一顿,把裴云舒怀中的花月扔到了一边,声音低哑,含着隐隐的兴奋。

"师弟拜见师兄。"

第9章

烛尤在山上待了多久，裴云舒就被他黏了多久。

半山腰间的结界由烛尤亲手布下，又由百里戈布下隐藏妖气的阵法，双管齐下之后，师祖果然没有找来。裴云舒心中暗暗佩服烛尤和百里戈的能力，但对于烛尤小孩似的黏人，还是无奈居多。

收徒大会的前夕，他严肃道："你明日就要参加收徒大会，我也要去，那时会跟在师父的身后。"

烛尤看裴云舒的表情很是严肃，沉思了一会儿，点了点头。

裴云舒总算是松了一口气。

但他又开始担心："若是你化成了人，会被几位真人认出来吗？"

烛尤若是要进单水宗，他自然不能以这样一副样貌进来。因他只是想陪在裴云舒身边，又是上天入地的蛟龙，单水宗困不住他，裴云舒也不想他被困在单水宗，他只能用个假身份待在裴云舒身旁。若是他想走了，也能想走便走。

烛尤淡淡道："他们修为不够。"

这口气狂妄，裴云舒却觉得他说的是大实话，于是笑道："整个单水宗，只有师祖能看出你身上妖气？"

烛尤眉目下压，不甘不愿："嗯。"

裴云舒被他这副不悦的表情逗笑了："无奇峰上的师兄们能力不输苍月宗的，应当有能遮掩妖气的东西，我去找一个来。"

裴云舒转身离开。烛尤又化成了一个手环圈在了他白皙的手腕上，硬是跟着他一起上了青越剑，往无奇峰的方向飞去。

书房中，拿着一本书的百里戈看着离去的二人，沉吟片刻，问一旁的花月："他们莫非是忘了你我二人的存在？"

花月用尾巴盖住眼睛，遮住泛着水光的委屈狐狸眼。

无奇峰上，裴云舒找来认识的师兄，师兄带着他往库房走去："师弟，你可算找对人了，我这儿的东西多了去了，保证你要什么有什么。"

裴云舒同对方道了谢，师兄将他带到库房之后，就让他随便挑，只须最后和自己说一声就好，交代完后就继续炼器去了，只将裴云舒一人留在了这里。

入眼就是一堆金光闪闪的法宝，裴云舒移开被金光刺到的眼，将袖袍拉下，对着烛尤道："烛尤，你可否感知到什么东西能遮住你的妖气？"

烛尤从他腕上飞了出去，转眼就钻进了一堆法宝之中。

他找他的，裴云舒无事可做，索性一样样看了过去。

库房中放置着许许多多的柜子，正中间还放有桌椅，裴云舒走近，就见桌上放着一堆红色粉末，这红粉看起来如同胭脂一般，颜色格外漂亮好看，裴云舒从桌旁走过，衣袖带起的风就激起了些许粉末。一股幽香往心神深处钻去，馥郁芬芳。

裴云舒不禁又嗅了一口，肩上被人轻拍一下，裴云舒转身，就看到了面容冷淡的烛尤。烛尤垂眸看着他："我找到了。"

裴云舒直愣愣地看着烛尤。烛尤发觉了他的不对，蹙眉。

裴云舒眼睫颤着，手臂抖着。

烛尤脸上的妖纹瞬息现出，眼中血色浮现，身边的灵气因他的压抑之气形成一个个小小的旋涡，正低低地呼啸着，烛尤忍得血眸彻底暴露，身旁的法宝也被威慑得微微抖了起来。

库房的动静引来了师兄："师弟？"

随着声音靠近，烛尤垂下了眼眸，化作了手环，飞到了裴云舒的腕上。裴云舒捂着腕上的手环，无措地站在原地。

法宝停止颤抖，无奇峰的师兄一走进来，就看到他愣怔在原地，奇道："师弟，发生什么事了吗？"

裴云舒连忙摇摇头，他余光瞥到桌上药粉，从那不对劲的状态中回神，指着这红粉问道："师兄，这是什么？"

"哦，"师兄挠挠脑袋，"差点忘了和你说，师弟，这个是师兄给一些师姐们炼的粉末，之后会炼成香囊，让她们和同修之人增加默契。师弟，你没碰吧？都怪师兄，我忘了和你说。"

裴云舒袖袍抖了一下，他低声："我没碰。"

"没碰就好。"师兄大大咧咧道，"不过碰了也没事，这东西的效用顶多能持续十几天的时间，不碍事的。"

他这么说，裴云舒本应该感到轻松和开心，却觉得些许奇怪。裴云舒赶紧收起这些心情，暗暗远离了红色粉末，这东西实在是太可怕了。

既然烛尤已经找到了东西，裴云舒也不敢多待，辞别了师兄便匆匆回到三天峰上。

书房中的两只狐狸正在琢磨着如何去猎几只野鸡，就见他冲进了书房，一副格外慌乱的模样。

百里戈面色一肃，正要追问是怎么回事，烛尤便从裴云舒的腕上飞了出来，转眼化成了人形。

裴云舒小声道："你可找到了遮掩妖气的东西？"

声音轻轻，连说话都紧张得带着颤音。

"嗯，"烛尤直直盯着他看，目光不移片刻，"找到了。"

裴云舒察觉到了他的视线："那你变个样子看看。"

"不要一直看着我。"

烛尤低低"嗯"了一声，却还是在看着裴云舒，他摇身一变，就变了另外一副样子——容貌还是相当俊美，却已是人类的模样，眉眼冷淡，鼻梁高挺。

裴云舒看了他两眼，便移开目光，转身往卧房走去："你这样就很好，不用担心了。我有些累了，先去睡一会儿。明天你莫要忘了去单水宗下检验资质，随着新弟子们一同上山。"

烛尤不去拦他，只看着他的背影，半晌勾起了唇。

第二日一早，裴云舒就等在了凌清真人的门前。

桃花飘飘，他却是有些神情不属。

"师弟，"一旁的大师兄问，"可是有什么烦心事？"

裴云舒回过神，摇了摇头："并无。"

自早上离开烛尤后，他便开始担忧，生怕烛尤不懂世俗，会生出些事端。这种时时刻刻为别人牵肠挂肚的感觉着实太过可怕，裴云舒须用上十分的心思，才能压下这些想法。但又因为一门心思都放在这些东西身上，他的表情就显得敷衍而冷漠了。

如二月寒霜、夜间深雪，深深扎入人心。

大师兄沉默，他看着云舒师弟，但云舒师弟又看着地上出起了神，独自沉在自己的一方世界中，半分不理外人。

自封住云舒师弟的记忆后，加上刚刚那一句，云景才同他说了两句话。明明是同门师弟，却好似连外人都比不得。

云景叹了口气，忽然将他拽到身后："师弟，桃树上有条蛇，你莫要离得过近。"

裴云舒听闻，顺着话语朝桃树上看去。

果不其然，枝丫上盘着一条细长的小蛇，那蛇直直地看着这处，乍然看去，宛若曲折的树枝一般，着实不好发现。

裴云舒脸色一凛，脑海中关于烛尤的事情在这会儿倒是被压了下去，不过他却并未露出害怕的样子，只移动了身子，表情冷静："多谢师兄。"

大师兄一愣，转身朝他看来。云舒师弟看上去好似没把这条蛇当什么一般。竟然不怕的嘛。大师兄收回视线，笑了笑，就不再说话了。

待他们跟着师父出了无止峰后，二师兄走到大师兄身旁，意味深长道："师兄，那蛇来得着实是巧。"

大师兄道："是巧。"

云城挑挑眉，再往桃树上看去时，哪里有什么蛇，只有一根像极了蛇的蜿蜒树枝罢了。

裴云舒随着师父到大殿时，里面已经站满了人。被散修先一步送上来的弟子们站在前方，后方站着的正是从山下招收上来的弟子们。

裴云舒随着凌清真人走到前方，待师父坐下后，他走到后面，开始在人群中巡视起来。

今日是最后开山收徒的时间，中午截止，就算被选上也会被排在后方，但裴云舒对烛尤的实力实在自信，他相信烛尤的位置一定不会在后。

果然，在散修送来的弟子之后，站在第一排的人中就有烛尤。

烛尤察觉到了裴云舒的视线，他遥遥看了过来，待看到裴云舒时，便嘴角勾起，笑了起来。裴云舒倏地低下头来。

站在一旁的三师兄见他猛地低头，便也跟着弯下腰，玩闹着去看裴云舒的脸色："师弟，你莫非是站在诸位新师弟的面前，心中害羞了？"但一弯腰，他便看到了裴云舒的脸色，不禁一愣。

裴云舒深呼吸几口气，抬起脸，面色平静。他没看愣住的三师兄，而是上前一步，低声同师父说道："师父今日还收弟子吗？"

他离凌清真人近，还是从前那副亲昵的模样，凌清真人好久未曾同他这般说话了，面上稍稍柔和，道："看看再说。"

那日他将云忘从凡间带到单水宗，便说过云忘会是他的最后一位弟子。可云忘成了无忘尊者，裴云舒也不记得这事，凌清真人心中知道此番不会收徒，却不能同四弟子明说。

裴云舒听到这话，心中却是生起了期待，他退后一步，唇角扬起，不禁露出了点笑。

第10章

收徒大会开始后，裴云舒就没注意前方的人，他的余光时不时在烛尤身上扫过，再移开，偶尔看到其他人时，也只会一带而过。

直到散修弟子当中有一人高声问道："不知凌清真人还收不收弟子？"

裴云舒才回过神，往这人的方向看去。

这人相貌普通，唯独一双眼窝极深，似笑非笑，此时正直直地看着凌清真人，自身风姿把他同身边弟子们轻易区分开了。

裴云舒就站在凌清真人身后，也不知是不是他的错觉，他总觉得下方这人看的好像并不是师父。

凌清真人道："你想要拜我为师？"

这人朝着凌清真人行了一礼："是。"

裴云舒心中一紧。

凌清真人看了几眼这个年轻人，口中道："资质尚可，但与我无缘。"

被拒绝了，那人也并不难过，只遗憾地叹了口气，就规规矩矩地退了回去。

裴云舒也跟着松了一口气，他向烛尤看去，正好对上了烛尤的目光。烛尤好似一直在看着他，从未移开过视线一般。

身旁的三师兄道："这人倒是大胆，令人高看一眼。"

裴云舒却兴致不高，随意应了一声，目光半分不动。

三师兄随着他的目光看去，只看到了一群新弟子，这群新弟子人挤着人，师弟应当不认识这里面的人，那他又是在看谁？

一刻钟之后，烛尤才走向前。

他一走出来，各峰真人们就暗暗点了下头，他们的修为比不得烛尤，烛尤又是条蛟龙，并不是纯正的妖兽，气息不易分辨，其中已经含了几分属于龙的威势，锐不可当。

裴云舒站直了身，不由得往前走了一步。他的神情变得专注了起来，黑眸紧紧盯着烛尤，担忧和紧张生起，整张脸都生动了起来。

烛尤径自走到凌清真人面前，他垂着眸，神情冷漠，半分拜师的态度也无："我想拜你为师。"

凌清真人端坐高位，仙风道骨，面色更冷，他正要出言拒绝，身后的裴云舒却喊了他一声："师父。"

凌清真人一停，裴云舒已经上前走到了他身后，低着头："师父，这位师弟瞧着资质很好。"

凌清真人淡淡应了一声。确实资质很好，瞧着凌野掌门移不开眼的样子，就知此人以后必定是单水宗的亲传弟子。

裴云舒抿抿唇："师父，弟子瞧着，他和弟子很有师兄弟的缘分。"

凌清真人一顿，凝神往面前这人看去，但只觉得眼前红光一闪，凌清真人恍惚一瞬，回过神来后就点了点头："既然与你有师兄弟之缘，也是与我有缘，那便收了吧。"

裴云舒未曾想到会如此轻松，他面上讶色一闪而过，随即就情不自禁地笑了出来。

身旁的三位师兄脸上的惊讶还未压下:"师父?"

凌清真人却向烛尤问道:"你叫什么?"

烛尤想了想:"蛟。"

凌清真人微微点头,只以为这是他的名,道:"那你今后便叫云椒。"

裴云舒面上的笑意不停,他压着唇角,但笑意还是溢了出来,待到烛尤和师父说完了话,他便看着烛尤向自己走来。

等他走到跟前,烛尤口中低低叫着:"师兄。"

裴云舒低低应了一声:"嗯。"

二师兄突然上前一步将裴云舒拉到了身后,他眉目带着如沐春风的意味,冲着烛尤微微一笑:"云椒师弟,我是你二师兄。"

他袖袍一挥,指着云景道:"那便是你的大师兄了。"

烛尤的眼中神色冷漠:"嗯。"

二师兄不以为意,只还是和善地笑着,从袖中掏出一件法宝:"虽没想到师父会收徒,但幸好准备了东西,倒也不算委屈师弟了。"

烛尤低头看他一眼,一动不动,似乎不准备从他手中接过。

裴云舒站在二师兄的身后,他想要走过去,但肩上却落了一只手,三师兄笑呵呵道:"师弟,师兄们一个个见过新来的师弟,这还没到你,你要耐心等着。"

师父不是曾说过,自云忘小师弟之后便再也不收徒了吗?

他们几人离得近,将裴云舒方才同凌清真人说的话听得一清二楚,师兄弟之缘?这几个字光是听着就让人心中不悦极了。这人何德何能,能让云舒师弟第一眼就这么看重?

三师兄面上带笑,眼中却晦暗,他深深地看着烛尤,藏着隐隐的敌意。

裴云舒将三师兄的手臂放下,见烛尤与二师兄僵持在了原地,便说道:"师弟,师兄们给你的拜师礼,你要接过的。"

他话音刚落,烛尤就乖乖伸出手接过了二师兄手中的法宝,面上虽无表情,却很听他的话,裴云舒放下了心,直对着烛尤的云城却收敛笑意。他虽还是笑着的模样,却和煦不再,烛尤的目光淡淡从他脸上掠过,朝着裴云舒而去。

"小师弟,"一旁的大师兄突然开了口,"你莫不是与我云舒师弟早就认识?"

裴云舒一愣,随即盯紧了烛尤,生怕烛尤说漏了嘴。

烛尤看着他,一直冷着的脸却忽然笑了起来,声音低了下去:"未见过。"

但那双眼睛却还是动也不动地看着裴云舒,显得既认真又呆呆傻傻一般:"但一见着就觉得有缘。"

裴云舒竭力装作若无其事的模样,却是怎么也不愿与烛尤对视。

新来的这个师弟长相俊俏,比之他们师兄弟几人也不输,但云蛮看着云舒师弟脸上的神色,却对这个师弟极为不喜了起来。

他沉着脸,见烛尤要靠近云舒师弟,便拿起折扇挡开这位新师弟的手,面上似笑非笑:"师弟,说话便说话,莫要动手动脚。"

烛尤手上显出了道红印,这下不轻,他垂眸看了眼手背,却连看云蛮一眼也不看,只将手递到裴云舒面前:"师兄,疼。"

这话好像似曾相识,裴云舒恍惚一瞬,便从袖中掏出药膏,用指尖捏了一些,细细给他手上的红印涂着药,嘴里不忘道:"三师兄,你莫要欺负师弟。"

三师兄脸色变来变去,他抬头朝着师兄们看去,大师兄和二师兄站在一旁,看着裴云舒给新师弟涂着药。云蛮看不出他们眼中是何情绪,但一定不是高兴。

大殿中处处安静,众人说话也是轻声细语,他们这一处无人出声之后,耳边就彻底静了下来,只有各位真人与一位位新弟子的问答声。

裴云舒细致地为烛尤上着药,只是药还未上好,烛尤手背上的那道红印就已经消失了。

烛尤蹙眉,又在相同的位置掐红了一块。他的动作猝不及防,裴云舒连阻止都未曾有时间,他下手着实是又狠又快,那手背非但红了,还很快青青紫紫了,瞧着分外吓人。

三师兄看到了,不禁嗤笑一声:"师弟倒是弱了些。"

他只不过轻轻一敲，便能成这副样子，人虽是长得俊美，但实在太过弱小，云舒师弟竟然还会心疼这样的家伙。当真是让人瞧着就怒火暗生。

二师兄从一旁走过来，站在裴云舒身边，他细细看了眼烛尤的手背，笑了笑："只是些皮外伤，倒是没事。"

他从袖中掏出一个洁白的瓷瓶："这瓶药倒是对外伤颇有用处，几位师兄都用不上，正好小师弟可以用，也不算是白费了，师弟便拿着吧。"

云城离裴云舒近，转头看向裴云舒："师弟，前几日师弟与师兄下山，曾听路边小贩说过，夜中的山下别有一番趣味，不如今晚便下山看上一看，也当是庆贺小师弟入了无止峰。"

裴云舒还未说话，大师兄便在一旁道："可行。"

他们二人看着裴云舒，裴云舒便点了点头，烛尤见他点头，便伸手去拉裴云舒的衣袖，也跟着点了点头。

谁也没想到他如此臭不要脸，先前刚刚被三师兄的折扇打了手，这会儿又当作无事，几位师兄没想到，裴云舒也没想到，猝不及防之下，烛尤已经将衣袖牢牢攥在手中。

裴云舒愣了愣，就想把衣袖抽回来，可烛尤握得实在紧，他越是想要抽出来，烛尤便越是用力攥着。

"你拽着我干什么？"裴云舒只好和他说着道理，"小师弟，你要是再不松开手，我就生气了。"他特意加重了"小师弟"三个字，就是为了提醒对方莫要得寸进尺。

"小师弟，"一旁的云城声音彻底冷了下去，他伸出手拽住了裴云舒的另一侧衣袖，一双深不见底的眼睛冷冷看着烛尤，"你这是想做什么？"

被烛尤拽着时，裴云舒心中只是无奈，但被二师兄拽着时，裴云舒却脸色一白，从心底生出抗拒、恶心之意。他垂眸，掩下这些滋味："师兄，师弟想必只是无意之举。"

"云舒，"云城唇角勾起，他黑眸看着裴云舒，虽是带着笑，却并不像笑的模样，"他这也是无意之举？"

裴云舒手指抖了一下，下一刻他便被烛尤拽到了身边，烛尤眼中如有血色浮沉，看了云城一眼。

一只手已对云城抬起，杀气隐隐。裴云舒及时拉住他，声音低了下来，却并不压抑，传音到了烛尤耳里："莫要冲动。"

师兄明明是亲近之人，裴云舒却不想接近。

这又是为何？

这些东西，失去的那些记忆，裴云舒都要一一找回来。

所以不能冲动。

第11章

听到他的这句传音，烛尤低下头看他，眼中的杀意和困惑交织，不晓得为何不杀这人。

裴云舒看见他这个眼神，如同自己欺负了他一般。他情不自禁抬起手，在烛尤额头轻轻一碰："要乖。"

手指轻轻一点，冰凉袭来又退去，烛尤的目光在裴云舒的脸上打转，过了片刻，才低低"嗯"了一声。

他们二人站在一起，这几日来愈加沉默的四师弟终于唇角带了笑。

那日大师兄出了大殿追他，手还未碰到云舒师弟的肩头，就被青越剑在手心划出了道痕。大师兄看着裴云舒，又看了眼新来的师弟，垂下了眼。

云舒师弟说他不喜外人碰，但此刻分明这个新来师弟的手就拽着师弟的衣袖。

收徒大会一结束，裴云舒便跟着师兄三人，带着烛尤往山下去了。

三师兄飞去了庆和城，在湖边柳树下挖出了几坛酒，带着酒回来时，见着裴云舒便笑着道："那会儿我要挖酒给你喝，谁知道后来……"他说到一半，猛然住了嘴，沉默了片刻，就转身回屋拿出了酒碗。

他们在酒馆中，因给了老板足够的钱财，饭菜上得又干净又快。裴云舒听到这半句话，心中暗暗记了下来，未去追问，而是拿起筷子为烛尤夹了一筷子鸡肉。

烛尤云淡风轻地坐着,装成一副不食人间烟火的模样,直到裴云舒跟他说了句"吃吧",他才动了筷,只是拿着筷子的动作颇为笨拙。

三师兄拿来了酒碗,二师兄便端起酒坛,一碗碗地倒满了酒。这酒也不知是三师兄何时酿的,清澈透亮,刚一流出,浓香的酒味儿就飘满了整个院子。

裴云舒很少饮酒,待将酒拿到手中,浅浅尝了一口,觉得不错,又饮了一大口。

三师兄在一旁来不及阻止,哭笑不得:"师弟,我酿的酒后劲足得很,你可切莫贪杯。"

烛尤停下了筷子,也不吃肉了,他看着裴云舒的眼微微发亮,似乎在等着什么。

果然,没过一会儿,裴云舒便怔怔地看着酒碗,双眼无神了起来,好似酒碗中有什么好东西一样,别人喊他,他好像没听见,脸旁的黑发也垂到了酒碗里面。

大师兄最先发觉了裴云舒的不对劲,走过来,欲搀扶起裴云舒,但裴云舒侧头看了他一眼。他眼圈发红,脸也是红的,眼中迷茫,待看清眼前的人是谁的时候,就下意识地往后一躲,躲到了烛尤身边。

大师兄沉默地看着他躲开,垂眸看了眼自己伸出来的双手。

"师弟,"大师兄道,"你是不是喝醉了?"

裴云舒不回答,他又往周边看去,看到三师兄时一愣,再看到二师兄时,更是浑身一抖,拉起烛尤的袖子就想往里钻进去,那副样子像是害怕到了极点。

二师兄不由自主起身:"云舒?"

裴云舒一僵,他愣愣地看过去,云城正不知怎么了,就听他道:"师兄,你为何要打断我的腿?"

云城愣住了。

"我何时……"他嗓子干哑,"我何时打断你的腿了?"

裴云舒听着这话,却不说话了。

他明明什么东西都不记得,但这问话好像本身就不需要他记住一般,本能地就把这句话千百遍地问出来，好像他几十年前就已经想要问出口一般，甚至一说出口，眼泪就跟着莫名落了下来。

哭是无声的，他自己也觉得莫名其妙。烛尤抬手小心用袖口擦去裴云舒脸上的泪，裴云舒抬眼看着他。

"蛟蛟，"他的眼泪顺着脖颈流下，无尽的委屈和绝望在崩溃中倾泻而出，"蛟蛟。"

烛尤将手放在他的脑后："嗯。"

云城看着这一幕，心中生起一股介于荒谬和慌乱之中的感觉，他握紧了手，把那句话当成云舒师弟醉酒后的胡话，用尽全力才扯出一抹平常的笑，朝着烛尤走近，想要带走裴云舒："师弟，到师兄这里来，莫要吓到今日才来的小师弟。"

烛尤躲开了他的手。

裴云舒抬起头，他看着云城，看着看着，便露出一个笑，带着讨好和害怕，说话间还有一股子酒香，用着最柔软的模样，说着能把人千刀万剐的话："师兄，断腿很痛的。

"师弟求求你，不要打断我的腿，好不好？"

云城呼吸一滞。

夜风吹拂，明月悬挂空中。

"蛟蛟。"裴云舒戳着烛尤的脸。

烛尤歪头看着他，裴云舒顿时笑开："烛尤乖。"

烛尤表情冷静，但妖纹却瞬间浮现了出来。

他早已将师兄们遥遥甩开，空中只有他和裴云舒。

烛尤的速度越来越快，最后径直从院中正在赏月的两只狐狸旁掠过，带着裴云舒进入了卧房。

花月一身的毛发奓起，片刻后才回过神，知晓刚刚过去的是烛尤和云舒之后，它扔下了啃到半截的鸡肉，跑到卧房门前，利爪抓着房门，一声声嚎叫开来。

这条蛟龙，实在是太吓狐了！

百里戈慢条斯理吃完了手上的鸡腿，又风卷残云地将剩下的几只鸡给吃进了肚子里，才优雅地擦过嘴角走到了卧房门前。

房间里丁零当啷地响着，瓷器摔落的声音一道连着一道。

百里戈沉吟："烛尤，解酒药在左边柜子第二层第二个抽屉里。"

这话一出，房间里霎时安静了下来。

裴云舒："蛟蛟？"

烛尤坐在一旁，沉闷地应了一声。

裴云舒的眼皮实在是越来越重，最后眼睛轻轻一闭，抱着被子睡了过去。

第12章

云城今日这一觉，睡得极不安稳。梦中不知梦到了什么，待他醒来时，月光还皎洁，额上却是一片细细密密的冷汗。

他很少睡觉，今日也不过是因为饮了些酒，现下被惊醒，却也忘了梦中梦到了什么。唯独记得梦中有一双眼睛，双目含泪，眼角绯红，端的是动摇人心，既可怜，又可爱。

云城走到屋外，仰头看着月光，薄唇紧抿，脑中又闪过梦中那双眼。

白日师弟哭着求自己莫要打断他的腿，也是那样的眼神。

裴云舒早上一睁开眼便想起了昨日醉酒的事。

他在床上花了一刻钟才整理好了心情，装作若无其事的样子下了床，出了房门一看，百里戈正在看着书，并不见花月、烛尤二人。

"他们呢？"裴云舒问道。

"烛尤想泡寒潭，"百里戈放下书，笑了，"花月就带他去了狐族秘境中。"

裴云舒应了声，走到桌边坐下。

百里戈幽幽叹了一口气："想当年我与你就是在狐族秘境中相识的。"

裴云舒惊讶极了："我与你认识这么早？！"

百里戈沉吟一句："失策失策，我倒是忘记你现在什么都不记得了。"

"先前你都在忙着烛尤拜师一事，我还未去你识海中看上一看。"他道，"不若就趁现在，那条捣乱的蛟龙和小狐孙都不在，云舒，你可愿意让我去你识海中看上一看？"

识海极为重要，让人去自己的识海中看上一看，就是将自己的性命交到别人手中。

百里戈体贴极了，裴云舒尚未说些什么，他已经立下了心魔誓："戈要是趁机做了小人，那便让戈永世不得超生。"

"不必如此，"裴云舒蹙眉，下意识信任百里戈，"太过严重了。"

百里戈笑笑，爽朗道："我坦坦荡荡，即便誓言再毒，又怕些什么呢？更何况云舒本来就该被我们狐狸珍重相待的。"

裴云舒笑着摇了摇头，他正襟危坐地闭上了眼，道："那便来吧。"

百里戈布下层层结界，才慎重地将手放在了裴云舒的额上，运着灵力，去他识海内查看。只是灵力刚入识海之中，外界便有人破了他的结界从天外猛地冲了进来，百里戈被一掌打中，捂着胸口化出长枪杵地。

他抬眼看去，就见那日将他收进镇妖塔中的无忘尊者正揽着裴云舒，一手覆在裴云舒的额上，一双眼冰冷地看着他。

裴云舒眼睛紧闭，似是对这种情况毫无察觉。

这个人进了云舒的识海！

只看一眼，百里戈就沉下了脸，他忍下心口顿疼，长枪卷风挥舞，对准无忘尊者："是你封住了云舒的记忆？"

无忘尊者徒手在空中画出一道灵符，那符朝着百里戈冲去，百里戈闪过，可那符又追着他而来。

无忘尊者出手后，就将目光移到了裴云舒的脸上，灵力已经进了裴云舒的识海，看到了昨日发生的事，听到了那一声"小师弟"。

无忘尊者垂眸，放在裴云舒额上的手颤抖了一下，面上却是越来越冷。

无忘尊者走至百里戈跟前，对着这狐妖说道："我不杀你。"

百里戈在灵符下强撑着站起，他一双上挑眼满是沉压的怒火，恨不得去挑落无忘尊者碰触裴云舒的双手："你这尊者，干的都是些什么龌龌事！"

无忘尊者闭着眼睛深深呼吸，良久，他带着裴云舒起身飞去。

无忘尊者带着裴云舒一路飞至关弟子禁闭的思过崖，他将裴云舒放在山中的冷泉之中，不远处的瀑布溅起水珠，都砸在他和裴云舒的衣衫上。

他收回了放在裴云舒额上的手，过了片刻，裴云舒就眼睫微颤地睁开了眼。他的衣衫和黑发粘在身上，白袍依旧，面色如雪。无忘尊者见着他，便识海翻滚，犹同身受酷刑。

"我封了你的记忆，"无忘尊者道，"你可想知道那都是些什么记忆？"

寒潭冰冷，裴云舒唇色泛青，他看着无忘尊者，点了点头："弟子想知道。"

"可若知道了，这些记忆也只是徒增你的心魔，成为你修行的劳累。"无忘尊者伸手拂去他发上的水，掩住眸中痛苦，"不若我抽去你的情丝。"

裴云舒瞳孔一缩，但还未说话，无忘尊者便在他眼前一遮，他就彻底昏睡了过去。

修真界弱肉强食，不仅是他，还有凌清的那些弟子，抑或那狐狸、那蛟龙，裴云舒躲不过。

裴云舒记忆中的那番苦痛，无忘尊者再也不想让他重新经历一遍。

他变无情了，痛苦的便是他人了。

无忘尊者在裴云舒额前轻点，又动作缓慢地画着符咒。

从今日往后，裴云舒便不会被那些记忆影响，也不会对师门中的人抱有感情。不论是他，还是那新来的弟子，抑或其他人。他们对裴云舒来说也不过是过眼云烟。

痛苦不再，便能专心修炼，待到修为高深，世间也可来去自由。这不就是裴云舒想要的吗？

怕是之后对他，连恨意也不再吧。

无忘尊者手上一抖，却在猝不及防下掐掉了一半情丝，另外一半钻回了裴云舒的识海之中，手上半截却是凭空消散了。

无忘尊者愣愣看着手心，随即便盯紧了裴云舒。

情丝只可动一次，这……这是天意吗？

水流从头冲下，思过崖中无半声鸟鸣。

裴云舒缓缓睁开了眼，灵气周转了一遍又一遍，四月雪树的内丹上含着蛟龙的威势，竟让他修炼的速度大大加快了。

他抬眸，看到站在岸边的师祖，不由得微微一怔："师祖怎么在此？"

他面上无半分异常，无忘尊者不知出于什么心思，将他情丝抽出来后，只给他恢复了这一世的记忆。关于上一世的种种痛苦，还有裴云舒捏碎宗门木牌的事，全给隐了下来，只是怕他无了牵挂，当真会离开宗门。

"护你修炼，"无忘尊者道，"如何？"

裴云舒从水中站起身，他踩在水面上，朝着岸边缓步而来："思过崖中倒是安静，适合修炼。"

走到岸边后，他的衣衫已经干了，无忘尊者看着他的一举一动，不由得向前走了两步："你可觉得有什么不对？"

裴云舒："并无。"

他张开手，青越剑便飞到了他的手心，他踏上青越剑，朝着师祖行了一礼："师祖，弟子先行回去了。"

裴云舒面无表情，冷淡如冰，无忘尊者站在原地看着他远去的背影，唇角鲜血滑落，怔怔地看着裴云舒消失在了眼中。

心口开始剧烈疼痛，无忘尊者掩下喉中腥气，看着这偌大的思过崖，却苦笑起来。

他竟有些……后悔了。

青越剑上，裴云舒掩住眼中情绪，细细思索着恢复的记忆。

半晌，他对着体内四月雪树的内丹说了声："多亏有你。"

四月雪树内丹绕着金丹转了一圈，若不是有它分出一缕灵气装成情丝，怕是裴云舒都不知道自己会变成什么样子。

记忆当中师祖毫无异样，可若是不对，又为何封了他的记忆，抽出他的情丝。

裴云舒收敛了神情，回到三天峰上时，远远就见到有一条蛟龙腾空而起，凶猛地携着煞气，往天边冲去。

青越剑加快速度，裴云舒扬声："云椒！"

蛟龙回头看到了他，瞬间变成人形朝裴云舒的方向冲来，不过一眨眼的工夫便到了裴云舒面前。

裴云舒面上露出一抹笑，随即就掩住，他面色淡淡地带着烛尤回到了住处，一回去就在院中看到了焦急等待的花月和百里戈。

百里戈受了伤，正在打坐调息，见他回来后面上一松："云舒，你可无碍？"

裴云舒轻轻颔首："无妨。"

百里戈蹙眉，细细看了他一眼，便对烛尤说："你这妖王，还不快给我们布下结界？"

烛尤手一挥，一道结界随之而起，裴云舒坐到一旁，突然笑了起来："这几日好好修行，待到修真大会来临时，便一起出山吧。"

几人一愣，都看向了他。

裴云舒将花月抱在腿上，拂过它的耳朵，转而问烛尤："若你化成龙，还须蜕几次皮？"

烛尤："三次。"

裴云舒沉思，烛尤冷不丁说："会越变越小。"

裴云舒一愣，抬头看他。

烛尤也正看着他，黑眸映着裴云舒的面容，语气淡淡，仿若说的不是自己的致命弱点一般："我会越变越小。"

裴云舒抬起手，忽地探身过去："多小？"

蛟龙淡色的唇角悄悄勾起："这么小。"

他指了指面前的桌子，这种长度，也不过是条小蛇的长度。

裴云舒不知想到了什么，又问："还是通体漆黑？"

这么小的蛇，又是通体漆黑，那实在是过于惹眼了。

"会变。"烛尤看了一旁认真听的百里戈和花月，突然不愿意说下去了。

裴云舒一怔，没忍住笑了起来。

若是烛尤的话，那便是蛇，自己也是不怕的吧。

裴云舒此时此刻，确确实实是分外愉悦的。

花月见他笑了，勾着爪子去碰裴云舒的手，叫了几声，裴云舒听不懂它说的话，心中一动，手中溢出灵力，试着去帮花月疗伤。恢复记忆之后，他才知晓内丹还可这么用。

花月享受地伏在他的腿上，从狐族秘境中拿出一个灵果啃着，谁都没它来得舒服。

"不用做无用功，"百里戈笑了一声，阻止道，"狐狸损了一条尾巴，再过些日子便能缓过来，若是在云舒你说的几日后的修真大会时我们下山，那小狐孙这副样子还能不添乱？"

他说着说着，奇道："怎么突然想要下山，莫非你想起了什么？"

裴云舒轻轻颔首，又摇了摇头，笑了："一部分。"

"那你应当记起来你曾脱离师门的事了。"百里戈道，"世间美景如此之多，美人、美食也多，何必困在这小小山头之上。"

裴云舒沉默片刻："我竟是脱离师门了吗？"

百里戈讶然，他看了看小狐孙，又看了看烛尤："你们没同云舒说过此事？"

蛟龙和狐狸摇了摇头。

百里戈："是我高看你们了。"

裴云舒笑了。

若是他真的脱离了师门，可脑海中又没有这件事，便又是师祖不愿让他想起了。那就当师祖认为那半截情丝是真的吧。

师祖擅自决定，说取就取，说断就断，说封了他的记忆便封了他的记忆。师祖既然想断了他的情丝，那就让师祖当作断了，只是断的那一段，是有关师门的罢了。

烛尤在一旁忽然挥了挥衣袖，一道水流就朝着空中打去，打散了那团气体之后，他声音冷了下来："有人在偷看你。"

裴云舒皱眉，凝神往那方向看去。

那方向突然显出一朵娇艳的牡丹，花如脸盆大小，鲜如初开，花瓣上还落着水珠,凭空朝着裴云舒飞来,还未到跟前就变成了一个眉清目秀的人。那人粉面含笑,身着薄纱,那副面容竟与裴云舒有五分相像。

裴云舒眼中一冷,青越剑横空穿过,那人又变成了一朵牡丹,花瓣飘落,牡丹也落在了地上。随着牡丹一起落地的还有一个小小木盒。

裴云舒将木盒招了过来,打开一看,竟是一本一指厚的书。

他微微皱眉,将书拿起放在桌上,身边的人好奇地凑了过来,想要看这书到底有何内容。

裴云舒隔着手帕,掀开了书的第一页。

只见书中有一幅幅色彩艳丽的图,画中人竟是裴云舒。

第13章

这画师着实放肆至极!

裴云舒只匆匆翻了两页,便脸色一变,一把火将这书烧得一干二净。

画出这人像的画师必定画工极佳,用色也极为大胆艳丽,寥寥几笔就能让他看出那人必定是自己无疑,连那面上的表情,都清晰得栩栩如生。

裴云舒脸色不好看,青越剑也含着煞气,一眨眼的工夫,放在桌上的书已经被烧成了灰。

再大的怒意也化成了一腔无奈,裴云舒转身,将木盒连同地上那朵娇艳的牡丹也烧成了灰。

烛尤将这灰扬起,往先前那空中一击,黑灰转眼不见,从哪里来,就回哪里去了。

处理完这些,裴云舒回到了房中打坐,灵气刚刚开始运转,就觉得眼前忽然一变,他已经身处一个闹市之中。

闹市人来人往,有小童举着吃食穿梭其中,街市两旁的高楼传来婉转轻柔的歌声,字字吟得风流浪荡。

裴云舒静静看着热闹的街市片刻,撩起道袍席地而坐,在人来人往的大街上,开始打起坐来。周围来来往往的人奇怪地看着他,但裴云舒闭上了眼睛,将他们隔绝在外。

体内的一个金丹和一个妖丹相处得分外和睦,修炼时也是事半功倍,裴云舒静心凝神,沉浸在修行之中。

不知过了多久,等他睁开眼时,就发现眼前一变,他已经身处一艘雕梁画栋的大船上。

前方有人围着一处高台,裴云舒拧眉看去,却好似有雾气遮挡,什么都看不清。他往前方走去,这才发现台上原来正在演着一出戏剧。鼓乐齐鸣,轻歌曼舞,裴云舒的脸色却沉了下来。

台上人演的正是一个抛绣球的场面。

裴云舒转身离开,但迎头对上了笑意晏晏的魔修,这魔修着一身玄衣落地,双目轻佻,就站在裴云舒的后方,他凝视着裴云舒,忽然轻笑一声:"我那日说的话,云舒莫不是这就忘了?"

青越剑从他心口穿过,邹虞低头看了眼胸口利剑,再看向执着利剑的裴云舒,面上的笑意越发深了:"当日妖鬼集市中,那戴着丑鬼面具之人总给我一股似曾相识之感,怪不得那几日总觉得有些不妙,原来是云舒想要我的命。"

裴云舒冷声道:"当真,可惜此乃幻境。"

魔修跟着叹了口气,他徒手握着青越剑,将剑尖从他胸口拔出,剑身颤鸣,在他的手上割出一道深痕。

这若不是幻境,恐怕他这只手都断掉一半了。

"我也备感可惜,"邹虞说,"可惜那日只见云舒跟着蛟龙而去。云舒抽在我脸上的那一鞭,在下还记得清清楚楚。但用不了多长时间,等我与云舒再见面时,狐族秘境中没成的事,我们慢慢来。"

这句话刚落,周围场景便开始消散,裴云舒猛地睁开眼睛,外头已经天色大亮了。他闭上眼,心沉了下去。

若是没实力,只能受百般羞辱,连自己的记忆,自己也作不得数。便是与那魔修见面,他又有几分信心,能将那魔修斩于剑下呢?

修真大会来临之前,裴云舒一直在房中修炼,等小童通知他须前往无止峰时,裴云舒还有些恍惚之感。

"云椒师兄已经在门外等着了，"小童道，"师兄，快快起吧。"

师祖以为抽去了他的情丝，他如今一副冷心冷面的样子才不会让人生疑，只是若真的见到了烛尤，该怎么冷脸相对？

裴云舒深吸一口气，面无表情地出了房门。

烛尤正等在门外，见他出来，便朝他看了过来，眼神专注，正要朝着裴云舒走近，裴云舒却往后退了一步。

烛尤皱起了眉。

裴云舒轻咳几声，放出青越剑，率先踏上剑，之后朝着烛尤伸出了手，虽是面上无甚表情，语气却不着痕迹地柔了下来："云椒，来。"

烛尤站在他的身后。

"见到别人时，你须离我远些，我已被师祖抽去了情丝，你要是离得近了，"裴云舒轻咳一声，"我怕露馅。"

烛尤眼中闪过笑意："奖励。"

裴云舒往周边看了一圈，见没人，又布下了结界，但还是不放心："你再布下一道结界。"

等烛尤出手布下结界之后，青越剑飞在空中，裴云舒侧过身，看着烛尤。烛尤垂眸看着他，藏着无声的催促。

青越剑的速度变慢了许多，这么长时间也只是飞过了三天峰，裴云舒轻咳了一声，脸凑过去，让烛尤戳。

裴云舒直视前方，暗暗催动着青越剑加快速度。

青越剑忽地一个不稳，利剑在高峰间颠簸了几下，呼啸风声从结界外划过，裴云舒站得笔直。

马上就要到无止峰了。

裴云舒觉得一股惆怅之感油然而生。

他与烛尤，终究会分道扬镳吗？

第14章

修真大会须等到日头高升才会开始，参加大赛的都是修真界的青年才俊,是各个门派被寄予厚望的未来英才,除了刚刚收到门下的烛尤,裴云舒同他师兄几人,自然也是要参加大赛的。

到了无止峰上时,其他师兄早已等在了那里,凌清真人便带着他们往大赛的地点赶去。

单水宗单独划出了一座高峰留作大赛之用,修真界鼎鼎有名的大能高坐上方,有前辈在此,在下方等着的弟子们不敢妄动,个个站得笔直,面容肃然。

裴云舒同师兄们站在单水宗的弟子之中,周边没有烛尤,他便越发能漠然以待。

他着一身白衣,冷若冰霜,静静站着时好似雪山一般,三师兄今日甫一见他便觉得有些不对,失忆后的云舒师弟即便再冷也不是这般模样,忍不住道:"师弟,你莫不是心情不好?"

见到师弟对新来的小师弟面色冷漠时,他心情愉悦,但等师弟冷脸对他时,他却是怎么也愉悦不起来了。前几日醉酒时还那般柔和,怎么今日,就像是出了剑鞘的冷剑一般呢?

他目光紧紧定在裴云舒的脸上,裴云舒却是一动不动,面无波澜,声音也冷:"师弟无事。"

三师兄一怔,他摇着折扇的手不自觉停了,心中不由觉得不妙,抬步往裴云舒走近一步,低声道:"云舒师弟,你若是心里不高兴,那便尽管和师兄说。如果是想醉酒消愁,师兄那里也多的是酒。"

裴云舒终于抬头看了云蛮一眼,只是云蛮还未扬起笑,就对上了他无甚波澜的黑眸,只听他道:"三师兄,我无事担忧。"

他周身的气息极淡,语气也淡,一旁的二师兄云城也跟着皱起了眉,上上下下打量了他一番,突地伸手朝他的手腕摸去:"师弟身体是否不适?师兄为师弟把把脉。"

裴云舒侧身闪过,他抬眸,目光一一从师兄们身上滑过。

"我无事,只不过前几日,师祖抽去了我的情丝罢了。"

一直沉默不语的大师兄猛地攥紧了手,他瞳孔紧缩,忍不住上前一步,声音发紧:"你说什么?"

裴云舒瞥过他发颤的手,宛若真的被抽掉了情丝那般,心中既无喜也无悲,他垂眸,冷得连同春风五月也变成了寒冬二月:"师弟已经没了情丝。"

三师兄咬着牙,口中漫出一阵阵血腥味,他此时连笑都扯不开了,脸上僵硬,只觉得心口破了个大洞,呼啸的风从洞口席卷了五脏六腑:"师弟,莫要同师兄们开玩笑了。"

被抽去了情丝,便没了七情六欲,师祖怎么会抽去师弟的情丝呢?这玩笑可当真不好笑,还让人浑身发冷。

但这句话说完,三师兄就见裴云舒的黑眸无欲无求且淡淡地朝他看了一眼。

师祖修的是无情道,但修无情道的人尚且不会抽去自身情丝,师祖为何要抽去四师弟的情丝!

三师兄仓促回头,目眦尽裂地看着云城:"二师兄,情丝被抽可还能再——"

"不能再动了,"云城面无表情,他双手背在身后,好似无甚波澜,但一双黑眸却沉沉的,如暴雨将袭:"四师弟,你对师兄……当真没任何感情了吗?"

裴云舒沉默片刻,而后,轻且慢地点了点头。

记忆不在时,身体帮他记住了许许多多。见着师兄会害怕,见着师父会伤心。他不知自己忘记了什么,但单单凭师祖说的那番话就能推断出,他忘了的那些记忆应当是痛苦万分的。

醉酒后求着师兄莫要砸断他的腿,那样的自己让裴云舒也觉得陌生且荒唐。需要遭遇什么样的事,他才会变成那般模样呢?

但总归不是什么好事。

师祖怕影响他的道心,可师父也曾冷冰冰对他说过:"云舒,你道心不稳。"

说来也是可笑,师父那般说他,是为了云忘小师弟,结果小师弟成了师祖,却开始担心他当真道心不稳。

师兄三人的目光定在裴云舒的身上,他们表情紧张,仿若裴云舒嘴里说的话成了生死符咒一般。而他这头一点，他们就如坠深渊，浑身冰冷，呼吸一滞。

云城背在身后的手用力，手心溢出鲜血。

那日师弟醉酒后尚且能红着眼睛落泪，怎么几日之后就没了情丝，成了如霜如雪的模样？

他推开站在身前的云蛮，也不理愣怔在一旁的大师兄，径自走到裴云舒的跟前。

身旁其他峰上的师兄弟们也察觉出了不对，往这边看来，还有人扬声问道："师弟，可有何不对？"

云城置之不理。

待走到裴云舒跟前，裴云舒便轻轻看了他一眼。

这一眼平淡极了，好像云城不过是师门中普普通通的人罢了，还不如那日云城杀了那只狐狸时师弟看着他的眼神。

云城攥住他的手腕，手心的鲜血顺着指尖，在四师弟的手上滑出一抹殷红的颜色。

裴云舒只看着他，却并不说话。

其他峰的师兄们已经皱着眉朝着这里走来，低声呵斥："云城！"

云城目光更深邃，幽沉看不到底，他恍若未听到那些呵斥他的声音，将他和裴云舒罩在结界之内，在这大庭广众之下，如昏了头一般。

下一瞬便有师兄弟合力破开了他的结界，他们将云城远远拉走，在周围用绿叶挡住其他门派探究的视线。

云城静静地被拉走，只是黑眸直直盯着裴云舒，不错开半分视线。但师弟表情没有一丝变化，他甚至连看云城一眼都没看，只从袖中取出手帕，擦拭完手上的鲜血之后，就淡淡移开了视线。

"云城，你是不是失了智！"掌门席下的大弟子厉声道，"修真大会上，你要对云舒干些什么！"

"那是你师弟！"

干些什么？

干些能让师弟起波澜的事，即便是那日捏碎师门木牌决意离开师门的他，也比现在这般模样要好上许多。

云城缓缓轻笑一声，他正要说话，却见天边一道白光闪过，一身白袍、无情无欲的师祖便落在了高台之上。

云城眉间带着阴霾，朝着师祖看去。

高台上各门派的掌门和长老连忙起身，向无忘尊者问好，无忘尊者微微颔首，他坐在正中，目光在下方青年才俊中巡了一圈，便看到了站在人群之中的裴云舒。

裴云舒周身如雾如霜，脸上不曾带笑，眼中也不曾含着喜怒。

众多弟子殷切又期盼地朝他看来，可是裴云舒却好似没有察觉他的到来一般，连抬头看上一眼都不曾有。

无忘尊者长睫轻颤，他垂下了眸，过了片刻，又忍不住遥遥看去。

即便是师兄们表情大变，裴云舒也不受影响，他静静立在原地，闭上了眼，灵气在周身运转，当真成了无忘尊者想象中的模样。

无忘尊者看了他良久，忽然想起什么，侧身朝着凌清真人身后看去。那新收的小弟子果然站在凌清真人身后，身形修长，俊美的脸上也是表情淡淡，正直直看着下方。

裴云舒轻轻喊"小师弟"的画面在脑中浮现。

无忘尊者手指一颤。

第15章

封闭五感，稳住心神，裴云舒静静听着凌野掌门传遍整个高峰的声音，不往身旁的人看上一眼。

原本以为会很难，做了之后才知晓比想象中的简单。不需要说话，不需要和旁人亲近，裴云舒甚至在心中感觉到了几分舒适。

将云城拉到一旁并让其他师弟们看好他后，掌门大师兄就走到裴云舒身旁，看着眼睛清亮的师弟，带着歉意道："云舒，等修真大会结束之后，师兄再为你做主。"

修真大会会举办七天，这七天着实不好处理云城的事。

裴云舒看着掌门大师兄，领首道："好。"

等修真大会结束之后，掌门师兄也不必再为他做主了。他与百里戈几人早就商议好了，在修真大会的第七日，趁着忙碌，他们将会在这一天离开。

师祖不愿让他记着捏碎师门木牌那幕，便是不愿让他离开师门。那就要小心再小心，在离开之前不能露出丝毫破绽。

掌门师兄见云舒师弟点头后便松了一口气，往身后一看，云城师弟被几位师弟围起来说教，他的一双眼睛还是直直盯在云舒师弟身上，黑眸中风起浪涌，叫人辨别不出其中情绪。

掌门师兄皱皱眉，转过身同裴云舒道："师弟，不若这几日你跟在我身边。若是旁人再欺负你，直接交由我来处理。"

他作势要将裴云舒带走，大师兄忽然出声道："掌门师兄，你莫不是忘了我还在这儿？"

云景一向性子沉稳，做事也极为稳重妥当，掌门师兄哈哈大笑，道："若不是你突然说话，我还真忘了你在。刚刚云城发疯，你怎么不拦着点？"

大师兄垂下眼，半晌，露出一抹苦笑："我被震住了心神，还未反应发生了什么事，云城师弟就已经被你们拽走了。"

掌门师兄沉吟片刻，看向裴云舒："还是让云舒师弟来做决定吧，师兄之前下山历练了不少时日，云舒师弟怕是不熟悉我，同我在一起也全身不自在。若是云舒师弟想留在这里，那云景便多多注意些；若是师弟想同我一起，我还能给师弟讲讲我历练时的趣事，指导一些大赛对练之事。师弟也应当快要下山历练了吧？"

裴云舒还未说话，大师兄就沉着声音，一字一句道："他留在我身边就好。"

掌门师兄一怔。

裴云舒忽地从心底生起一股抗拒之情，他先前装得淡然，便好像是真的冷淡。可此时此刻却觉得加倍厌恶，他未曾做过决定，便已经替他决定该如何了吗？

青越剑在手中微微抖动，提醒着他莫要激动，裴云舒压下这些情绪："掌门师兄既然如此说了，那云舒便同你一起。"

云景的手狠狠颤了一下。

师弟已经被封住了记忆，可只封住了他想要离开师门的记忆，那剩下二十多年……那二十多年——在抽掉情丝之后，自己竟是比掌门师兄还要不可信吗？

心神剧荡，他额头突突直跳，握紧的手上可怖的青筋已经凸起。

"师弟，"他以为此时的声音应当是沉稳可靠的，但出口了才发现，他的语气就如同乞讨者一般低下可怜，"师弟，留在师兄身边。"

裴云舒闻言，终是回头看了他一眼。

掌门师兄也一同看去，这一看就惊骇道："云景，你——"

云景的黑眸中泛着血丝，他恍若没听到这声惊呼，眼睛还定定地看着云舒师弟，满是乞求之色。竟隐隐有入魔之态！

掌门师兄脸色一变，也不顾是否会被其他门派发现了，扯起云景便上了剑，想要带他快快上了高台去找师父，但云景却挣开了对方的手，固执地看着裴云舒："师弟。"

单水宗的师兄弟们对无止峰大师兄云景的执拗早就有所听闻，平日里打趣的说法便是说他像是一头牛，不撞南墙不回头。这样的性子，先前他们只会感叹他在修炼上事半功倍，如此一颗坚定之心再加上出众天资，早晚都会有一番作为。可掌门师兄此时却惊心不已，越固执的性子越容易产生执念。

裴云舒也是心中一惊，他二话不说，快步上了掌门师兄的飞剑："师兄，走。"

他这一上来云景就笑了起来，他眼中血色如潮水般退去，面容沉静了下来。转瞬之间，那些入魔之态已经全都消失不见。

师弟还是担忧他的。

他此时的样子如同平日一般，但掌门师兄反而越发严肃了，脚下飞剑转瞬之间便已朝着高台冲去。

三师兄站在原地，回过神后，他沉着脸将折扇往空中一扔，随即踏到折扇上，追上前方的师兄弟。

高台上的凌野真人远远见自己的大弟子带着师弟们正赶过来，他眉间皱起，心生不妙之感。待一行人落了地，他就问道："发生了何事？"

掌门师兄上前一步，面色严肃地在师父耳旁低声说了几句。

他使了隔音的法术，裴云舒未听见他说的话，但也知晓他在说什么。他同大师兄、三师兄走到凌清真人身后，一同向师祖和各位大能行了礼。

因师祖就在身前，裴云舒十分心神都用来装成情丝被抽走的模样，见到了烛尤，也硬是忍下了面上的柔和，目光平静无波，只专心看着脚下。

不能被师祖发现。如若被发现，他不知师祖会做出什么事。

凌清真人眉间同样皱起，他看向云景："发生了何事？"

云景面上惭愧，三师兄上前一步同凌清真人低声道："师兄刚刚……有入魔之态。"

凌清真人面上一愣。不远处的凌野掌门也是面色一肃。

他们说的话，自然瞒不过无忘尊者的耳朵。

无忘尊者神情更冷，裴云舒只觉得一股风围住他的身体，轻柔地将他推到了无忘尊者的身后。将裴云舒护到身后之后，无忘尊者转身问道："你可无事？"

明明是其他的弟子刚刚入魔，他却问裴云舒有没有事。

三师兄冷冷一笑。

裴云舒神色平静地摇了摇头。

无忘尊者移开视线，他轻挥衣袖，转眼之间，几个人已经身处另外一个空间。外界之人还是在看台上，但周围的空气中却似乎泛起波纹，这波纹将凌野掌门、凌清真人和席下弟子都圈了进来。

凌清真人的面容已经彻底沉了下来："云景，你怎么回事！"

这一个世界安安静静，旁人窥不见，也听不到他们的声音，甚至无半分风声。凌清真人这一句饱含怒意和不敢置信的话极为清晰。

烛尤面无波澜地站在一旁，眼神放在了裴云舒的身上，但没看一会儿便又懂事地移开。他还记得裴云舒叮嘱他的话，莫要多看。

裴云舒此时也和烛尤一样老老实实、一动不动地站在一旁，听着诸位大能对云景处置。

云景面对师父的质问,只垂眸行了一礼,转而面向了无忘尊者。他的面容上看不出是何神情,声音却平平稳稳:"师祖当真抽去了云舒师弟的情丝?"

凌清真人一怔。

无忘尊者低低道:"我亲手抽去了他的情丝。"半截情丝。

可这半截情丝,却将这一众人都掐去了。

恐怕留下来的那半截情丝,只是怜悯之情,如同对着草木一般,谁于裴云舒来说都是一样的人,即便是凌清,也恐怕只会形同陌路了。

不论是这新收的小师弟,还是他。

莫大的悲凉感袭来,无忘尊者咽下这悲凉,他闭了眼睛在心中默默念起冷清心咒,面上冷漠如雪,这一句话也说得是无心无情。

大师兄扯起唇角:"师祖,为何要抽掉师弟的情丝呢?"

师祖面上更冷:"自然是于他修行有益。"

大师兄往云舒师弟的方向看去,哪怕说的是同他相关的话,师弟也没有反应,好似无论他们说了什么,便是就此打起来,师弟也不会变了脸色。那般好看的容貌,却如被冰雪覆盖。

"师弟,"他叫道,"云舒师弟。"

裴云舒抬眸,看向了他。

"你当真……"他将云城的话又问了一遍,声音发颤,口中泛着血腥气,"你当真对我……半分师门情谊也没了吗?"

这话一出,裴云舒脑中却闪过一幅画面。

他在一座小院之中,看着天上的师兄御剑飞过。

"师兄!"他惊喜非常,高声喊道,"大师兄!"

天上如仙人一般的师兄低头看了他一眼,分明看到了他,却说道:"谁在叫我?"

袖中的手倏地握了起来,裴云舒同云景的双眸对视,他平静道:"师弟刚刚跑了神,师兄是在叫我?"

第16章

　　大师兄的脸色苍白一瞬，过了片刻又恢复了原状，他努力勾起唇角，却没带出多少笑意："师弟，我知道你的意思了。"

　　笑意收敛，云景深深看了眼裴云舒，转过头对着师祖道："云舒师弟天人之姿，即便是在师门之中也尤为出众，但怕是以后再也看不见师弟的笑颜了。"

　　师祖恍若未闻。

　　"应当不只是笑颜，"云景道，"怕是在师弟心中，我与师父也只不过形同路人。"

　　无忘尊者终于看了他一眼，袖中白布一闪，裹着云景往远处飞去。

　　"他心魔已生，"师祖道，"我已将他送到思过崖。凌野，你安排人去化解他的心魔。"

　　凌野掌门沉声应了一声"是"。

　　修真之人最怕的就是心魔，云景资质出众，论修为，也是年轻一辈中的佼佼者，单水宗对其极为看重，若是处理不好心魔，怕是以后修行也万分艰难。

　　到底是为何生了心魔？凌野掌门瞥了一眼裴云舒，在心中暗暗叹了口气。

　　吩咐完这些事，无忘尊者道："你们回吧。"

　　掌门大师兄便带着云舒和云蛮回到了下方。

　　无忘尊者并未看向他们。

　　他身前的桌上放有一个盛着佳酿的酒杯，杯中酒水色泽漂亮，酒香清淡。他默默看了这酒一会儿，便拿起酒杯，在手中轻轻摇了两下。杯中酒水晃动，下一瞬，里面便映出了一幅画面。

　　裴云舒的脸出现在水镜之中，酒杯只有这般大小，映出来的画面也只能盛放他一人的面容。

　　无忘尊者摇了摇酒杯，裴云舒的眉眼便忽地放大了。这双眼睛中仍是清澈，他轻轻垂着眼，长睫便垂下一片阴影。眼中浅的浅，深的深，黑白分明。

无忘尊者低首看了半响，将酒杯送到唇前，一饮而尽。

一旁的凌清真人愣怔了，却久久回不过来神。

裴云舒忽然生起一股被窥视的感觉。

他遥望周围却什么都没发现，用灵力查探了一遍，同样一无所获。他眉头皱起，但片刻之后，这股感觉已经退去。裴云舒心中戒备，分出一半心神去注意周边变化。

大赛已经开始，各个擂台上都是青年才俊的精彩对战，裴云舒看得认真，一日下来，只觉得收获良多。

待到晚上同烛尤一起回到三天峰上时，他还在琢磨几位师兄对战的方法。

花月早早等在院中，见他们回来就扑到了裴云舒的脚边，爪子抱着云舒小腿，雀跃道："云舒云舒！"

裴云舒从思索中惊醒，他不可思议地看着脚边的花月，惊喜非常："花月，你会说话了？"

花月的两条尾巴得意地摇摆着："我毕竟也是漂亮的狐狸，总是有好运的。"

裴云舒眼中含满了笑意，他侧头看向烛尤，这才发现烛尤正在布结界，贴心极了。

百里戈拿着两壶酒从屋内走了出来，手指轻轻一点，院中便燃起了两个火堆，石桌之上竟也摆满了人间美食。

暖黄的光映在草木绿植上，虽无鸟叫虫鸣，但别有一番惬意涌上心头。

裴云舒抱着花月坐下，笑道："莫不是为了庆贺花月能够说话了？"

百里戈严肃地摇了摇头："再过几日便要走了，走之前怎么能草草度日？我今日带着小狐孙潜下山去，自然是美酒、美食都要带回来一起享用一番的。"

裴云舒一句还未说，手中便被塞了双筷子，口中也被烛尤塞了一筷子的肉。

烛尤眼睛发亮地看着他，裴云舒将这些肉咽了下去，下一筷子又跟了上来。

他无奈吃下，又连忙道："不必喂我。"

烛尤手上的这肉还停留在筷子上，听了这话后，他低垂着眼："不喜欢？"

瞧着有些委屈，但这委屈应当只是裴云舒自己想象出来的，毕竟烛尤脸上也无甚表情，裴云舒只得张开嘴将这一口肉也给吃下了。

两壶酒被三妖一人分了，裴云舒实在不能喝酒，便掺水只尝了尝酒味，火焰温暖，这一顿吃得心中、面上都带上了笑。

等到酒足饭饱之后，花月已经醉倒在了酒杯旁。

百里戈和烛尤倒是无声地在这儿比上了酒量，储物袋中的酒一壶壶被拿了出来，这两人面不改色，一杯杯地往嘴里灌去。

裴云舒将花月抱起，给它擦干净放在了小床上。花月迷迷糊糊之际睁开了眼，忽然抱着裴云舒的手臂，呜咽道："云舒……"

花月放下爪子，醉倒在了床上。

裴云舒转身回了房间。池中已经放着温水，酒气染上了衣衫和发丝。

他脱下衣袍，沉进水中，热气蒸腾，屋内都覆上一层模糊水汽。

开门声忽然响起，裴云舒转身看去："谁？"

潮湿水雾之中，有一道身影慢慢走了进来。他走得越来越近，发上也沾了屋内的水汽，俊美的五官暴露在眼前，正是烛尤化作云椒时的凡人面容。

裴云舒道："你怎么进来了？"

见是烛尤，他便放松了些，但又很快察觉了些不对，这会儿见到烛尤，裴云舒脉搏平稳，气息平淡。

烛尤的目光定在他的身上，也不知在想些什么，用的也不是原本样貌，只一双黑眸还是深深看着他。

裴云舒在他的这种目光下起了一身的鸡皮疙瘩，他不自在地沉到了水中，下巴碰着水面后，低声赶着烛尤："我正在沐浴，你若是有事那便等我出去再说。"

雾气中水珠轻滑,应当是水热,面上也染了白日未曾带上的热意。

烛尤勾起了一抹笑,他轻声唤道:"云舒师兄,师弟为你净背可好?"

裴云舒一愣:"你叫我什么?"

烛尤挑了挑眉,他轻启着唇,笑意晏晏道:"云舒师兄。"

第17章

裴云舒眉头不由得蹙了起来。

烛尤朝他走近,池边的雾气也跟着荡了荡,裴云舒整个人快要埋在水中,看烛尤快要走到池边,就伸出了手在池边划出了一道结界。

"不用你来,"青越剑飞身过来,挡在烛尤身前,裴云舒道,"你先出去。"

结界泛起一层层青色的波纹,烛尤被挡在结界之外,他俊眉皱起:"云舒师兄,师弟只是想为你净净背。"

他伸出一根手指,指尖轻轻去碰结界,只见结界如水般波动几下,下一刻就在空中消散了。但下一瞬,青越剑就出了剑鞘,朝着烛尤袭了过去。

顶着一副云椒面容的人轻轻一躲,正要往池中看去,可水突然成了四面围墙,将他困在一方小小空间里。

裴云舒系上腰带,他眉目肃然,握住飞过来的青越剑,走到被困住的烛尤面前。

就算被困着,站在里面的人也不慌不忙,只用一双黑眸看着裴云舒,那眼神好似许久未曾见过裴云舒一般。

发上还滴着水,背后被浸湿了一片,但裴云舒现下不敢分神,他狐疑地看着被困住的烛尤:"云椒师弟?"

云椒看了看四周水墙,他叹了口气:"师兄,这是何意?"

这是烛尤在同他玩闹,还是其他人?

裴云舒目光一点点从烛尤身上滑过,三天峰上若是没有师祖的同意,那是谁也进不来的。烛尤、百里戈同花月，都是他亲自带上山的，自然没有问题，可若是其他人，没有山上人的带领，应当怎么也进不到三天峰里来。

若不是烛尤，还会是谁？百里戈？师祖？

可既不像百里戈，也不像师祖。

裴云舒越看便越觉得迷糊，他将青越剑别在身后，却并不放过对方，冷着脸道："深更半夜，师弟来我房中作甚？"

他发上还滴着水，一些被衣衫吸去，一些滴落在了地上，烛尤看着他，眼中有东西浮起，但又很快沉下。

"师兄，"他的语气突然变得委屈起来，"师弟醒来后第一件事，就是来找你。"

裴云舒眉心一跳，他带着水汽出手，剑端对准了这人胸口，冷声道："你究竟是谁？"

烛尤表情却没有变，他困惑不解地看着裴云舒，这目光却又有些像烛尤了。

困在烛尤四周的水哗地倾泻，裴云舒猝不及防，只能布下一层结界去挡落在身上的水，水洒了满地，烛尤站在水墙中间，全身已被打湿。

烛尤好像并不在意，他眼睛微眯，身形一闪，裴云舒下一刻已经被他抵在了雕花木刻的门上。门狠狠地响了一声。

"师兄，师兄……云舒师兄。"

背部抵着木门，装都不需要装，裴云舒已经彻底冷下了脸。

他手中的法术一个个往这人身上抛去，这人也硬生生都受了，只是因没有烛尤的防御能力，身上已经流下了鲜血，但这人攥着裴云舒手腕的手还是力气大得吓人。

他执着地一声声唤着裴云舒，声音从冷静变得痛苦，又从痛苦逐渐回归冷静，裴云舒无声念着剑诀，青越剑已经在身后缓缓飞起。

这人忽然开口："师兄，你是想杀了我吗？"

青越剑速度不减，锐器刺入肉体，剑端从他的肩部穿过，殷红的血有一半染到了裴云舒的身上。

此人闷哼一声，他抬眸同裴云舒对视，眼中闪过万千情绪。

"师兄，我会快点醒来，早点来看你的。"他口气委屈，"答应师弟，不要和其他人走得过近，好不好？"

裴云舒静静看着他，青越剑抽出，正要再度袭击，眼前的人已经消失了。四周没有一丝灵气波动，只剩下满地狼藉和染身的血迹。裴云舒握住本命剑，快步走出了房间。

外侧的百里戈和烛尤正一人捧着一本书在看，他们神情认真，像是凡间做了百年学问的老学究。

裴云舒快步上前，不待和烛尤解释就扯开了他的衣衫。

左肩露出，什么伤痕都没有。

烛尤抬眸看着裴云舒。

裴云舒这时才反应过来，他强扒人家衣衫的举动就像是一个流氓强盗。

裴云舒满目羞愧，烛尤将手轻轻放在裴云舒的发上，湿发转眼就干了。

"好香，"烛尤鼻子一嗅，他滑过裴云舒身上染血的地方，染上一点红后细细一闻，"香的。"

闻言，裴云舒也跟着擦了些红色鲜血凑近轻嗅，神色一愣："花香味。"

百里戈好奇起身走近，正要也跟着闻闻，就见裴云舒望向了自己左肩，百里戈挑挑眉："云舒莫不是也想看看戈？"

裴云舒忙道："不是……"

"云舒无须解释，"百里戈义正词严道，"既是云舒想看，戈随时都可奉陪。"

百里戈说完就去拉开自己的衣衫，无伤。

裴云舒内疚道："我并非怀疑你们。"

即便是他们，裴云舒也只会以为他们是在同自己玩闹。

百里戈凑到他身边，把染红的衣衫凑到鼻尖，闻了下便笑了："谁把桃花碾成汁，再泼到你身上了？"

"原来是桃花香，"裴云舒恍然大悟，他抬起青越剑，用手帕擦去上面的血迹，闻时也发现是桃花香气，"怪不得闻不到血腥气。"

刚刚那人莫非是幻觉？可那一地狼藉连同这一身桃花汁，又是确确实实存在的。或者那是一只桃花妖？

裴云舒皱起了眉，同他们二人说刚刚发生了何事。待他说完，烛尤身上的杀气已经充斥了整个院，他脸上妖纹乍露，煞气逼人："有人冒充我？"

"怪事，"百里戈皱眉，"刚刚我与烛尤一直待在这里，可未曾看见有人闯进结界之中。"

烛尤忽然将裴云舒一把拉起，身形一闪，就带着他来到卧房之中，裴云舒躺在床上，烛尤再给他盖上薄被，放下了床幔，在他身边护着："睡吧。"

烛尤站在床边，床中只能隐隐约约地看到他的黑影，裴云舒先前还觉得不困，可是现在，困意就上头了。

烛尤站在这儿，就感觉无比安全，裴云舒刚刚闭上眼睛，过了一会儿又睁开。他想了又想，最后还是撩起了床幔，露出一张脸，去看外头的烛尤，轻咳一声："你要休息吗？"

白纱轻飘。

烛尤看着他，忽地变成原形，长蛟缩小，竖瞳缓缓闭上。

第二日一早，裴云舒悠然醒了过来。他往外一看，就对上一双黑色竖瞳。

裴云舒一骇，从床上跳了下去。

烛尤慢慢变成了人形，声音慵懒："跑什么？"

裴云舒这才回过神，那是条蛟龙，是烛尤的原形。

他跟着放松了下来，抬眼看看窗外天色："已经不早了，起吧。"

修真大会除了第一日诸位弟子都须到场，剩下的几日只需有赛事的人准时前去便好。裴云舒昨日观战了一日，收获良多，他今日想再去观战，看看各宗的弟子如何击败对手。

他修为不低，体内的金丹又大得多，还有一枚妖丹在内，实力已属同辈之中强的，但对战经验实在不足，若是对方的经验多些，裴云舒怕是只能靠着耗灵力的方式来打败对方。这也是伤敌一千，自损八百。

裴云舒与烛尤梳洗过后走出房门，却不由得怔住了。

满院桃树，清风一卷，粉嫩的花瓣便漫天飞舞，香气四散，缭绕空中。一夜之间，桃花尽开了。

第18章

裴云舒在这儿住了许久，从来不知三天峰上还有桃花。

地上轻飘飘的一层"粉衣"，满院之中尽是桃花香气，可这么多一夜盛开的桃树，裴云舒却没在其中见到妖气。

准备离开之前接连发生了两件没有预料到的事，几个人脸色都有些严肃。裴云舒前去观战时，烛尤不准备同他一起，与百里戈两人打算好好在三天峰上探查下这到底是怎么回事。

花月尚且不能化形，两个大妖都不在它身边，裴云舒就将花月带在了身边。

等到了地方后，这只狐狸就兴奋起来了。

"云舒，你快看那个方向！"狐狸惊喜，"那人巧目红唇，长得可真是讨狐狸喜欢！

"这台上着一身紫衣的人也长得好看，原来还有人用细丝当作武器吗？这可当真潇洒。"

各宗门的青年才俊中总是不缺长相俊俏的人，狐狸许久没见过这么多的人了，一双眼睛就没停下来过。

裴云舒带他走到擂台之下，看台上着一身紫衣的俊俏公子已经利落地将对手击下了台。

"云舒，这人是何宗门的？"

裴云舒摇摇头："我也不知道。"

身旁一位身形微胖的道友回头，闻言嘿嘿笑了两声，从怀中掏出一本巴掌大小、一指厚度的小书，热情道："这位道友，我这书上收集了大赛上各宗门的道友消息，只要五块中品灵石，你就能知道所有想知道的事。"

胖道友滔滔不绝，指着台上的那位紫衣人就道："这人在书上第一百零八页，乃是玄意门掌门的儿子，实力和性子都是一样的强横，虽排在第一百零八页，但我们少宫主说了，此人极有可能进到大赛前十。"

　　他边说边翻到了第一百零八页，这巴掌大的小书上竟还附带着画像，只是画工着实不怎么样，台上的紫衣人明明是一副俊朗到凌厉的长相，在这书中就成了眼小嘴大的丑陋男子。

　　狐狸一副没眼看的表情，裴云舒耐不住这位道友的热情，从袖中掏出了五块灵石买下了这本书。

　　胖道友笑得眼睛都眯了起来，忙把这本书递给裴云舒。裴云舒掀开书，第一页上就画了个身着红衣的俊俏男子，尽态极妍，连衣服上的繁复花纹都画得极其仔细，同刚刚那粗糙的画风完全不一样。

　　裴云舒往后快快翻了一遍，除了这第一页的，后面所有的画像都像是三岁小儿随笔画出来的一般，眉毛不是眉毛，眼睛不是眼睛，个个丑得丧心病狂。

　　他又将书翻回到第一页，同后面的画像一比起来，画上这人的八分英俊也足足成了十分好看，他低头看下面的字，上书："元灵宫少宫主巫九，九成将成本次修真大会榜首。"

　　胖道友凑近一看，喜道："这就是我们少宫主。"

　　"这书是你们少宫主制的？"

　　胖道友骄傲点头："此等聪明的赚钱手段，当然只有我们少宫主能想得出来。"

　　自己制书，自己卖书，还说自己将成榜首，裴云舒对此人的脸皮厚度着实叹服了。他将书翻到后面，看到了一幅画后一顿，随后指着书上的画道："这画也是你们画的？"

　　胖道友看了一眼："哦，单水宗的裴云舒，这画确实是我们画的，这人听说不久前破了金丹期，唉，单水宗的弟子们都不可小觑。我们少宫主说了，此人未曾接触过凡间，要是少宫主和他抽到一块儿，便打算化身美女勾得这人心神不安，再一举将其打败。"

　　裴云舒沉默了。

胖道友说个不停,将他少宫主的那些"奇思妙想得第一"的办法得意十足地一个个说了出来,最后说得口干舌燥才闭嘴,看着裴云舒的眼中都是感动之意:"道友,你是修真大会上我遇到的第一个愿意听我说这么多话的人。不知道友姓甚名谁,我请你吃灵果啊。"

裴云舒脑中想起那书上自己的画像。

他表情一顿,才慢吞吞道:"在下单水宗弟子裴云舒。"

胖道友:"……"

在裴云舒报完姓名之后,胖道友就尴尬地笑着走了。

裴云舒和花月看了一上午的对战,等到中午时,裴云舒带着它去抽明日的对战对手。

抽签处排着好长的队伍,裴云舒落在最后,他抱着花月也不觉得无聊,只是须保持面无表情,看上去倒是有些难以接近。

"云舒,"花月的爪子翻着那本小书,传音给裴云舒,"我发现越是好看的就越是会被那位少宫主给画成丑人的模样,就比如你,画上比那紫衣人看上去还要丑。"

花月义愤填膺:"这人太坏了,独他一人好看。这要是有不曾见过你们的人信了,还真以为满修真界只有一个叫巫九的俊俏男修呢!"

裴云舒心中只觉得好笑,他不甚在意:"应当只是玩笑。"

花月一页页地翻着书,爪子却没拿稳,小书掉落,砸到了身后排队那人的紫色靴子上。那人看了一眼书,弯腰捡了起来,这一捡,却是看着书上内容不动了。

裴云舒转身正要道谢,看清这人面容后也跟着一愣,这不就是刚刚与人对战的玄意宗那位掌门之子?

此人一身紫衣,桀骜不羁,他从小书上移开视线,看着裴云舒:"这书是哪儿来的?"

裴云舒实话实说:"从一位道友手中买来的。"

"花了多少灵石?"这人接着问。

"五块中品灵石。"

"我要了,"这人掏出一袋灵石,"里面有三十块中品灵石,卖不卖?"

"你若是要，那便送给你了。"裴云舒道，"我已将上面的东西看完了，不必拿灵石给我。"

这人颇有些惊讶地看着裴云舒，没想到看似冷若冰霜的人这么好说话，他上上下下看了一遍裴云舒后，唇角勾起，扬了扬下巴："玄意宗边戎，这位道友，结识一番？"

裴云舒与他互通了姓名，边戎听了名字后就翻着小书开始找起裴云舒的画像，看到上面的内容，原先的火气也成了笑意："你都这般丑，我也不算独一人了。"

裴云舒想笑一笑，但此番在外，因此唇角刚要勾起，就被克制压下，他只能轻轻颔首。

两人浅浅聊了几句，抽签轮到裴云舒时，他没说多少话，倒是花月和边戎已经开始共同谴责起元灵宫少宫主巫九了。

负责抽签事宜的正是单水宗的弟子，这位师兄见到了裴云舒，笑着道："师弟可要好好抽上一根，刚刚云城师兄才来问过我你是否过来抽了签，前后不过才半个时辰，你要是抽上一根好签，云城师兄他们也都不用担心了。"

裴云舒眉目一冷，他低低"嗯"了一声，便抽出一根细长的木签。木签前头还有一行小字，裴云舒凝神一看，上方正写着"元灵宫巫九"五个字。

他瞬间想起了那胖道友说的那番话。

这少宫主，似乎准备化成女修，再对他用美人计？

傍晚时分，裴云舒和花月回去后，烛尤和百里戈已经等在了院中。

桃花盛开，一天过去了，太阳已经下山，可这桃花仍然不见丝毫颓萎之态。

裴云舒坐在一旁，动手揉着脸："可有查到些什么？"

"并无，"百里戈笑了，"不过倒是有个好消息。你的师祖闭关修炼去了，短时间内应当不会出来。"

裴云舒一愣，嘴角不由得翘起："当真？"

百里戈笑看一眼烛尤，裴云舒也期盼地朝着烛尤看去，烛尤点了点头，言简意赅："闭关了。"

修真大会本就不需师祖出面，若是师祖闭关了，那整个单水宗就没人能比烛尤的修为更高了。他们离开单水宗，就当真轻松极了。

花月大喜："好哇！"

百里戈笑道："这几日便不用担忧，只是云舒在外还须装上几日。等我们出了山，云舒想笑便笑，一举一动随你心意。戈正好知道还有几个无主秘境没探，到了那时，我们出去，便将这些个秘境挨个化为己有，一人占一个。"

裴云舒睁大眼："这也实在太夸张了。"

百里戈轻摇手指："戈手中的秘境就有十几二十个，狐族秘境只是其中小小之一。若是云舒喜欢，想要多少我们就去弄多少。"

没见识的裴云舒和花月倒吸一口凉气。

烛尤瞥了一眼百里戈，不着痕迹地皱起眉，悄悄往袖中探去。

可他身上一个秘境也没有。烛尤眉眼不豫地下压。

裴云舒和花月惊叹的目光让百里戈着实受用，他哈哈大笑，花月追问："那你说的这些十几二十个秘境又在哪里？"

百里戈笑声一停，他面上露出些尴尬神色："戈收一个扔一个，自己也不知将这些秘境扔去哪里了。怕是其中不少已成了别人的所有物吧？"

烛尤毫不客气地嗤笑一声，嘲笑完了百里戈，他便走到裴云舒身边坐着，黑眸认真："我会收许多秘境。"

裴云舒不明所以地看着他。

烛尤想了想："收三四十个秘境。"

整个修真界，怕也不过才百来个秘境，裴云舒笑着，却并不打击他："若是到了那日，怕是烛尤的灵石花也花不完了。"

他开着玩笑："那会儿就要拜托烛尤多多照顾了。"

烛尤唇角勾起："嗯。"

他必定好好照顾裴云舒。

第19章

　　裴云舒和巫九的比赛在次日的下午时分。第二日一大早，裴云舒就来到了修真大会的地点。

　　这位少宫主预言了十位能进前十的英才，光是单水宗的弟子就占了其中的一半，裴云舒未在其中，但他并不觉得失落，只是好奇如此狂傲地言定自己可获榜首的人实力如何。

　　至于胖道友所说的美人计，倒是显得半真半假。能写下"九成可得修真大会榜首"的人还会使这等拙劣手段？

　　中午，正是休憩时间。

　　下午便有对战，裴云舒索性没回三天峰上。他御剑来到后山，寻了处没人的地方躺在树上休息片刻。

　　绿叶松松散散，日光晃晃荡荡，正当裴云舒要闭上眼时，远处突然传来了一道女子呼救的声音。他瞬间转醒，侧耳倾听声音从哪里传来，跳下树，穿过重重垂枝，朝着呼救声赶去。

　　未走多远，便看到一棵巨树底下环伺着几只凶恶的老虎。这几只老虎分外高大，血盆大口张开，正对缩在树上的人虎视眈眈。

　　裴云舒看不到树上是何人，躲起来的女子应当是害怕极了，只留一个红色衣角垂下，随着微风轻动。

　　只是对付些老虎，裴云舒这个金丹期修为还是绰绰有余的，他赶走了老虎之后，走近树下，抬头看看树上的人："道友，老虎已经走了，若是没有事，在下便先行离开了。"

　　"等等！"树上的人一声惊呼，声音清脆如黄鹂，透着慌张和害怕，"道友，你可否帮我下树？"

　　她羞怯道："我、我腿软了。"

　　修士应当不会惧怕这些尚未开灵智的野兽，但裴云舒想到自己对蛇的惧怕，一时有些感同身受。他跃上了树，朝着那位姑娘而去，脚尖轻踏着树枝，经过这位道友时，垂下来的那缕红纱，突地随风飞到了裴云舒的脸上。

幽香袭来,又很快退去,上方的女子低头看他,声音低柔,着实动听:"多谢这位道友出手相助,敢问道友姓甚名谁?"

裴云舒偏过脸,躲过漫天飞舞的红纱,闻言抬眸往这女子身上看去,眼中带着安抚:"在下单水宗裴云舒,道友不必心急,我这就带你下去。"

这下才算看清这女子的长相,眉目清丽,眸色动人,宛如月中仙人,带着羞意,正盈盈笑看着裴云舒。只不过这女子在看清裴云舒长相时,也不由得愣了愣。

她穿一身红衣,分不清是哪个宗门的人。裴云舒往四周看去,就看到她手中正握着一根细长的枝条,应当是早已备好,好让他拉着枝条一头带着她下树,男女有别,这样也就不必碰到这位姑娘了。

裴云舒朝着这枝条伸出手:"道友,我便握住这一头吧。"

可他的手还未碰到枝条,一阵邪风突起,卷着这根枝条往丛林深处飞去,裴云舒猝不及防,反应过来时,正想把这枝条给招回来,眼前又覆上了红纱,看都看不清了。

"道友,"女子轻叹一声,"若是没有枝条了,我便抱着你吧。"

裴云舒讶然,他还未说话,这女子便双手一环,一双素手紧紧环在了裴云舒的腰间。她用的力气极大,环得极紧,白袍贴紧腰间,勒出了一条细线,口中还惊奇道:"道友的腰可真细,一双手就能环得过来。"

裴云舒扯开她的手:"这位道友,你不必抱得如此紧。"

女子眼中闪烁,她的手便松开了些许,裴云舒原只想让青越剑送她下去,但见她抱着不松手的模样,便也不再多说,带着她飞身下了树。

红纱轻飞,还有一缕也跟着缠到了裴云舒的身上,待到落了地,裴云舒便快快走开,离人家姑娘远了一些,客气道:"道友可还记得回去的路?"

"不记得了,"姑娘粉面微红,她站在树下时,没了枝叶的遮挡,就更加显得好看起来,"若是道友不嫌弃,可否带着我出了这座山?"

裴云舒点了点头,青越剑便转眼变大了,他自己上了剑,再转身看着女子:"道友便跟在我身后吧。"

姑娘挑眉:"你不一同载着我?"

她这眉毛一挑,柔软感便去掉了几分,反倒显出了另外一种桀骜的美感。裴云舒心道"还好花月不在",嘴中奇怪道:"道友没有可操控的法宝吗?"

"有倒是有,"女子细眉一蹙,"可我双腿发软,怕是驾驭不了了。"

那就无甚办法了,裴云舒轻叹一声,便将飞剑停在女子身旁。

女子似笑非笑地看了他一眼,黄鹂般的动听嗓音便柔柔地低了下去,道:"道友,你莫不是不想将我带出山?"

"只是男女授受不亲。"裴云舒道,"道友,即便你上了剑,也不要再……"

他俊脸微红。

女子看着他脸上的红意,显出了几分恍惚的神色,半响后回过神上了剑,她的目光好几次从裴云舒身上滑过,到了剑入高空时,她才出声道:"你当真是单水宗的裴云舒?"

裴云舒离她稍远,点了点头道:"正是。"

女子目光转而停顿了一瞬,她手指轻钩:"啊,道友,我的发带飘落了!"

裴云舒转身望去,就见这女子已经秀发披散,裹着一股香气随风袭来,裴云舒朝她身后望去,发带已经不见踪影了。他皱着眉,从袖中掏出一条蓝色发带:"道友,我这没有红色发带。"

"不必是红色的,"女子巧笑嫣然,"谢过道友了。"

片刻后,裴云舒就将她放到了地上,他遥遥一指不远处:"道友朝那边走,便能走到人多的地方了。"

女子朝他看去,轻轻一笑:"多谢道友了。"

裴云舒摇摇头,转身御剑离开。

他走后,留在原地的红衣女子看了看手中的发带,再抬眸朝着天上看去。

一旁突然出现了一个胖道友,胖道友连忙走近,低声谄媚道:"少宫主必定已经让他心神不属了吧?"

红衣女子没说话。

胖道友稀奇，又连喊几声："少宫主？少宫主？"

红衣女子回神："你少宫主亲自出马，还能失败？"

"少宫主说的是，"胖道友道，"下午的比赛此人必定神志不清，怕是早已拜倒在了美人计之下。"

红衣女子："说得好。"

她正要转身离去，却抬手看了看手中的蓝色发带，心中也不知在想什么，原地愣怔片刻，将发带放进了储物袋中，才神情恍惚地走了。

下午，裴云舒站在擂台上，烛尤三人已经等在了下方。

他着一身白衣，神情冷淡，站在一旁的二师兄和三师兄看着他，觉得台上的师弟好似变了一个人一般，恍惚间就陌生了起来。

裴云舒知道他们就在身侧，就只垂眸等着元灵宫的少宫主到来，静静不语，也不往下看上一眼。待到对面飞上了一个人后，他才抬眸朝前看去。

巫九着一身红衣，非常耀眼地站在对面，剑眉入鬓，眼神凌厉，周身写满了"狂傲"两字，断言自己能得榜首的人物，实力必定万分强劲。

裴云舒提起万分心神，他与对方互行一礼，便抽出了青越剑，开始了自己第一场修真大会的对战。

对方不动，他便先发制人，朝着巫九一跃而去，但谁想他越靠越近，对方看着他却出起了神。裴云舒本以为会被对方闪过的简单一击，竟然直直落在了巫九的身上，转瞬间就将他击出了擂台。

台下还未反应过来的人愣住了，台上的裴云舒也愣住了。

他这小小一击，这少宫主怎么连躲都不躲？

"少宫主！"一声惨叫响起。

被击落下了台的少宫主才反应过来，他的脸上颜色变了又变，抬头看了看台上白衣飘飘的裴云舒，咬牙切齿道："我竟被对方策反了！"

扶他起来的胖道友傻傻道："啊？"

裴云舒正巧走到擂台边上，他未听到这句话，只朝着巫九伸出了手："刚刚那不作数，我们重新比过吧。"

他目露担忧,修长的手指白如玉,几根黑发轻轻飞起,朝着巫九伸出的袖袍都裹着淡淡檀木清香。

巫九脸色红了又青,他推开胖道友,双手背在身后,身姿笔挺地扬起下巴:"你赢了。"

"能一击把我击落在地,也是我小觑了你。"这少宫主不甘不愿道,"我的实力也并非如此,虽输给了你,但这只是因为我心神恍惚了一下,未来得及回手,我并不是只会说大话的修士。"

裴云舒不懂他说这话是何意,但也赞同地点了点头。

巫九状似不经意道:"既然如此,那私下再比一次?"

"好。"裴云舒同意。

"那便今晚吧,"少宫主立马接道,"穿得随意一点就可,倒是不必花心思装扮。"

第20章

费心装扮?

裴云舒看着自己身上的衣袍,就是单水宗弟子统一的道袍,无一丝出彩,全身上下最为惹眼的怕是只有一把闪着青光的青越剑了,是怎么也无法同眼前这一身红衣、披金戴银的少宫主相比的。这无一处花费了心思,更别说今晚的约战,他想费心思都不知道去哪儿费。

他多看了少宫主两眼,这少宫主就说:"你看我做什么?"

裴云舒摇摇头,正好看到烛尤往这边走来,便利落跃下了擂台,朝着巫九道:"那今夜便在此处与你一决高下?"

"此处?"少宫主眉头皱起,他往周边一看,勉勉强强道,"也行,今晚月上枝头时我就在这里等你。"

裴云舒点了点头。

少宫主嘴角勾起,突然说道:"我挺喜欢你这白衣,你摸我的喜好倒是摸得很准。"

什么意思?

少宫主袖袍一挥,便春风得意地带着胖道友走了。

"少宫主,"胖道友道,"什么叫你被策反了?"

"这人不可小觑,"少宫主步子迈得又大又急,"他约莫不知从哪儿得来了我准备化作女子对他施展美人计的消息,便将计就计。还好你少宫主见多识广,根本不会让他得逞。"

曾经透露给裴云舒,他们少宫主打算用美人计的胖道友心虚道:"少宫主英明,少宫主明智。

"不过少宫主,您走这么快是要去哪儿?"

"去把那身冰玉蚕丝的衣服给我换上,再配上几枚美玉,"少宫主道,"熏香带了几样?那冠玉也要给我找出来……对了,那小书卖得如何?"

胖道友一愣一愣:"卖得挺好,从昨日到如今,已经卖了五十多本了。"

巫九:"统统给我收回来。"

他轻咳一声:"上方的预测说得不对,我需要再改一改。等我改完之后,你再拿去卖。"

"少宫主,要改哪些地方?"

"能使出这般厉害的计策,还能让我神情恍惚到落败,"巫九哼了一声,"这人怎么会是无名之辈?我若是第一,那便给他安排个第二。

"还有,他那画像也要画得如我一般好看……不不不,还是把他能画多丑就画多丑,最好让整个修真界的人都以为他就是这般模样。"

少宫主可真是狠,这不就是让人家找不到姑娘吗?

胖道士心里无限唏嘘,倒是开始同情裴云舒了。

这一场就这么糊里糊涂地赢了,巫九的话裴云舒听着总是不得劲,但还未深究,烛尤便走到了他身前,转身朝着巫九的背影看去。他周身的温度刹那间低了许多,寒意一阵阵袭来。

裴云舒奇怪:"我赢了,你怎么还不高兴了?"

他的眉目刚要舒展,便看到一旁走来的师兄们。裴云舒同二师兄的黑眸对上,云城目中深深,面上带着如沐春风的笑,他同云蛮走上前,轻声唤道:"四师弟。"

心中一股寒意顿起，径直朝着头皮蹿去。裴云舒顿了一下，手指不由自主地颤了颤，才面上淡淡道："师兄。"

"师兄上次可有吓着你？"云城垂下眼，"那日师兄失了智，生怕吓到了师弟，便连夜做了一个安眠的香囊当作赔礼，若是师弟愿意，那便拿去用吧。"

他从袖中掏出一个素色的香囊，香囊上绣着一幅流水花草的图案，针脚细密，精致非常。

裴云舒垂眸看着这香囊片刻，正要伸手去拿，烛尤便已先他一步将这香囊拿到手中，淡声道："我替师兄拿着。"

烛尤说完，便带着他绕过了两位师兄，青越剑有眼色极了，不必烛尤说，它便已经载着两人飞离了此处。

直到半空之上，裴云舒才叹了一口气。他重新振作起来："花月、百里二人呢？"

半空中，盘腿坐着的百里戈显出身形，他的怀中正抱着花月，一同飞在了青越剑身旁。

烛尤将香囊扔给百里戈，百里戈解开香囊口，倒了些香料放在手中，低头微微一嗅："……倒都是些助眠的药材。"

"那也不可用！"花月不停摇着头，"云舒云舒，你听狐狸说，你这师兄着实狡猾奸诈，这香囊必定有问题。"

裴云舒道："他曾给我下过蛊，对吗？"

记忆中的片段零零散散，蛊便是其一。

蛊可强健肉身，长久以后，修士的身体就能自成一件防御的好法宝，应对雷劫之时便是保命的后路。若是没被唤醒，那必然是好的。但师兄给他下了蛊，还将子蛊唤醒，这背后的深意，裴云舒只要一想便觉得浑身发寒。

若是烛尤没在他身边，若是百里戈没将蛊引出来，若是他发作，是不是只能求着师兄来为他解毒了？

裴云舒脸上一白，身旁几人心知他又想起了不好的东西，连忙换了个话头。

"还有五日就能下山了,云舒明日可还有对战?"百里戈问道。

裴云舒回过神,他摇了摇头:"后日才有。"

"那若是明日没事,我们就下山去吧。"狐狸语气兴奋,"那日我与老祖下山,正好见到山下新开了一个小阁,那阁和春风楼一般,里面有好多好多的美人。"

"我如今如此漂亮,毛发如此柔软,那些美人必定爱极了我。"花月挺起胸脯。

裴云舒被他逗笑了。

他笑起来总是会让旁人也跟着笑,烛尤戳着他扬起来的唇角,裴云舒忽然调皮起来,他不动声色,等到烛尤的手靠近时,便作势要咬下去。

百里戈朝着烛尤使了好几个眼色,眼睛都要抽筋了,烛尤才"哑"了一声,面无波澜道:"好疼。"

裴云舒笑弯了眼。

烛尤瞥了百里戈一眼,这回不用人教:"咬。"

裴云舒咳了一声:"这是要让我吃蛟龙爪吗?"

烛尤想了想,一双好看的手便变成了狰狞巨大的蛟龙爪。

若是一句话不说,似乎有些不对。烛尤想着看过的那些话本,体贴道:"别咬碎了牙。"

百里戈痛苦地遮住眼睛,花月哀叹一口气:"这条蠢蛟没救了。"

他狐狸眼悄悄一转,偷偷拽着老祖的衣衫,百里戈低头,就听这胆大包天的小狐孙在耳边道:"老祖,不若我俩联手,将这蠢蛟从云舒身边给踢出去。"

第21章

这狐狸倒是敢说。

百里戈正襟危坐,只能装作听不懂的模样,顺带着忽视身后看过来的危险目光。

烛尤的耳朵灵得很,若不是看在彼此熟识的分儿上,怕是他怀里抱着的已经是一只死透的小狐狸了。还不够蛟龙塞牙缝的小狐狸，做梦倒是做得好。

等他们回到三天峰上后，裴云舒犹豫一番，还是请了百里戈同他对练一次。

百里戈欣然应允，银白长枪化出："戈只点到为止，云舒放心上前。"

靠着蛮力上天入地的烛尤自然是没办法代替百里戈做这事，他坐在一旁，看着他们的本命法宝，脸上若有所思。

裴云舒用的是剑，无止峰的剑法朴实无华，却暗藏锋芒，百里戈只是喂招，引着裴云舒使出剑法，再辅以灵力和法术，何时该快，何时该慢，青越剑颇有灵性，有时放手让它自身来攻，反而会有些出乎意料的惊喜。

裴云舒头一次被这般指引，他从开始的手忙脚乱逐渐变得有了章法，在青越剑与长枪的次次碰撞之间都有所感悟。百里戈面上欣慰，手下却越来越狠、越来越快了起来。

最终，裴云舒不敌百里戈，他还未摔在地上，就被百里戈扶了起来。

"云舒的悟性很好，"百里戈松开了环住裴云舒的手，沉吟道，"如此好的悟性，切莫荒废。以后每日，便同戈练上一个时辰吧。"

裴云舒点点头，他的手腕酸软，百里戈的枪每次挥下都极重，他也需要用大力气还回去，结束之后手还有些抖动，但心中格外愉悦："多谢百里。"

他头上沁出汗珠，手中紧紧攥着青越剑，形容狼狈，百里戈看着裴云舒笑了："云舒这副样子，倒是要比以往斗志昂扬了许多。"

裴云舒接过他递来的丝帕，朝着他扬唇一笑。

二师兄送的那个香囊，裴云舒将它放在了无人用的空房之中。

当晚月上枝头时，他便往擂台赶去。到了那儿，元灵宫的少宫主已经站在那里等着了。

少宫主着一身泛着月光的玉蚕冰丝，身上佩着几块美玉，夸张显眼至极。裴云舒一见到他，就感觉他身上好像都在发着光。他如此庄重，裴云舒反倒怀疑自己是否太过随意了。

"你来得还算早。"少宫主看到了他，眉毛一挑，声音带笑，"白日我刚说过喜欢看你穿白衣，今晚你果然就穿着这一身来见我了吗？"

裴云舒道："这是我单水宗弟子的道袍。"

巫九眼睛一瞪，身子僵住，说不出来话了。

着实尴尬，裴云舒提剑道："现在开始吗？"

少宫主沉默不语地掏出一把剑，两人刚刚过了几招，这少宫主就开口说道："我教你一个将灵气化作武器的方法，再送你一身你必须穿的衣裳，怎么样，值不值？"

裴云舒停下了手，皱眉看着他。

少宫主把剑别在身后，余光还在看着他的表情，见他这样，逞强道："你可别多想，我这人极为喜爱华服，只是有一身衣服着实没人能穿得好看，我心中可惜。你若是穿了，我就教你化灵力的方法，再将那身衣服也送给你。

"我也只是送你一身衣服而已，没有一星半点其他的意思，你也万不要想着从我这里再得到些什么好处……"

裴云舒打断了他的话，神色冰冷："若是少宫主没有想和我一决高下的想法，那我就先行离开了。"

"你——"巫九看着裴云舒御剑离开的背影，脸上变了又变，他将手中佩剑狠狠扔到地上，"走就走吧，我不稀罕！"

半晌，他又低着头捡起了地上的佩剑，抱在怀中，一个人蹲在了擂台上，影子孤零零的。

"小爷我又没有坏心……"

裴云舒盘腿坐在青越剑上，越想越觉得这个少宫主只是在拿他取乐，怕是根本就不屑于和他一较高下，看不上他这种三脚猫的实力。

他到了三天峰，但刚刚入峰，眼前景色一变，他已闯入了一处桃花之地。

满山遍野都是一棵棵茂盛的桃树，青越剑在桃树间穿梭，桃花飘落了满地,可行至半山腰,却不见身处此处的烛尤三人。

裴云舒从青越剑上下来,接住一瓣落下的粉嫩桃花,指尖一捻,桃花汁水便染红了指尖。

青越剑鸣声,裴云舒道:"像是幻境,又像是桃花阵。"

桃花阵需桃花妖作为阵眼,但裴云舒在桃树中穿梭,却并未闻到什么妖气。他心中早已戒备起来,缓步在树林中走着,不知过了多久,前方桃花围绕处突然多了一方泛着粼粼水光的湖。

裴云舒在不远处停住了脚步,他凝神看着这个湖泊,湖中突然水纹波动,有人从水里钻了出来。黑发泼水而出,一张沾满了水的脸朝着裴云舒转过来,他叫道:"师兄。"

这人唇红齿白,眼尾上挑,他见裴云舒站在原地不动,就微微一笑,再唤了一声:"云舒师兄。"

裴云舒狠狠闭了下眼,他转身,御剑飞速远离此地。

这不是桃花阵,而是能以假乱真的幻境。必定是幻境,否则他怎么会见到年轻许多的师祖,师祖还唤他为"师兄"?

青越剑的速度飞快,但身边的桃花林总是这一片,突然有人从身后攀住了裴云舒,湿漉漉的发垂在裴云舒的肩侧,还有水珠顺着黑发滴下,沾湿了裴云舒的衣衫。

"师兄,跑什么?"身后人声音低柔婉转,"不愿见到我吗?"

"也是,师兄都有一位新的小师弟了。"他喃喃自语,面容一变,变成了云椒的模样。

裴云舒不回头,他封住五感,只往前方冲去。

水珠泛着桃花的香气,云忘垂眸看着云舒师兄的侧颜。

"师弟还未跟师兄解释。"云忘语气里忽然加了惆怅,"师兄那日说师弟应当厌恶极了师兄,又为何同师兄笑着说话,师弟沉睡时想了许久,何为厌恶呢?"

裴云舒面上冷淡,大风在耳旁呼啸而过。

云忘湿发被扬起,冷意让他的面上无一丝血色,肌肤苍白,白得不像人。

云忘勾起泛着青色的唇:"厌恶便是此时师兄封闭五感,不愿与云忘说上一句话;便是那日大殿拜师,师兄看都不看等在门边的云忘,从云忘面前走了过去。

"师兄可当真狡猾得很,明明是师兄厌恶极了云忘,那日在断崖下,却说是云忘厌恶师兄。"

裴云舒目视前方,封了五感,不闻不问。

云忘眼角滑落一行泪,冰冰冷冷的泪落入了裴云舒的衣衫里。

凡间这么多的苦痛,那么多的折磨,他小小年纪硬是磨出了一身摇尾乞怜的好本事。曲意逢迎,面上含笑,见人说人话,见鬼说鬼话。

那日大殿之中,师兄们俱是天人之姿,见着他便送了一样样的东西,云忘也收得心安理得,不过彼此心知肚明,能送给一个陌生师弟的东西,必定对这些天上之人来说不甚重要罢了。

待师兄进来时,白衣飘飘,仙人之姿。他从未见过这般好看的人。

黑发柔顺,从头到脚都是干干净净的,同别人不一样。

无忘有了心魔云忘,便以为是云忘在作祟,于是将他分了出来。

可分了他后还是无法了断,无忘多傻,还以为是他在影响着自己。

他们本就是一人,可无忘不信,即便是自欺欺人,也想着将云忘的部分碾灭,想让自己痛苦不再,无情无心。也不知无忘是真傻,还是在装作是个傻人。

云忘好不容易醒了,想来找着师兄,无忘却要彻底杀了他。

云忘声音轻得仿若被风一吹就散:"师兄。"

那日桃花盛开,他在树下捧着本书在看,师兄从师父房门中走出,落日余晖洒满了师兄全身。

霞光万道,璀璨夺目。

下一瞬,他便被抛在桃花林中,云忘抬起头,看着桃花林退去,师兄御着利剑,冲出了桃花林。

裴云舒冲出了桃花林,才发觉自己已经到了三天峰的峰顶。

粉瓣退去,剩下的景色如往常一般。裴云舒看了眼未曾亮起灯光的师祖房门,自己也不知是如何离开桃花林的。

他不愿去想，又转过剑尖，朝着半山腰而去。

小师弟是云忘，师祖是师祖，师祖现如今闭了关，刚刚那又是何人？是人还是妖？

他开了五感，山间的冷风吹拂，裴云舒这才感觉到脖颈的冷意。他伸手抚过脖间，却摸到了一手的湿意。

约莫是刚刚那东西一身的水蹭到了他的身上，裴云舒从袖中掏出手帕，擦过脖颈后，便燃起手帕，沾了水的手帕转瞬便没了，只剩烟尘随风飞逝。

这一夜，连做梦都是噩梦连连，裴云舒夜半起身，喝了一杯凉茶，躺在床上也睡不下去了，索性坐起身打坐修炼。

打坐半晌，脑中却闪过一幅幅记忆中没有的画面。

一会儿是一方小小蓝天，一会儿是一成不变的屋顶。蜘蛛结网，花蛇爬身。

半死不活。

"师兄，你成日黏着师父，着实扰人清闲。"

"师兄，几位师兄想要与我炼上一件本命法宝，需要先前送予你的一些天灵地宝，师兄还有没有？"

"师弟……"

"云舒你……"

"你忘恩负义。"

"我怎么就养出来了这么一个白眼狼徒弟！"

裴云舒额上出了一层冷汗，等到外间有了响动时，睁眼一看，原来天边已经大亮了。

房门被敲响，小童慌张的声音传来："师兄，桃树流血了。"

裴云舒蹙眉，他下了床，披上衣衫，出了房门去看。

满院的桃花仍旧盛开，如人间三月，香气浓郁到仿若置身云端。每棵桃树的树干上裂出了大大小小的、数不清的口子，这些口子之中，正往外流着红色的鲜血。

裴云舒走上前，指尖沾着这红血送到鼻尖一闻，原来不是鲜血，而是泛着香味的桃花汁水。

烛尤几人也出了房门，因小童在此，烛尤便化成了云椒的样貌。

看着裴云舒站在层层落花之间，烛尤踩过花瓣，走到裴云舒身边，用袖袍擦去他指尖的那抹红色汁水。

待将指尖擦净，烛尤抬眸，轻轻瞥了一眼流着"鲜血"的枝干。

裴云舒垂眸顺着树干流出来的汁水往地上看去。

绯红的水沾湿了地上的花瓣，树干仿若死去，满树的桃花却盛开怒放，乍然看去，好似在用生命开着最后的花朵一般。

第22章

绯红的汁水漫过花瓣，快要流到裴云舒脚下时，烛尤带他一跃到了房门之前。

小童在一旁看着这满院狼藉，愁着脸道："师兄，这可如何是好？"

"砍了吧，"百里戈在一旁"咦"了一声，"树心好像还有东西。"

烛尤道："你去砍了。"

百里戈老老实实上前，一股厉风刮过，整个院中的桃树便被拦腰齐斩，剩下还扎入地中半截的树心，如手臂般粗细的树中树赫然而出。

"桃中桃木。"百里戈挑眉，回头朝着他们道，"今日不是要下山？只要卖上一棵，就够我们吃喝玩乐的了。"

花月眼睛一亮，尾巴摇个不停："卖卖卖！"

百里戈将这些通身如粉玉一般的桃中桃木挖出，挖出一棵，烛尤就在后面跟着收起一棵，最后等他知晓了如何将这些树中树挖出时，不待百里戈反应，他就自己上了手，转瞬间便将全部的好东西尽收手中。

这妖王的抠搜实在是没眼看。

裴云舒看着他们挖树，脑中却又涨又疼，他揉着额头片刻，这股痛楚才缓缓平静下来。

"师兄今日要是下山，那须换一身衣服。"小童道，"可师兄的衣服都是道袍。"

裴云舒一愣:"我身上还有其他衣衫。"

若是没记错,他应当还有一件烛尤蜕的皮制成的衣服,可裴云舒翻遍了整个储物袋,都没找到那件黑色薄纱。

除了这件薄纱,他离开师门那时买的凡间衣裳还在,这些倒是一件也不少。他正要挑出一身白衣,却想到了那少宫主说的话,眉心一皱,手从白衣上移开,拿出了一身青色衣衫。

等他换好衣服出来后,其他人也已经收拾好了,裴云舒抱着扑过来的花月:"走吧。"

"许久未曾见云舒穿其他颜色的衣衫了。"百里戈若有所思,"似乎自我见到云舒以来,云舒就没穿过颜色艳丽的衣服。"

裴云舒摇头道:"我并不适合那般颜色。"

百里戈摇头一笑。

素衣有素衣的美,华服有华服的明艳。

单水宗山下的小镇因修真大会,来往的人也较以往多了许多。不过他们刚刚下山,还未进村镇,便有一个牛妖拦住了他们的去处。

"大王,"牛妖见着烛尤,两行热泪就流了出来,"我总算等到大王下山了!"

牛妖从怀里掏出了一个长条木盒:"大王,幸好有你撞坏了镇妖塔,我才得以跑了出来。我老牛身上也没什么好东西,不过这个,大王必定会喜欢的。"

烛尤伸手接过,裴云舒心中好奇,跟着凑近一看,就见长条木盒中正放着一支毛笔。

牛妖道:"在对方心口处用精血写下自己的名字,便会有神识传音之效。"

烛尤拿出毛笔看了看,下一瞬,他和裴云舒便原地消失不见了。

树干晃动,枯叶猛地掉落,裴云舒从枯枝落叶中抬首去看烛尤,却发现烛尤正用力钳制住他。

本能觉得不妙，裴云舒挣扎得更加有力，烛尤却没被他推开一丝半毫。

裴云舒头皮发麻："烛尤！"

烛尤低低应了一声："写名字。"

牛妖献上的毛笔飘在两人之间，裴云舒被他这一双眼看着，好像喝醉了一般，挣扎的力气顿时小了一半，神志不清，他迷迷糊糊道："在身上写？"

烛尤点了点头。

等到好不容易写下"烛尤"二字后，烛尤逼着裴云舒也将精血逼出后，便把毛笔塞到了裴云舒的手中，裴云舒困顿至极地看他一眼，潦潦草草地写下了自己的名字。

最后一笔刚落，心口就生起一股热意，这热意转瞬即逝，再往胸口看去时，字迹也已经不见了。

待到隔在周围的绿叶失了灵力掉落在地时，裴云舒已经彻底睡去。

烛尤带着他，顺着百里戈和花月的踪迹一路来到了一家客栈。

疲惫逐渐退去，满脑子的糨糊也跟着消失，裴云舒只睡了不到一个时辰就醒了过来。他看着床顶发了会儿呆，待到神志回笼，想起之前发生了什么事时，顿时气得困意全消。

是缩头乌龟也好，鸵鸟也罢，裴云舒这会儿，是真的不想见到烛尤了。

外面有人敲响了门："谁？"

外面的人不说话，但裴云舒心中忽然生起一股莫名的预感，他总觉得门外的就是烛尤。想到会是烛尤，他便停住了脚，不想给烛尤开门。

烛尤在门外道："云舒。"

裴云舒抬眸看去。

蛟龙道："莫生我气。"

裴云舒不说话。

烛尤在外面歪着头，想了想，从袖中掏出一本话本，一页页地往后翻着，待到翻到中间，他才住了手。

学着书上的人说话，再将名字换上一换，烛尤道："舒舒……"

他声音低低，这话却如雷贯耳。

青越剑破门而出，烛尤往后一躲，青越剑便狠狠地插入了地板之中。

烛尤蹙起眉，他俊美的脸上困惑不解，花月说这种道歉话术凡人喜欢极了，为何云舒生气了？他想了半晌，才觉得许是称呼叫错了。

烛尤慢吞吞地再度走到门边，从青越剑破出的那道口子往房中瞧去，正好看到裴云舒小半个下巴和紧紧抿起来的唇。

屋内的裴云舒走到桌旁倒了几杯水饮了下去，就听外面人说："小舒舒……"

裴云舒被呛到，咳嗽不止。

这蛟龙怎么如此、如此……

第23章

烛尤终究是妖，还是条不知世俗、胆子比一般人大、不懂礼的蛟。

裴云舒喝了半壶的冷水，他彻底冷静了下来。

外头的青越剑忽然发出一声剑鸣，青光一闪，利剑剑尖对准了烛尤。

烛尤顺着剑尖看去："……"

青越剑跃跃欲试地上前。

烛尤合上话本，面无波澜地与青越剑对视片刻，转身朝着楼下走去。

裴云舒见自己吓跑了烛尤，眉目舒展了起来，就应当让蛟龙知道，他也不是这般好欺负的。

窗外忽然传来了一阵喧闹之声，裴云舒回过神，他起身来到窗边，往街市上看去。

街边两侧已经站满了人，中间的道路被让出，有牛羊在前开道，后方有人击鼓敲锣，再往后，便是一顶带着红纱的软轿。

抬轿人走一步，层层红纱便跟着荡上一荡。但红纱晃得再厉害，外人却看不清轿中人的脸，因为这人脸上覆着面具，只露出一双眼睛可供

243

窥视。

裴云舒朝后看去,就见后方有小童举着牌匾,匾上写着:"南风阁清风公子今夜出阁。"

裴云舒叹了口气,他正要移开目光,就见端坐在软轿之中的清风公子朝这看来,眼睛直直与裴云舒对上,他在红纱之间拉下半截面具,嘴唇张合几下。

这人说完后便又戴上了面具,裴云舒却觉得自己好像看到了"救我"二字。

他神色一凝,再重新看去,将这队伍从头到尾看了一番,人人都无灵力。这是单水宗脚下,在山脚下的人对远在山上的单水宗崇敬非常,也从不敢在仙人眼皮子底下做什么坏事。

裴云舒拿出张纸折出了一只千纸鹤,送灵气到了其中,千纸鹤挥挥翅膀,便飞出了窗口,钻入了下方清风公子的软轿之中。

过了片刻,千纸鹤原模原样地飞了回来,一飞到裴云舒面前,声音就响起:"劳烦仙长救我一命。"

裴云舒静静等着下一句,可片刻过去,他与千纸鹤大眼对着小眼,下一句却是怎么也没出来。

竟是连求救都吝啬到只说一句话吗?

裴云舒抓着千纸鹤下了楼,客栈中的人也早已跑到了路边看热闹,唯独端坐在角落桌旁的百里戈三人还在品着酒,悠然地用着饭菜。

他们一见到裴云舒下来,就喜笑颜开道:"云舒醒了?"

裴云舒瞥了烛尤一眼,这蛟龙坐姿笔直,目光老实,半分不敢往裴云舒的身上看来。这会儿倒是规矩了。

客栈外人声鼎沸,里面却是一片安静,裴云舒落了座,便朝花月问道:"你说今日新开的一个小阁,莫不就是外面牌匾中所写的南风阁?"

花月道:"就是这个阁,里面的美人可多。我去过那么多的花街柳巷,南风阁的美人半分不输,反而出彩得很呢。"

裴云舒将千纸鹤中的传音给他们听了一遍,再朝窗外看去时,刚刚一行人已经走过了客栈,敲锣打鼓之声逐渐远去。

南风阁在街市末端，若是往常，那里是没人过去的，可这一番游街，将街上的行人也引得跟了去，还有不少爱看热闹又极为风流的修士，更加坦坦荡荡了。

"本来今夜就要去这南风阁凑凑热闹，"百里戈道，"正好去瞧瞧这清风公子是怎么一回事。"

"这么大的阵仗，清风公子也必定美极了。"花月好奇问道，"云舒，清风公子同你求救，你可见到了他的真貌？"

裴云舒迟疑一下，现下去想，却怎么也想不出来清风公子的样貌了，有层层薄纱轻覆，裴云舒唯独记得他的那双眼。

冷冽非常，平静十足。

"未曾，"他道，"待到今晚去见吧。"

南风馆中人来人往，台下众人挤作一团，裴云舒一行人并未坐下，而是站在人群之外，去看台上的轻歌曼舞。

幽香从四方袭来，其中还夹杂着丝丝催情之意，面容姣好的美人在台下来回穿梭，酒香四溢，处处旖旎靡丽。

裴云舒早已在百里戈出口提醒时便封住了口鼻，还交予了烛尤一袋子清心丹，让他有事没事抓着吃。

清心丹味甘甜，烛尤一颗颗吞吃入腹，面无表情，跟吃糖豆一般。这丝丝幽香自然只有助兴之用，但烛尤不会清心咒，便只能如此了。

靡靡之音不绝如缕，半晌后，台上跳舞的人下去，戴着面具的清风公子走了上来。

花月激动十足："来了来了，一会儿场面必定十分激烈。"

有相同想法的不只是花月，坐着的人中也开始有喧闹声出现，裴云舒甚至能听清楚有人非常自信地说自己带足了银子。

裴云舒抬眸往台上看去，清风公子正好摘下了面具。

可出乎所有人的预料，清风公子自然长得俊，但他被面具遮挡下的侧脸上，有一道深深的刀痕。这刀痕划过了小半张脸，容貌再出挑，在这刀痕之下也显得面容可憎起来。

人群哗然，还有人破口大骂了出来。清风公子表情不变，他的目光在人群中巡视了一圈，便在小厮护送下退了台。

裴云舒道："走，我们去看看。"

他隐匿身形，跟在清风公子的身后。这南风阁面上看着简单，裴云舒却跟着这人左拐右拐了数次，宛若在一个迷宫中行走一般。

等到前方的人进了房门，裴云舒才恍然意识到，他的身边太过安静了。他往身后一看，只看到一条深而黑的廊道，他身边的烛尤几人，竟不知何时消失不见了。

裴云舒面色一肃，他凝视廊道尽头，竟看不清尽头究竟有多远。他抽出青越剑，朝着廊道一掷，青越剑朝着尽头飞去，破空声逐渐远去。

裴云舒耳朵一动，他倏地转身，从身后接住了朝他飞来的青越剑。青越剑往前方飞去，却从身后而来，裴云舒竟不知何时踏入了一个阵法之中。也不知烛尤他们是否也被阵法困住了脚步。

裴云舒握着青越剑，凝神静气，朝着清风公子进入的房间而去。

廊道黑暗，清风公子的房中却温暖如春，灯光明亮。裴云舒甫一进门，就朝着帘后木床看去。清风公子默不作声地坐在床上，抬眼朝他看来。

隔着帘子看不出他眼中情绪，裴云舒用青越剑钩起帘子，挑起帘帐，一切这才清清楚楚。

清风公子道："仙长竟真的来了。"

裴云舒握紧了剑，沉默不语地看着他。

清风公子眼中平静，脸上也如死水一般无甚表情，他越过裴云舒的肩部，看向身后道："你还不出来？"

裴云舒眉心一跳，他往身旁一闪，那位置忽然有风吹过。有人温热的呼吸喷在耳端，声音调笑："我送予云舒的礼物，怎么就一团灰地给我还回来了呢？"

邹虞低声笑着，继续道："多亏云舒善良，否则，我还要多花一些工夫才能将云舒绑来。"

床边的清风公子起身，他周身衣裳一变，以一身玄衣落地，胸前有牡丹金色绣边，他看着邹虞："你小心被他反击。"

邹虞轻呵，下一刻却一躲，厉风划伤了他的肩口，血液沾湿了伤口边的衣衫。若不是他躲得够快，脖颈都能被划过一道要命的口子。

邹虞深深叹了口气："性格还是如此之烈。"

裴云舒眼中藏火，拿剑朝他刺去。

他的修为同春风楼那次相比高了许多，招式也有了章法，但邹虞和他对了几招，却如同猫戏老鼠一般，腰间的长鞭动也不动，一举一动却越发轻佻了起来。

裴云舒面如冰霜，一副自损一千也要伤他八百的架势。邹虞看出了他的想法，扯下了帘子束缚住了他，再从袖中掏出了一个香囊。

裴云舒看着这香囊，眉心却跳了跳。这是什么？

"这可是样好东西。"邹虞眉眼含笑，他拿着小刀轻轻一划，香囊中的红色粉末便露了出来。

这东西，裴云舒眼熟极了，正是前些时日他在无奇峰那儿错闻的药粉。邹虞手中怎么会有这个东西！

邹虞朝着裴云舒走近，他手上覆着一层灵力，红色粉末就被他隔空握着。他越走越近，转眼就到了裴云舒面前，裴云舒垂眸看了一眼他手中的粉末，忽然唇角勾了起来，朝着门外叫道："烛尤！"

邹虞眉毛一挑，他朝着房门看去，却只听耳边有撕裂声一响，裴云舒挣脱了身上的纱帘，握住了邹虞的手，将粉末朝着他脸上袭去。

红色粉末纷纷扬扬地在空中飞舞，裴云舒急速后退，正要破门而去，门却被清风公子挡住。

清风公子面如死水一般看他一眼，裴云舒步步后退，他侧头看了邹虞一眼，咬咬牙，却转眼回到邹虞面前，抬起邹虞的下巴，那双泛着幽蓝的异域双目，在看到裴云舒的一刻，猛地紧缩了一下。

第24章

清风公子眉头一皱，身形一闪，攥着裴云舒就要将他带离邹虞的视线。邹虞反手拉住了裴云舒，他眯眼看着清风公子，眼中神色不明："你要带他去哪儿?"

清风公子余光瞥过裴云舒:"你中了毒。"

说完这句,他又低低叹了一口气:"拖累。"

裴云舒将这两个字听得清清楚楚,他侧头朝清风公子看去,同清风公子对视。清风公子觉察到后,抬眸静静看着他,却见裴云舒眨了眨眼,突然朝自己弯起了唇。

清风公子眉头忽地一皱,松开裴云舒的手往后一跳。

邹虞眼里暴虐,他沉沉盯着清风公子,又上前击去。

他们二人一攻一躲,邹虞招招下了死手,没过几招,清风公子也被他惹怒,还击时不再手下留情,也带上了怒气。

"邹虞,你冷静一点,"清风公子暗藏怒火,"你上了他的当!"

邹虞却冷静不下来。胸腔火气无比旺盛,涌出滔天杀意。

他们二人的攻势越来越猛,桌上的瓷器碎落一地,裴云舒一手背在身后,反手结着印。但不过片刻,清风公子便被邹虞的捆仙绳束缚住了。

邹虞按捺住心中杀意,他警告地看了一眼清风公子,便转身朝着裴云舒走去。邹虞发丝微乱,裹着血腥气而来,裴云舒忽然伸出手,邹虞腰间的鞭子就飞到了他的手中。

裴云舒甩了一下鞭子,狠狠朝着邹虞的伤口挥去,鞭尾划过魔修的脸侧,留下一道瞬间红肿起来的印子。

"背过身去。"裴云舒冷声道。

邹虞摸着脸侧鞭印,看着裴云舒的眼瞬间变得隐晦不明起来。

又是一鞭抽来,将邹虞胸前的衣衫划开了一道裂口,裴云舒又说了一遍:"背过身去。"

邹虞默不作声,居高临下地看着他。

裴云舒背在身后的手结印更快,他回望着邹虞,手腕一动,鞭子就快而响地凭空打了一鞭,在他身边激起一阵风动。

邹虞终于转过了身,他哼笑几声:"云舒打我两下,我却觉得浑身舒爽了。"

裴云舒面色沉了下来,又一鞭抽在了邹虞的背上。

他这一下毫不留情，邹虞疼得闷哼一声，背部弓起，瞬间皮开肉绽。这一鞭子下去，就是邹虞也疼了足足一会儿，等他缓解了这疼痛之后，忍不住转身朝着裴云舒看去。

　　但一道闪着金光的符已经逼近他，转瞬之间，这符已经到了眼前，将他死死压在符咒之下。

　　裴云舒鬓角已经流出了汗，这是他在找寻镇妖塔时在法宝详解中看到的符咒，师祖把这个符咒刻在镇妖塔上，他凭着记忆结出，却不敢保证是对是错，是否能对邹虞有用。

　　还好这符起了作用！

　　但符镇的是妖，而邹虞是魔修，裴云舒不知这符能坚持多长时间，握着青越剑就要冲出房门，经过被绑在门边的清风公子时，心中一动，提着清风公子的衣领，将他也拽到了门外廊道上。

　　门外廊道果然还是黑得不见尽头，裴云舒将剑横在清风公子脖颈之前："带我出去。"

　　清风公子默不作声地带着他往黑暗中走去，裴云舒不知该不该信，却对阵法无可奈何，他压着声音威胁："你最好不要耍花招，若是我没有走出去，那便把你杀了。"

　　"你不会杀我。"清风公子道，"你心中良善，但良善只会换来恶报。下次记住了，不要对任何人都这般心善。"

　　裴云舒抿唇，他横在清风公子脖子前的剑更近："你真以为我不会杀了你吗？"

　　清风公子脚步平缓，无一丝惧怕之意，不回裴云舒的话了。

　　此人当真奇怪，裴云舒蹙眉，只能戒备四面八方的声音，注意着任何一点风吹草动。

　　清风公子着一身玄衣，与黑暗几乎融于一体，整条廊道之中，也只有他的心在平稳地跳动。他走一步，裴云舒便踩着他的脚步跟着走上一步，先前那般长到无尽头的廊道，这一次却很快地走到了尽头。

　　身后忽地传出了些响动。裴云舒侧头一看，刚刚走出来的那间房剧烈晃动了几下，怕是邹虞快要顶开专门镇压妖的符咒了。

"快些。"他催促道。

清风公子皱眉:"你催我,我就能生出六条腿了吗?"

廊道中还有许许多多间房,这些房间木门紧闭,裴云舒心中觉得不妙,他等不及了,索性拽着清风公子就近拉开了身边的一扇房门,转身躲了进去。关上这房门的一瞬,后方就传来了一声巨响。

清风公子道:"你就不怕随意开门,进了条死路吗?"他语气满是不赞同,对裴云舒这种拿命冒险还拉上他的举动不悦极了。

"若是死路一条,有你垫背,那也算不冤了。"裴云舒挑眉,却是没忍住笑了,"更何况,这不是还没到死路吗?"

这种时候,他还能笑得出来。这笑还比刚刚故意朝自己笑时更灿烂,清风公子看着他的笑颜,却只是冷哼了一声。

裴云舒:"对了,我还要封住你的嘴巴,免得你同那魔修求救。"

将清风公子定在原地,裴云舒又将他身上的捆仙绳封在结界之中,这捆仙绳同他主人一般狡猾奸诈,不得不防。

待做完了这些,裴云舒才得空看了看房中。

房中安静,但裴云舒却听到了些细微响动,他屏息,随着响动声而去,这一去,却是看到无灯点缀的内室之中,花月闭着眼睛在地上歪七扭八地走着,好似是在破阵。

裴云舒又惊又喜,他不敢擅自去惊动花月,就坐在了一旁,待在原地看它破阵。若是花月就在这廊道两侧的房间之中,怕是烛尤和百里戈也会在此。

这样看来,他最初跟着清风公子走过那宛若迷宫一般的廊道时,已经身在阵法之中了,南风阁远没有那般大小。

外侧有人开始走动,脚步声轻而缓,邹虞拖长调子,语气轻浮:"在何处?"但尾音,却是冰冷而暗藏戾气的。

裴云舒不由得朝着清风公子看去。谁料清风公子也正在看着裴云舒,昏暗房间中,他脸侧的刀痕也看得不甚清楚。

面如冠玉,貌似潘安,没了刀痕的清风公子,看着倒是与那荒唐至极的花锦门魔修宛若两派之人。可惜都不是什么好人。

清风公子被定在原地的姿势怪异,他双手似抬非抬,似收非收,除了一张脸端端正正,举止还格外引人发笑。裴云舒忍了又忍,但终究是没有忍住,他眼眸弯着,唇角勾起,无声笑了起来。

清风公子眼中闪了闪,他听到门外的脚步声,心道:连邹虞这尚且有脑子的东西都变得没有脑子了。

第25章

若是在这里被邹虞找到,裴云舒知道会是什么后果。

清风公子被定在门边不能动,捆仙绳也被锁在结界之内,花月破着阵法。唯一清醒能动的裴云舒,擦去了手上的汗,做好了最坏的准备。

他不能永远等待别人来救他,也不能奢求别人会对他网开一面。

裴云舒指尖擦过利剑,他将青越剑横在手上,静静等着房门外的动静。

裴云舒抽的那几鞭,鞭鞭抽到了血肉里,皮开肉绽,衣服上渗出血。邹虞胸前衣衫被一鞭抽开,他半张脸上也有鞭尾留的红印,配着他那双具有几分西域美感的深目,倒是显出了快要冲破束缚的野性。

"堂主,"他悠然将手背在身后,不管一身鲜血,"可否告知在下,你同仙人究竟在何处?"

但黑暗的廊道之中并无人回应他。

裴云舒在房门之后,他盯紧着清风公子,清风公子维持着可笑的姿势,直到外面的脚步走过,他也未曾破开裴云舒的法术。

裴云舒耐心等了一会儿,等到邹虞未曾再度过来之后,才朝着内室走去。

花月已经歪七扭八地走了许久,裴云舒坐在一旁,忽然想到了烛尤在他心口处写的字。

他将手放在心口上,闭上眼睛,试图去感受有无什么效果。脑中胡思乱想,一想到烛尤,他便想叮嘱:记得吃清心丹。

"在吃。"

裴云舒倏地睁开眼,他站起身往周边看去,可看不到那头蠹蛟的影子。那刚刚那道声音又是从何而来？

他摸上胸口，心中一动，在心中想着：烛尤？

那边嚼碎了什么东西，才道："我找到你了。"

裴云舒刚要问他在哪儿，就听到房外传来一声低低的龙吟，房屋塌陷的巨响接连响起，有黑影在屋外一闪而过，撞向了裴云舒所待的房间。

门窗破裂，黑蛟威风凛凛地冲了进来，下一瞬，蛟龙就化成了人形，挥去一身鲜血，面色平静地站在裴云舒跟前。手中攥着一个布袋，烛尤将布袋递给裴云舒，黑眸不起波澜："吃完了。"

裴云舒愣愣地接过他的布袋，再愣愣地把储物袋中仅剩的清心丹装了进去，递给了烛尤。

若是普通人，吃上一颗清心丹怎么也会半个月清心寡欲、不起邪念，便是修士，一颗丹药也能维持两三日的工夫。烛尤吃了这么多，裴云舒都要怀疑，自己身上的这些清心丹是不是炼丹弟子随便拿了些糖豆来敷衍的。

烛尤又随手抓了两颗"糖豆"吃了，转身朝着清风公子看去，他双眼一眯，兽瞳在黑暗下闪着不善的光，五指一张，清风公子便被风席卷而来，脖颈被烛尤握在了手中。

清风公子这会儿终于动了，他握住烛尤的手，反抗都未反抗便明智说道："我知道一处神龙秘境。"

烛尤一顿，五指稍稍松开。

清风公子极为冷静，他语速极快道："花锦门近些年暗自寻找了许多秘境，我与邹虞此番前来，便是为了单水宗的一处小秘境和东海岸边的神龙大秘境。"

烛尤松了手，清风公子摔在了地上，抚着脖颈咳嗽了起来。

裴云舒皱眉，他初次遇见花月，便是花锦门想用他来引花月现身，他们那次想要得到狐族秘境，原来不只是狐族秘境，还私下探寻了许多其他的秘境。

"你们为何要如此多的秘境？"

清风公子止住咳嗽，抬头朝他看来，眼中一闪："宗主喜欢。"

裴云舒还想再问,身后"咣当"一声,闭着眼破阵的花月终于走出了阵法,它用爪子揉揉眼,睁开眼便看到了裴云舒和摔在地上的清风公子。它惊呼一声,跑过去抱着裴云舒的小腿往后拖:"云舒离他远些!南风阁有古怪!"

它小小一只狐狸,没把裴云舒拖得多远。

裴云舒将花月抱起:"花月不必担忧,我们已经将他制服了。"

花月被裴云舒抱在怀里,警惕地看着清风公子,哼了一声:"果然如此。"

但没过一会儿,它脑子里的危机感全都退去,狐狸脸蹭蹭裴云舒:"云舒,若我可以化作人身,你还会这般抱着我吗?"

裴云舒好笑:"到了那时,我怕是抱不动你了。"

烛尤身上的鲜血是将邹虞重伤后染上的。邹虞被烛尤重伤,但他还是找到机会从烛尤爪下逃脱了。不过烛尤几乎要掉了他的大半条命,就算逃了,外头这么多的修士妖魔,他怕也是凶多吉少。

百里戈破完阵法后,就见他们几人已经各个出了阵,懊恼道:"我瞧着阵法稀奇,便耽搁了一些时间记下,没想到你们都先我一步出来了。"

他说完,便看向清风公子,"咦"了一声,朝裴云舒道:"你已将他救出来了?"

"他是魔修,"裴云舒道,"百里,待出去后再细细同你说。"

阵法几乎被烛尤蛮横地破坏了一大半,他们从南风阁的后门出去,一路格外顺利。

待出了南风阁,已经远离了镇中街市,不少人被烛尤那一下吓了一跳,寻欢作乐的人也都跑得不见影了。

不算今天,修真大会还有四日,裴云舒赢了巫九那一场,之后也至少还有五六场比赛,但花锦门两位堂主双双败北,谁知他们宗主会不会另派人去寻神龙秘境。

裴云舒未曾想多久:"今日便走,烛尤与我去山中收拾东西,百里同花月便在远些的地方等着我们过去。"

"终于要走了,"百里戈长舒一口气,"在那山上我可是万分不自在。

总觉得像是被云舒金屋藏娇了一般,我就是那个被藏起来的娇。"

烛尤蹙眉,又抓了一颗清心丹咬碎:"我才是蛟。"

裴云舒忍不住笑了。

这么一看,确实是金屋藏"蛟"了。

百里和花月对单水宗山上的野鸡念念不忘,裴云舒还特意拿出一个空的储物袋,准备让他们抓上几十上百只带走。

裴云舒装好了房中东西,又带着烛尤去了其他峰,用些天材地宝换来了不少法器和丹药,特别是清心丹,足足装了数百瓶,他走的时候,炼丹的师兄还一言难尽地看着裴云舒。

他们又去后山捉鸡,裴云舒看着一只只排队走进储物袋中的野鸡,格外心虚。自从烛尤他们三个妖进了单水宗之后,不只是无止峰的后山,各个山头后山的野鸡都少了许多,三个妖的胃口着实是大,还都是喜欢吃鸡的主,再加上临走前这一下,他们几乎将单水宗的野鸡给祸害了大半。

等到储物袋中的野鸡足够多了,裴云舒就让烛尤停下了手,他们御剑,在傍晚余晖之下往山下赶去。

他们下山到半途,却遇上了一个熟人,元灵宫少宫主巫九。

巫九身后还跟着几位修士,裴云舒直视前方,佯装未曾看到他们,就想从一旁飞过,巫九却出声叫道:"裴云舒。"

裴云舒停下了剑,朝着身后看去。

巫九表情凶狠,从袖中掏出一身衣服,再掏出一个眼熟的小本子,恨恨地跑过来塞到裴云舒怀中,不待裴云舒反应,便如一道光般瞬息御剑远去。他身后的那些修士连忙跟了上去,转眼之间,这群人就没影了。

时间不多,裴云舒继续往山下飞去,他低头看了一眼怀中的东西,先收进了储物袋中。还好接下来的一路再也没出现什么意外,待到两方会合时,他们才一齐松了口气。

花月掏出了自己的那条精致小船,小船瞬息变大,乘五个人也绰绰有余。将结界布好,隐去船上行踪,便朝着东海的方向驶去。

裴云舒看着逐渐远去的单水宗，逐渐出了神。

师祖恢复了他的记忆，但他却奇怪得很，莫名其妙地排斥师门，莫名其妙地害怕师兄，想要逃离师弟。即便是师父，他也突然失去了亲近之心，只留伤心。

他总觉得，还有很多东西未想起。

此时，他应当写上一封信告诉师父，说明他出了山，无法再参加修真大会，又会去往哪里，可心中实在疲惫，只要想着须写些什么，便手重到提不起笔。

百里戈说他已经不是单水宗的弟子，但他突然离开，就算不给单水宗一个交代，也应当要给修真大会一个交代。

唇上突然有东西贴近，裴云舒下意识张开嘴，吃到嘴中才反应过来是清心丹。

烛尤在一旁看着他："好吃吗？"

心中纷乱的思绪顿时平静了下来，裴云舒心道，"这家伙还真把这当糖豆吃了"，没忍住笑道："我只吃上一颗就好。"

烛尤收回了递给他丹药的手，转而扔进了自己嘴里："莫要忧心。"

裴云舒莞尔。

他们在甲板上欣赏着漫天紫霞，裴云舒掏出巫九刚刚塞到他怀里的东西，打开上方的那一小本书。书中是眼熟的内容，他往后一翻，却看到小书中还夹着一封薄薄的信。

裴云舒拆开信，上面写着的竟是将灵力化作利器的修行方法，他惊讶万分地看完这封信，同小书一起塞到怀中的那身衣服，他也隐隐猜到了是什么。

他掀起罩住衣服的那层灰布，下方衣衫露出，衣上有流光闪动，暗纹若隐若现，正是一身格外鲜亮显眼的华服。

花月："真是好漂亮的一身衣服。"

裴云舒沉默一会儿："他为何如此？"

巫九却不能在此处回答他，裴云舒将这些东西收进储物袋中，花月问道："云舒，你不穿上那身衣服吗？"

裴云舒摇了摇头,将这些东西收好,以后定要寻个时机原物归还。

被绑在柱子上的清风公子看向一旁正在给野鸡拔毛的百里戈:"你不管他人朝他送衣服?"

百里戈装模作样地想了一下:"你说得对,即便是那条蛟龙比我厉害,我还是要立起威严的。"

清风公子冷哼一声。

百里戈转过头继续拔着鸡毛,不理清风公子。烛尤走到一旁,未见他动作,盆中清水就飞起,将野鸡鸡毛全都拔了下来。

百里戈原也只是为了玩,见此就站起了身:"云舒,怎么吃?"

裴云舒去看花月,花月竖起狐狸爪:"我的狐狸爪子没办法做,但可以教你们怎么做。云舒只会烤鸡,烤出来烛尤大人还不会让我们吃。"

百里戈看向烛尤,"啧"了一声:"你怎么这般霸道?"

烛尤淡淡瞥了他一眼:"我的,都是我的。"